Rahel Deborah & Chiara Luna

Choose the Star

Amy & Cleo

Die Autorinnen

Rahel Deborah

Rahel Deborah wohnt bei ihren Eltern in der Nähe von Thun, in der Schweiz. Neben dem Schreiben ist Musik ihr grösstes Hobby. Sie liebt das Tagträumen und in dem sie sich in Cleo hineinversetzen konnte, hat sich für sie eine neue Welt geöffnet, in die sie gelegentlich abtauchen und dem Alltag entfliehen kann.

Chiara Luna

Chiara Luna wohnt im gleichen Ort wie Rahel. Sie liebt Bücher und hat schon als kleines Mädchen Geschichten geschrieben. Pferde sind ihre andere grosse Leidenschaft, eines Tages will sie ein eigenes Pferd haben. Chiara liebt es, von Amys Leben zu träumen und sich in eine Traumwelt zu verabschieden, wenn die reale zu stressig oder kompliziert wird.

Rahel Deborah & Chiara Luna

Choose the Star

Amy & Cleo

TWENTYSIX - Der Self-Publishing-Verlag
Eine Kooperation zwischen der Verlagsgruppe Random House
und BoD – Books on Demand

© 2021 Rahel Deborah und Chiara Luna

Herstellung und Verlag:
BoD – Books on Demand, Norderstedt

ISBN: 9783740781835

First you say you love me,
then you say you don't,
can you make your mind up, please,
I'm losing my patience
Shawn Mendes

Kapitel 1

Amy

Seit etwas über einer Woche sind wir wieder zuhause. Shawn ist oft im Studio, Cam hatte zwei Shootings und ist mit drei Kollegen für drei Tage nach Miami gefahren. Cleo arbeitet wieder im Reisebüro und ich muss für allerlei Tests lernen, die noch vor den Halbjahreszeugnis reingequetscht werden mussten. Morgen muss ich einen Chemietest und einen Englischtest abschicken, dann sind noch Deutsch, Mathe und Geschichte dran. Zum Glück muss ich für Englisch nicht lernen, dann kann ich die Zeit in Mathe und Geschichte investieren. Ich mag es, dass ich immer noch Deutsch habe. Es beruhigt mich, dass ich meine Muttersprache nicht einfach verlerne und vergesse, ausserdem mag ich Deutsch und hatte nie grosse Probleme damit. Sogar mein Lehrer, ein unglaublicher Journalismusfanatiker und Besserwisser, der früher an der Uni unterrichtet hat und jetzt entsprechend hohe Anforderungen an eine Gymnasiumsklasse hat, muss sich eingestehen, dass ich schon weiss, wie die Sprache funktioniert. Obwohl er mir trotzdem in jeder mündlichen Note oder jedem Aufsatz überall ein paar Punkte abzieht wegen seiner fehlenden Sympathie mir gegenüber. Naja, wenn es seinem Ego nützt. Ich bin ein paar Kilometer weit weg, habe ein schönes Zuhause, die besten Freunde der Welt, ein paar Stars in meinen Kontakten und bastele an meiner Modelkarriere herum. Wenn ihm da ein paar Punkte so wichtig sind, bitte. Am Abend koche ich was zu Abendessen für Shawn, Cleo und mich. Nach dem Abendessen gehen die beiden schon in ihr Zimmer, keine Ahnung was die noch alles vorhaben. Bevor auch ich schlafen gehe, gucke ich in meinem Schlafzimmer noch ein bisschen fern. Mohino und Lazuli belegen Cams Bettseite, die natürlich frei ist. Er kommt morgen zurück und geht dann mit Cleo nach Los Angeles für ihre Synchronstimmenaufnahmen. Eigentlich wollte sie ja Shawn mitnehmen, aber das geht jetzt nicht. Shawn und ich müssen morgen nämlich nach Kopenhagen in Dänemark fliegen. Dort findet übermorgen die Victorias Secret Fashion Show Hauptprobe statt. Ende März kommen dann alle Engel und Performer wieder für die fünfundzwanzigste Show. Jedenfalls fliegen wir morgen um vier Uhr nachmittags los, und kommen am nächsten Tag um halb acht morgens Kopenhagener Zeit an. Ich kapiere das immer noch nicht so ganz mit all dem Zeitrechnen.

"Gut geschlafen?", fragt mich Cleo am nächsten Morgen, als ich noch müde runterkomme und sie schon den Tisch deckt. "Naja, es geht. Ich bin schon jetzt nervös. Aber irgendwie beruhigt es mich, Shawn dabeizuhaben.", gebe ich zu. Da ertönt Shawns noch leicht kratzige Stimme hinter mir: "Wie schön. Ich bin auch nervös!" Ich boxe ihm in den Oberarm,

während er Cleo einen Kuss gibt. Um halb eins haben wir fertig gepackt und sind bereit zum Abfahren. Cleo wird uns zum Flughafen bringen, aber vorher kommt noch Cam mit dem Taxi an. Zwischen Tür und Angel begrüssen wir uns, er wünscht uns eine gute Reise und viel Spass, dann müssen wir schon los. Im Flugzeug müssen Shawn und ich schlafen, damit wir nicht Jetlag bekommen. Am Flughafen Kopenhagen wartet eine grosse Gruppe Fans, die wohl mitbekommen haben, dass hier nächstens die VS-Models und Performer auflaufen. Obwohl ich noch müde bin, verschlafen aussehe und eigentlich keine Lust habe, lasse ich mich von Shawn überreden Fotos zu machen. "Hey, ich weiss, dass du keine Lust hast. Wir sind müde und verschlafen, aber ihnen ist das egal. Was für dich nur ein weiterer Tag ist, das ist für sie der Tag ihres Lebens! Sie treffen endlich ihr Idol Amy Rivera. Und mich. Naja, jedenfalls: Was uns eine Viertelstunde Zeit kostet, bedeutet ihnen sehr viel. Also komm." Also machen wir Fotos. Denn wie enttäuscht wäre ich gewesen, wenn ich einmal an einem Flughafen gewartet hätte und Ariana einfach nebendurchgelaufen wäre? Klar, das würde sie nie machen, aber wenn. Ausserdem liebe ich meine Fans. Sie können zwar nicht meine Musik hören, Filme schauen oder so, aber jeder nette Kommentar unter meinen Instagram Bildern macht mich glücklich.
In der riesigen Halle angekommen wuseln schon überall Leute herum. Shawn und ich werden von

zwei verschiedenen Leuten abgeholt, die Frau bringt mich backstage zu den Garderoben. Dort warten alle anderen Models und ich plaudere mit den anderen, bis eine Frau mit Klemmbrett eine kurze Ansprache hält. Dann wird man herumkommandiert. Zuerst werden die Walks nochmals durchgegangen. Ich weiss, dass ich nicht gut laufen kann, aber ich habe geübt und gebe einfach mein Bestes. Alle laufen in ihren Alltagskleidern aber den Schuhen, die sie dann bei der Show anhaben werden. Ringsum wird alles noch aufgebaut, aber der Laufsteg ist schon bereit. Die Musiker machen Soundcheck während unseren Walks. Zuvorderst am Laufsteg angekommen posiere ich kurz. Das wird so surreal! Wenn dann wirklich die Show ist und es zählt werde ich wohl nicht einmal mehr stehen können vor Nervosität. Die Blicke der anderen Model brennen auf meiner Haut, als ich wieder zurücklaufe. Ich laufe hier das erste Mal eine Fashion Show, sie sollen doch bitte ein bisschen Verständnis haben für meinen etwas verunsicherten Lauf. Hinten spüre ich plötzlich eine Hand auf meiner Schulter. Bella Hadid steht vor mir als ich mich umdrehe. Mit einem Lächeln fragt sie: "Wie heisst du?" Verunsichert antworte ich: "Amy. Amy Rivera. Wie du heisst weiss ich aber!" Sie lacht: "Du läufst das erste Mal hier oder?"
"Ich laufe das allererste Mal überhaupt über einen Laufsteg! Sieht man, oder?" Sie zieht anerkennend die Augenbrauen hoch: "Das allererste Mal? Wow! Man sieht es, ja. Aber weisst du, das macht gar

nichts. Du läufst eigentlich gut. Man sieht dir nur an, wie sehr du dich auf das Laufen konzentrierst. Versuche einfach, einmal tief durchzuatmen und dann einfach zu geniessen. Es ist nicht schlimm, wenn du nicht perfekt läufss, solange du Zufriedenheit ausstrahlst und man dir das auch ansieht. Die Mimik ist wichtig!"

"Wow! Ähhh…Ich versuchs. Danke vielmals für deinen Rat!"

"Gerne. Du wirst das super machen!", lächelt sie, dann ist sie an der Reihe und läuft los. Es folgen noch letzte Fittings, Anweisungen, mehr oder weniger fixe Terminpläne für den grossen Tag und eine letzte Probe mit den Performern. Hier verrate ich nicht mehr, denn wir dürfen ja auch nicht filmen oder fotografieren, alles noch streng geheim. Am Abend gehen Shawn und ich ins Hotel, das für alle bezahlt wird. Er hat ein Einzelzimmer, ich teile mir eines mit Ashley. Shawn hat heute schon dreimal mit Cleo telefoniert, die zwei sind echt richtig schlimm süchtig nacheinander. Wenn die nicht irgendwann heiraten und Kinder kriegen und zusammenbleiben bis sie sterben, läuft definitiv was falsch. Ausserdem will ich Tante werden. Wetten, dass er jetzt nochmal anruft, um Gute Nacht zu sagen. Oder für Telefonsex? Das geht im Fall, habe ich mal in einem Film gesehen! Ashley und ich reden und lachen bis spät in die Nacht, aber irgendwann müssen wir dann trotzdem schlafen, denn morgen früh gehen unsere Flüge schon wieder früh. Im Flugzeug schlafe ich an

Shawns Schulter gelehnt ein, während er einen Film schaut. Naja, dann ist mein Zeitgefühl halt durcheinander. Sobald wir zuhause sind, fahre ich aber zu Nayeli. Wenn ich nicht da bin, bewegt Sam sie, wenn auch nur an der Longe oder bei einem Spaziergang. Heute nehme ich meine Followers einmal per Livestream mit in den Stall. Wieder zurück zuhause muss ich noch die letzten Tests schreiben, die ich soweit es geht hinausgezögert habe. Auch wenn ich so halb berühmt bin, kann ich meinen Lehrern ja schlecht sagen: "Tut mir leid, ich konnte die Tests leider nicht schreiben. Ich war bei der Hauptprobe für die fünfundzwanzigste Victorias Secret Fashion Show, bei der ich mitlaufe. Eigentlich müsste ich die Schule ja gar nicht fertigmachen, weil ich genug Geld habe und verdiene. Ich will den Abschluss aber machen, aber am liebsten mit einer Extrawurst wo ich tun und lassen kann was ich will…" Als Schülerin muss man halt lernen und Tests schreiben, das habe ich mir selber ausgesucht.

Cleo

«Freust du dich?», fragt Cam, als wir zusammen im Flieger nach LA sitzen.
«Klar! Ich freue mich wie ein kleines Kind, aber ich bin auch nervös. Was ist, wenn ich mich zum Affen mache?»
«Dann nehme bitte einer die Kamera mit!», lacht Cam. Ich schaue ihn böse an: «Im Ernst, Cam.»

«Du wirst dich schon nicht zum Affen machen, sonst hätten sie dich nicht genommen.»

«Ja, vielleicht nur, weil die anderen noch schlimmer waren.»

«Du packst das schon. Du hast die Animation und auch den Text doch oft genug angeschaut. Das wird schon klappen.»

«Ich hoffe es», sage ich immer noch zweifelnd. Am Flughafen in LA werden wir von einem Fahrer abgeholt, der uns zum Hotel bringt. Es ist das erste Mal, dass ich mit Cam Urlaub mache. Also mit ihm alleine, im selben Zimmer, im selben Bett. Ich kann nicht verschweigen, dass es ein bisschen komisch ist, aber er ist immerhin mein bester Freund und ich freue mich Zeit mit ihm zu verbringen. Ich habe einen Plan erhalten und festgestellt, dass ich nicht die ganzen zwei Wochen im Studio sein muss. Zwei Tage plus Wochenende habe ich ganz frei und an den meisten anderen Tagen benötigen die Aufnahmen nur einige Stunden. Wir packen unsere Koffer aus und ich nehme zuerst eine Dusche, während Cam Amy und Shawn mitteilt, dass wir gut angekommen sind. Die ersten drei Tage werde ich vollständig mit synchronisieren beschäftigt sein. Cam hat mit einigen Freunden abgemacht und will einen Tag nach Chino fahren. Die Nächte verbringt er aber im Hotel. Wir sind ziemlich müde von der Reise und gehen deshalb früh im Hotelrestaurant essen und anschliessend ins Bett. Ich schreibe kurz Shawn Gute Nacht und wenige Minuten später schlafe ich tief und fest.

Am nächsten Morgen muss ich früh im Studio sein. Die anderen Synchronsprecher sind im gleichen Hotel untergekommen und wir lernen uns deshalb kennen, während wir auf den Abholdienst warten. Wir sind nur fünf Sprecher, die die ganzen zwei Wochen da sind. Viele kleinere Rollen werden an einem Tag gesprochen. Im Film gibt es fünf Hauptrollen, die Tiere, die zusammen Theo retten wollen. Das sind Theo der Eisbär vom Nordpol, Cooper das Känguru aus Australien, Pipo der Papagei aus Kolumbien und Mo die Tigerdame aus Indien und Elisa die Ziege aus der Schweiz, der ich meine Stimme gebe. Es ist unglaublich, dass ich hier stehe mit zwei Bodyguards und vier Promis. Ich meine da sind zum einen zwei berühmte Schauspieler: Anushka Sharma aus in Indien und Alex Russell aus Australien. Ausserdem sind Alex Lange und Daddy Yankee anwesend. Und daneben stehe ich. Ich meine das ist doch ein schlechter Witz. Solche Superstars. Und *ich* stehe daneben. Gut, ich bin mit Cameron Dallas da, der ist mit Alex Lange zu vergleichen. Trotzdem ist es ein mulmiges Gefühl, mit diesen Stars zu arbeiten. Am ersten Tag lernen wir einander kennen und werden mit allem vertraut gemacht. Einige wissen schon besser, wie alles funktioniert, andere, also ich, weniger. Aber die ganzen Maschinen müssen wir ja nicht bedienen können. Es gibt zwei verschiedene Aufnahmeräume. Als ich am ersten Abend zurück ins Hotel komme, realisiere ich, dass solche Synchronaufnahmen mit sehr viel Warten verbunden sind. Also beschliesse

ich am Abend noch schnell einen Buchladen aufzu-
suchen, damit ich mir die nächsten Tage die Zeit bes-
ser um die Ohren schlagen kann. Ich esse eine Waffel
auf dem Heimweg und bin um halb Neun zurück im
Hotelzimmer. Cam ist noch nicht da, deshalb rufe ich
ihn an.
«Hey.»
«Hey, wann kommst du?»
«So etwa in ein, zwei Stunden.»
«Okay, ich schlafe dann. Sei bitte leise.»
«Klar! Gute Nacht», verabschiedet sich Cam.
Danach rufe ich Shawn an, um ihm die Geschehnisse
des heutigen Tages zu schildern.
Wie vermutet verlaufen die nächsten Tage wartend.
Die Zeit, in der ich am Mikrofon bin, ist schon cool
und während der Wartezeit dürfen wir auch einige
Interviews geben. Ich kann also nicht behaupten, es
würde mich langweilen. Auch die Arbeit mit den an-
deren Sprechern ist toll. Vor allem natürlich mit den
vier, die immer da sind. Aber auch ein paar Gastspre-
cher sind sehr toll und vor allem talentiert. Am ersten
Freitag fragt Alex mich: «Bailee und ich wollen heute
nach den Aufnahmen nach Santa Monica. Willst du
mitkommen?» Bailee Madison ist Alex's Freundin.
«Klar! Ich komme gerne mit. Wäre es in Ordnung,
wenn ich Cam auch frage, ob er mitkommen will?»
«Klar. Das wäre toll.»
Ich schreibe ihm eine Nachricht und er schreibt sofort zurück: «Bin dabei!»

Der Abend ist sehr amüsant und mit Alex und Bailee verstehen wir uns super. Cam und Alex haben ähnliche Interessen und obwohl Bailee ganz anders tickt als ich, haben auch wir beide es sehr lustig miteinander. Am Wochenende besuche ich zusammen mit Cam den Walk of Fame und mit einem BMW Cabrio fahren wir an der Küste entlang nach Malibu. Auch durch die Beverly Hills fahren wir und erraten, welche Stars wohl in welchen Villen leben. Wir geniessen die Zeit zusammen. Die nächsten fünf Tage verlaufen sehr ähnlich, wie die erste Woche im Studio, nur das ich Shawn langsam aber sicher immer mehr vermisse. Am Freitag synchronisieren wir die letzten Szenen und am Abend gibt es eine grosse Party. Am Samstagmorgen fliegen wir dann wieder nach Orlando.

Kapitel 2

Amy

Seit einigen Tagen sind Cleo und Cam wieder zurück aus Hollywood. Alle gehen ihren eigenen Sachen nach, nur Cleo und Shawn machen oft kleine Ausflüge zusammen. Kleine Dates, die mich schmerzen, so süss sind sie und so sehr merke ich, dass Cam und ich momentan ein bisschen auf Abwegen sind. Ich koche gerade Suppe zum Mittagessen, da klingelt mein Handy und die Nummer meiner Modelagentur leuchtet auf. "Amy Rivera?", melde ich mich. "Hallo Amy! Hier ist Cindy vom Empfang. Ich soll dich auf Wunsch von deiner Agentin mit ihrer neuen Geschäftsnummer verbinden. Hast du kurz Zeit?" Schnell winke ich Cam, der gerade die Treppe runterkommt und deute ihm, er solle zur Suppe schauen, dann setze ich mich auf die Couch: "Ja, habe ich." Zehn Sekunden später nimmt Maren, meine Managerin, das Telefon ab. Maren ist meine Vertrauensperson bei meiner Agentur IMG-Models. Es kümmern sich noch andere Leute um mich, aber die kenne ich nicht persönlich. Maren regelt alles für mich. So viel hat sie damit noch nicht zu tun, aber ich bin nicht ihr einziger Schützling und sie rechnet nach VS mit mehr Berühmtheit. "Hey Amy! Schön hast du eine Minute für mich. Also erstens: Es ist alles

organisiert für Kopenhagen. Der Flug und das Hotel sind gebucht, auch für deine Freunde. Ich habe dir einen Bodyguard organisiert, nur für Kopenhagen. Vor Ort hat es ja Helfer, die dafür verantwortlich sind ihre drei zugeteilten Models jeweils zur richtigen Zeit am richtigen Ort abzuliefern. Ich schicke dir gleich noch die Kontaktdaten von Drew, er wird für dich, Ashley und Lily zuständig sein."
"Ein Bodyguard? Ist das wirklich nötig? Ich meine, ich bin ja völlig unbekannt..."
"Nein, bist du eben nicht. Du bist das neue Upcoming-Model! Du bist aus dem Nichts gekommen und hast dir direkt die Versace-Kampagne geschnappt. Dein Laufstegdebut machst du gleich bei Victorias Secret! Und du wirst froh um ihn sein, denn schon nur die Paparazzi sind lästig. Ihnen egal wer du bist, wenn du bei der Fashion Show bist, gehörst du zur Elite und *musst* fotografiert werden. Plus du hast Cameron Dallas und Shawn Mendes dabei."
"Okay, wenn du meinst. Ich werde einfach tun was ihr mir sagt.", gebe ich mich geschlagen. Wir reden noch kurz darüber, was nach Victorias Secret kommt, dann lege ich auf. Beim Mittag essen erklärt Cleo: "Ich muss nachher nochmal ins Büro. Soll ich jemanden mit in die Stadt nehmen?" Cam nickt: "Gerne. Ich muss noch was fürs nächste Video holen und treffe mich dann noch mit einer Kollegin auf ein Kaffee." Ich wundere mich ein bisschen, aber sage dann: "Mich nicht. Ich fahre nachher noch zu Nayeli, ich will heute einmal ein bisschen springen." Shawn

zeigt mit dem Zeigefinger zu mir und schaut mich an: "Kann ich mal mitkommen?" Schon wieder wundere ich mich: "Klar. Aber wieso denn plötzlich?" Auch Cleo schaut ihn überrascht an. Er hebt die Hände: "Ich dachte nur, ich sollte unserem neuen Familienmitglied mal einen Besuch abstatten. Ich will sie auch kennenlernen."

Also nehmen wir nach dem Essen Shawns Range Rover, denn Cleo hat den Fiat genommen und ein schnittiger Aston Martin gehört weniger auf einen Pferdehof. Shawn wirft mir die Schlüssel zu: "Du darfst fahren, schliesslich kennst du den Weg. Aber ich will nicht den kleinsten Kratzer sehen!"

"Glaubst du, ich kann nicht fahren? Oder schlechter als Cleo? Sei ehrlich, wer fährt besser, Cleo oder ich?"

"Ihr fahrt beide gut. Trotzdem will ich keinen Kratzer!" Im Stall angekommen wartet Shawn am Weidetor, bis ich Nayeli von der Koppel geholt habe. "Shawn, das ist meine Stute Nayeli la Aventura del Nevada! Nayeli, das ist Shawn Mendes, mein bester Kumpel, der Freund meiner besten Freundin und der grösste Musiker der Welt." Sie schnaubt und Shawn lacht: "Wie schmeichelhaft!" Nayeli ist sehr zurückhaltend und schüchtern, aber irgendwie scheint sie Shawn zu mögen, denn sie beschnuppert ihn neugierig. Ich schiesse schnell ein paar Fotos, als er sie zum Putzplatz führt, die Welt wird es mir später danken. Irgendwann will ich mit Nayeli ein Photoshooting machen. Shawn streichelt sie, während ich sie putze und überlege: "Wir könnten auch spazieren gehen,

dann musst du mir nicht beim Springen zusehen und alle heruntergefallenen Stangen wieder hochheben." Zehn Minuten später reite ich vom Hof, Shawn läuft nebenher. Wir schlagen den Weg zum Wald ein und bewegen und eine Zeit lang schweigend vorwärts. Irgendwann breche ich das Schweigen: "Also. Was ist los?" Shawn wirft mir einen Blick zu: "Ich muss dich was fragen. Aber du musst versprechen nicht auszuflippen, niemandem davon zu erzählen und ehrlich zu sein."
"Wow, okay. Ich versprechs!"
"Wirklich?"
"Ja, ich verspreche es dir. Reiterehrenwort!", erkläre ich und klopfe Nayelis Hals. Shawn ringt die Hände und schaut konzentriert geradeaus: "Also…Du weisst ja, dass ich Cleo liebe…" Auffordernd nicke ich. "Wir haben so viel zusammen erlebt; Die Motorradtour, die Ferien in Bali, das kleine Missgeschick mit ihrer Lebensmittelvergiftung, das ständige Hin und Her um uns zu sehen, das gemeinsame Haus, dein Streit mit Cam wegen Brad, meine Tour, die Grammys, unser Streit wegen Josh…Ich will einfach noch viel mehr mit ihr erleben. Ich will, dass wir den Rest unserer Leben zusammen verbringen. Ich…"
"Sag schon, ich habe dir ja was versprochen.", dränge ich ihn gespannt.
"Ich möchte ihr einen Antrag machen." Wow! Ich bin ein bisschen überrascht. Ich meine, ich wusste, dass es irgendwann soweit sein würde. Das war glasklar, aber dass Shawn zuerst mit mir darüber reden

würde, habe ich nicht erwartet. "War das jetzt so schwer?", necke ich ihn. Er antwortet prompt: "Nein! Aber könntest du mir sagen, was du davon hältst? Ist es eine doofe Idee? Will sie das nicht? Habt ihr darüber gesprochen?"

"Also gut, ich sage dir meine Meinung.", beruhige ich ihn. Dann lenke ich Nayeli nach rechts auf eine kleine Lichtung und halte an. "Ich wusste, dass ihr heiraten werdet. Ich dachte nur nicht, dass du zuerst mit mir darüber redest. Deshalb bin ich ein bisschen überrascht.", gebe ich zu.

"Falls sie ja sagt…", wirft Shawn ein, was ich einfach ignoriere: "Ich finde es unglaublich schön. Es ist schon fast magisch, wie sehr ihr euch liebt. Manchmal bin ich eifersüchtig und traurig, weil ihr es so schön habt. Aber darum geht es nicht. Ich dachte, immer eine Hochzeit verändert nichts. Irgendwie schon, denn es ist ein Band fürs Leben und das offiziell zu bestätigen ist ein grosses Zeichen."

"Du bist traurig wegen uns…?"

"Manchmal, wenn Cam und ich gerade wieder ein Tief haben. Aber es geht hier um dich und Cleo!"

"Du meinst also, von dir aus darf ich deiner besten Freundin einen Antrag machen?" Ich steige ab und grinse: "Sie würde mich köpfen, wenn ich es dir verbieten würde!" Auf Shawns Gesicht breitet sich ein glückliches Lächeln aus: "Ich werde der Liebe meines Lebens einen Antrag machen!", dann umarmt er mich stürmisch. Lächelnd drücke ich ihn. "Hast du schon einen Ring? Und wann und wie willst du es machen? Hast du ihre Eltern gefragt?", platze ich mit allen Fragen raus. "Ich habe ihre Eltern gefragt, als wir in der Schweiz waren und sie sind einverstanden. Auch einen Ring habe ich. Ich weiss nur nicht so genau wie ich es anstellen will…Ich habe ihr ein Lied geschrieben, aber das muss nicht unbedingt dabei vorkommen."

"Wie süss! Willst du das Ganze denn dokumentieren?"

"Nein, auf keinen Fall! Das ist eine Sache zwischen ihr und mir. Ich finde, das ist ein intimer und sehr persönlicher Moment, der nur sie und mich etwas angeht."

"Verstehe ich. Und vom Zeitpunkt her…eher einfach plötzlich, wenn sie sich umdreht in die Knie gehen oder einen speziellen Moment kreieren?"

"Etwas Spezielles.", gibt er entschieden Antwort. Ich quieke: "Ich freue mich so für euch!" Shawn grinst: "Sie muss zuerst noch ja sagen…"

"Ach komm schon, als könnte sie bei dir nein sagen!", knuffe ich ihm in den Arm und steige dann wieder auf. "Hast du Lust auf eine Runde Joggen?", frage ich auffordernd. Shawn nickt und ich treibe Nayeli in den Trab. Nach fünfzehn Minuten Trab schaue ich prüfend zu Shawn: "Kannst du noch?"

Gespielt beleidigt schaut er zu mir hoch: "Ist das eine Frage? Du lässt dich doch herumtragen!" Ich strecke ihm die Zunge raus und gebe Nayeli Zügel. Sie galoppiert sofort an und ich stelle mich in die Bügel. "Komm schon!" rufe ich Shawn zu. Sofort legt er an

Tempo zu und sprintet neben uns her. Ich muss ein bisschen bremsen, damit Shawn mitkommt, aber er schlägt sich nicht schlecht. Bald geht er wieder zum Joggen über und ich pariere Nayeli durch. Shawn schnauft: "Nicht schlecht, 1 PS. Ich sollte öfter mitkommen, das ist gutes Training." Grinsend lobe ich Nayeli, dann gehen wir in Schritttempo zurück zum Stall. Als ich wieder zuhause frisch geduscht zu Shawn in die Küche komme frage ich neugierig: "Kann ich den Ring mal sehen?" Er drückt mir ein Glas Wasser in die Hand und trinkt aus seinem einen Schluck: "Wenn Cleo ihn dann am Finger trägt…" Lächelnd bettle ich: "Lass mich nicht ewig warten!" Aber Shawn ignoriert mich lächelnd.

Cleo

Ich komme gerade von meiner Mittagspause ins Büro zurück, als mein Handy klingelt. Da ich ja noch nicht wieder am Arbeitsplatz sitze, beschliesse ich ran zu gehen.
«Hey, Shawn.»
«Hey, Muffin.»
«Wollen wir das Muffin-Ding nicht mal sein lassen.»
«Eh klar. Aber wieso?», ich höre die Unsicherheit in Shawns Stimme und lache.
«Keine Angst. Ich liebe dich, aber ich bin jetzt achtzehn und ich finde die Muffin-Phase ist vorbei.»
«Okay, wie darf ich dich denn dann nennen?»
«Wie du willst, aber es muss erwachsen klingen.»

Jetzt ist Shawn derjenige, der lacht.

«Was?», frage ich.

«Nichts. Das ist nur *so* reif von dir», er lacht mich immer noch aus.

«Gut. Das reicht. Wieso hast du angerufen?»

«Wann hast du heute Feierabend?»

«Ich kann frühstens um halb Fünf gehen. Wieso?»

«Kommst du danach im Studio vorbei?»

«Klar. Um fünf beim Studio?»

«Perfekt!»

Wir verabschieden uns und ich bezahle noch einige Rechnungen, bis ich um halb Fünf das Büro verlasse. Um diese Zeit hat es immer viel Verkehr, deshalb brauche ich gut eine halbe Stunde, bis ich beim Studio ankomme und einen Parkplatz finde. Als ich reinkomme, sehe ich, dass Shawns ganze Band da ist. Ich begrüsse alle: «Hey was macht ihr denn alle da?» Und dann meine ich zu Shawn: «Du hast mir ja gar nicht gesagt, dass sie heute alle kommen.»

«Ja, es war eine sehr spontane Entscheidung und Zufall, dass alle Zeit hatten zu kommen.»

«Wir mussten einige Termine verschieben», meint Mike.

«Gibt es denn einen bestimmten Anlass?»

«Nein, Shawn hat nur gemeint, es ist sehr dringend und es wäre toll, wenn wir alle kommen. Oder Shawn?»

«So ist es.» Ich bin ein bisschen verwirrt, aber freue mich natürlich, dass alle da sind. Wir quatschen noch ein bisschen und ich erfahre, dass die Männer heute morgen angekommen sind, um heute einen Song einzuspielen. Gemäss Shawn musste es heute sofort gemacht werden. Muss ja ein super Song sein. Auf einmal meint Shawn zu mir: «Kommst du kurz mit mir nach hinten?»

«Ehm, ja klar.» Er nimmt meine Hand und wir gehen in einen Hinterraum, der wie ein Sitzungszimmer eingerichtet ist. Es gibt einen grossen Tisch und eine Leinwand. «Ich zeige dir etwas!», sagt Shawn begeistert und öffnet eine Power Point Präsentation. Auf der Titelseite ist ein Selfie von Shawn und mir, das wir gestern gemacht haben.

«Ich präsentiere dir nun: Unsere Beziehung!» Ich schaue Shawn fragend an.

«Ja, also ich zeige dir, was wir alles erlebt haben zusammen.»

«Und was ist der Anlass?»

Er zuckt mit den Schultern: «Schauen wir es uns einfach an.»

«Okay.» Auf dem ersten Bild sind Shawn und ich zusehen, wie wir in der Schweiz auf dem Badetuch sitzen und auf die Berge schauen.

«Das war an dem Tag, als du mir gesagt hast, dass du in mich verliebt bist», sage ich und Shawn nickt. Die nächsten Bilder sind von unserer Motorradtour.

«Am Anfang war es doch wirklich schön», meint Shawn und ich ergänze: «Ja, bis das mit Amy passiert ist.»

«Sie hatte wirklich Glück, dass sie keine Schäden davongetragen hat.» Ich nicke zustimmend. Es kommen weitere Bilder von unserem ersten gemeinsamen Weihnachten, Silvester, von den People's Choice Awards und auch von Bali. «Immer im Urlaub war irgendwas», meint Shawn.

«Ja, aber dass ich nach einer Nacht dachte ich bin schwanger, war schon ein bisschen leichtgläubig von mir.»

«Du warst ja auch erst sechszehn.»

«Aber trotzdem.»

Weiter folgen Bilder von Shawns zwanzigstem Geburtstag und von unserem Umzug.

«Ich weiss bis heute nicht, wieso meine Eltern mir *das* erlaubt haben", beziehe ich mich auf den Umzug.

«Die wussten halt schon damals, dass das mit uns etwas ganz Spezielles ist.»

«Ist es das?», frage ich ihn. Shawn zieht mich näher zu sich, wir sitzen auf dem Tisch, und legt seinen Arm um mich. Er gibt mir einen Kuss auf die Stirn: «Denkst du nicht, dass es das ist?»

«Doch, das tu ich. Du bist schliesslich mein erster Freund un dich kann mir vorstellen, mein ganzes Leben mit dir zu verbringen. Das ist schon speziell.»

Shawn grinst breit: «Ich kann mir auch vorstellen mein Leben mit dir zu verbringen. Jetzt weiter, ich habe dir noch nicht alles gezeigt.»

Es kommen weitere Bilder von der Hauseinweihungsparty, als ich bei Shawns Tour dabei war, vom Schlittschuhlaufen vor Weihnachten, von den Grammys und schlussendlich von unseren letzten Ferien in Österreich. Auf dem letzten Bild küssen wir uns auf unserer Terrasse in Orlando und darunter steht fett *I LOVE YOU.* Ich gebe Shawn einen Kuss.

«Aber, was ist der Anlass?»

Shawn zuckt die Schultern: «Komm ich muss dir noch etwas zeigen.»

«Noch etwas? Was?»

«Komm einfach.» Wir gehen wieder zurück zur Band. Sie stehen alle mit ihren Instrumenten bereit und ich schaue ein bisschen verwirrt.

«Setz dich hin», befiehlt Shawn. Also setze ich mich aufs Sofa und Shawn stellt sich hinters Mikrofon.

«Also: Der Grund, warum heute alle hier sind, ist weil wir einen Song aufgenommen haben. Offensichtlich. Und wir haben ihn geübt. Und möchten ihn dir gerne vorspielen.» Ich grinse breit. Shawn legt sich die Gitarre um. «Das Lied habe ich für dich geschrieben. Es soll nur deines sein. Deshalb will ich es auch nur veröffentlichen, wenn du das willst.» Shawn schaut Mike an, damit dieser das Tempo angeben kann, dann fängt die Band an zu spielen. Es hat einen Touch Country und ist sehr akustisch. Genauso, wie ich es mag. Shawn singt davon, wie sehr er mich liebt und was er an mir liebt. Er singt davon, wie wir uns kennengelernt haben und wo er uns in mehreren Jahren sieht. Es ist so schön und es rührt mich zu Tränen. Als der letzte Akkord gespielt ist, bin ich völlig mitgenommen. Shawn stellt seine Gitarre ab und kommt zu mir. Ich stehe auf und umarme ihn. «Das ist unglaublich schön. Ich habe noch nie so etwas Schönes gehört.» Ich wische meine

Tränen weg und sage zur Band: «Unglaublich, dass ihr für das extra nach Orlando geflogen seid.»

«Haben wir doch gerne gemacht», sagt Dave.

«Da ist noch etwas», sagt Shawn und ich schaue ihn fragend an. Zubin gibt Shawn ein kleines Kästchen und geht wieder zwei Schritte zurück. Was geht hier ab? Shawn nimmt meine rechte Hand und geht in die Knie. Dann öffnet er das Kästchen und es kommt ein wunderschöner Ring zum Vorschein. Oh mein Gott! Ist das jetzt wirklich das, was ich gerade denke? Shawn schaut zu mir hoch und sagt: «Cleo, willst du mich heiraten?»

Was geht hier ab? Passiert das gerade wirklich? Natürlich will ich! Ich bin nur gerade so von der Rolle, dass ich ganz vergesse zu antworten. Über meine Backe läuft eine Träne. Shawn schaut mich fragend an und ich merke, dass ich ihm noch eine Antwort schulde. Ich nicke. Dann grinse ich. Und schliesslich sage ich: «Ja!» Dann lache ich richtig. Das ist so surreal. Shawn steht auf und zieht mich an sich. Er schaut mir tief in die Augen: «Wirklich?», fragt er mit einem breiten Lächeln. «Ja! Klar!» Dann küssen wir uns. Ich lege meine Hände in Shawns Nacken und er zieht mich so nah an sich, wie nur möglich. Ich höre, wie die Band im Hintergrund applaudiert. «Ihr habt noch etwas vergessen», sagt Shawn und zeigt auf Shawns Hand. Er hält noch immer das Ringkästchen in der Hand. «Ouu», sagt er lachend. Er nimmt den Ring aus der Schachtel und nimmt meine Hand: «Darf ich?» Ich nicke und Shawn steckt mir den Ring an den Finger. Den Ring. Meinen Ring. Meinen Verlobungsring. Ich gebe Shawn noch einmal einen Kuss, dann umklammere ich ihn einfach und er hält mich im Arm. Die Bandjungs gratulieren uns und so langsam wird mir bewusst, was gerade passiert ist. «Oh mein Gott. Was werden meine Eltern dazu sagen?», meine ich lachend. «Die wissen es bereits», sagt Shawn.

«Was, die wissen es bereits?»

«Ich habe sie um ihren Segen gebeten, als wir in der Schweiz waren.»

«Nicht dein Ernst?»

«Doch klar. Und Amy auch.»

«Alle haben es gewusst ausser ich?»

«Naja, sie haben nicht gewusst, dass ich dich heute fragen will.»

Ich lache: «Ich bin erst achtzehn und schon verlobt.»

«Wenn es passt, dann passt es», sagt Shawn. Ich bemerke, dass die anderen ein bisschen verloren dastehen, deshalb frage ich: «Wann geht's für euch nachhause?»

«Erst morgen», sagt Mike.

«Also kommt ihr mit zu uns?»

«Sonst müssen wir noch ein Hotel suchen…»

Ich lache: «Das war anscheinend wirklich eine spontane Idee.»

«Tja, wenn Shawn sagt 'Kommen', dann kommen wir.», meint Dave.

«Ich würde mal schwer behaupten, wir haben genug Platz. Oder Shawn?»

«Klar!»

«Und wir haben zwei Autos. Wir können sogar alle mitnehmen.»

«Dann Let's go!»

Ich will gerade ins Auto steigen, als Mike meint: «Darf ich fahren?»

«Ehm, klar.» Ich gebe ihm die Schlüssel.

«Du gehst zu Shawn. Wir können doch zwei frisch Verlobte nicht getrennt nachhause fahren lassen.» Ich lache und nehme auf Shawns Beifahrersitz Platz. Die anderen sind nun alle in Amys Auto und fahren uns hinterher. Ich bestaune meinen Ring und sehe, wie Shawn immer wieder zu mir rüber schielt.

«Gefällt er dir?»

«Er ist wunderschön. Ich kann immer noch nicht fassen, dass wir verlobt sind.»

Shawn grinst: «Jetzt müssen wir nur noch heiraten!»

«Hast du dafür auch schon Pläne?»

«Wie wäre es mit dem 14. Mai?», schlägt Shawn vor.

Ich grinse. Der 14. Mai ist wahrscheinlich ein Datum, das sich in unseren Köpfen eingebrannt hat. Wir haben uns zwar erst am 15. Mai 2017 zum ersten Mal gesprochen, aber für uns beide ist der 14. irgendwie wichtiger. Es war zwar der schlimmste Tag für mich und doch der schönste. Und das nur dank Amy. Sie hat Shawn meine Nummer gegeben.

«Der 14. Mai? Noch in diesem Jahr?»

Shawn zuckt mit den Schultern: «Wieso nicht?»

«Gebongt!»

Amy

Morgen ist der grosse Tag! Ich bin richtig aufgeregt, denn morgen gehts los. Morgen ist die 25. Victorias Secret Fashion Show und ich werde dabei sein. Ich werde laufen! Gerade sind Cam und ich noch im Hotelzimmer, Cleo und Shawn warten bestimmt schon, wir wollen in der Stadt Abendessen gehen. Cam wartet schon auf dem Bett aber ich bin mich noch am Schminken. In einem tollen indischen Restaurant essen wir gemütlich zu Abend, dann gehen wir früh wieder ins Hotel, weil ich morgen früh raus muss. Shawn und Cleo sind total verliebt und mit sich selbst beschäftigt. Es ist so süss ihnen zuzusehen, wie sie alles vergessen, wenn sie miteinander turteln. Ich freue mich so für sie. Cleo ist meine beste Freundin und es ist schön zu wissen, dass sie glücklich ist. Niemandem möchte ich es mehr gönnen.

So langsam wird die stetige Nervosität der letzten Tage stärker. Gerade jetzt, früh am nächsten Morgen, als ich mit den anderen die grosse Halle betrete und sofort in den Backstage Bereich gebracht werde. Ich werde mich bei den anderen melden, wenn ich Pause habe.

Ich werde auf alle erdenkliche Art und Weise auf die Show vorbereitet. Die kleinen Unregelmässigkeiten der Haut werden mit einem Bräuner übersprüht und zwar überall, dann machen sie was an meinen Haaren, meine Nägel werden gemacht und so weiter. Ich werde hin und her geschickt und lasse die Profis

einfach machen. Endlich habe ich eine Pause. Nachdem ich Cam Bescheid gegeben habe, will ich gerade das Handy aus der Hand legen und mir eine Wasserflasche holen, da klingelt es und Bradleys Name leuchtet auf. "Hi Bradley!", melde ich mich erfreut.
"Hey! Wie geht's dir so?", begrüsst Brad mich. Ich stehe vom Styling-Stuhl auf und gehe in eine ruhigere Sofaecke während ich antworte: "Gut, ich bin nur ein bisschen nervös. Und dir?"
"Auch gut. Wieso nervös?"
"Heute ist ja die Victorias Secret Fashion Show und ich laufe da mit. Zum ersten Mal auf einem Laufsteg…Und es ist eine Live-Show!"
"Ah ja stimmt! Habe ich auf deinem Insta-Post gesehen. Ich werde es auf jeden Fall gucken."
"Oh nein, bitte nicht! Das ist peinlich. Also ich meine du kannst schon gucken, aber wenn ich dran bin musst du bestimmt aufs Klo oder so!"
"Ich werde doch nicht das Beste verpassen, weil ich aufs Klo muss!", empört er sich und ich muss lachen. Wir plaudern noch ein bisschen weiter, bis plötzlich Cam auf mich zukommt, Shawn und Cleo im Schlepptau. "Ich muss auflegen, aber man hört sich bestimmt wieder mal, oder?", erkläre ich. "Ja klar! Hey, Viel Glück für heute Abend! Du wirst bestimmt wahnsinnig schön aussehen...", bestätigt Bradley. Ich lache: "Ich versuchs...Tschüss!" Ich höre durchs Handy wie er grinst: "Wirst du! Bye und hab Spass!"
Cam sieht mich fragend an: "Wer war das denn?"

"Bradley.", antworte ich schulterzuckend. Er zieht nur die Augenbrauen hoch und winkt eine Sekunde später einem Model auf der anderen Seite des Raumes zu. Wir vertreiben uns unsere Zeit mit Reden und Wer-bin-ich-Spielchen, bis ich wieder ins Styling muss.

Gerade wurden draussen die Gäste begrüsst, jetzt wird die erste Show angesagt: "Victorias Secret präsentiert: *Into the Wild*. Bitte heissen sie mit mir willkommen: Shakira!" Dann gehts los. Die Musik startet und die Models werden der Reihe nach rausgeschickt. Ich stehe etwas abseits bereit, denn ich muss erst zur zweiten und vierten Show raus. Überall sind Models, Stylisten, Kamerateams, Headset-Leute und es herrscht ein einziges Durcheinander. Ich bin als Cowgirl gestylt mit Cowboyhut, Lasso und hohem Westernstiefeln ausgerüstet, die das mit Fransen verzierte Dessous in Szene setzen. Ich denke, gerade erst hat die Show angefangen, da ist sie schon wieder vorbei und ich werde so nervös, dass man mich als Teppichklopfer benutzen könnte so sehr zittere ich. Aber es ist ein gutes Gefühl. Ich fühle mich schön und sexy, ich *will* jetzt diese eine Minute da draussen so richtig geniessen. Schon wird die zweite Show angekündigt, Sunrise Avenue beginnt unter Applaus zu spielen und Ashley wird rausgeschickt. Nach ihr kommen noch vier Models, dann bin ich dran. Noch einmal kurz durchatmen. Schon bekomme ich das Kommando von einem Headset-Mann. Kaum komme ich um die Ecke und spüre das warme Licht der Scheinwerfer auf meiner Haut ist die Nervosität weg. Samus tiefe, warme Stimme begleitet mich, während ich der ersten Kamera zuzwinkere und weiterlaufe. Als ich an Samu vorbeilaufe, tue ich so, als wollte ich ihn mit meinem Lasso einfangen. Er zwinkert mir singend zu und ich merke, wie ich rot werde. Samu sieht ja auch wirklich gut aus und er hat mir gerade zugezwinkert! Viel zu schnell bin ich wieder hinten. Sofort muss ich mich umziehen und werde für die vierte Show umgestylt. Mein Dessous ist in nachtblau gehalten, das ganze Outfit mit silbernen, weissen und dunkelblauen Accessoires verziert. Am Slip ist eine wadenlange Schleppe aus drei, fast durchsichtigen Lagen dunkelblauer Stoff mit silbernen Monden darauf befestigt. Ein schlicht gehaltener Kopfschmuck mit einem Mondstein in der Mitte ziert meinen Kopf, in meinen Haaren wurden vereinzelt kleine Zöpfe geflochten. Das Makeup hält sich ganz in Silber, sehr schlicht und trotzdem schön. Fast alle Mädchen tragen durchsichtige Schuhe, damit es ein bisschen aussieht, als würden wir barfuss schweben. Über einen Bildschirm verfolgen Ashley, die vor mir laufen wird, und ich, wie draussen alle Lichter ausgehen. Dann erklingt wieder die Stimme aus dem Nichts und begrüsst Shawn. Ein einziger Scheinwerfer leuchtet Shawn an, an den Seiten des Catwalks glimmen schwache Lichter auf. Shawn stimmt eines seiner sanften und gefühlvollen Lieder an. Ich bekomme Gänsehaut und drücke Ashleys Hand, als das erste Model rausgeht. Ich bin erst gegen Schluss dran, und versinke völlig in der Musik und der perfekten Szene eines magischen Ortes. "Drei, zwei, eins, Amy geht raus!", werde ich losgeschickt und höre gerade noch: "Sie ist draussen. In zehn Sekunden kommt die Nächste!" Ich war schon immer ein Fantasy-Fan. Jetzt bin ich endlich ein Teil einer magischen Show, ich verkörpere eine Fee. Ich fühle mich magisch schön. Ungefähr auf mittlerer Höhe des Laufstegs steht Shawn und singt. Bei den Proben und auch sonst haben wir nichts abgemacht, aber als ich komme dreht er sich um und lächelt mich an. Dann nimmt er meine Hand, führt mich galant bis zum Ende des Laufstegs, was im Publikum Applaus auslöst. Irgendwo dort im Dunkeln sitzen Cameron und Rahel und unterstützen Shawn und mich. Das hebt meine eh schon in Wolke 27 schwebende Stimmung noch um mindestens eine Wolke höher und ich kann nicht anders als lächeln.

Nach all dem Rummel nach der Show fahren wir ins Hotel. Auf dem Bett liegend klicke ich mich noch durchs Internet und Cam neben mir wohl auch. "Kann ich noch ein bisschen Musik anmachen? Sonst ist es so still...", frage ich. "Wenn du willst, mach nur.", meint Cam schulterzuckend. Also mache ich meine Lieblingsplaylist an. Ich bin schon gespannt auf die von Klatschseiten zusammengestellten Videos mit den besten Momenten der Show, ich werde sie auf jeden Fall anschauen. In den Instastorys der Models und vor allem meinen Fans wimmelt es nur von Bildern von der Show. Auch Cam hat die Show dokumentiert. Ich bin schon ein bisschen stolz auf mich, dass ich es so ohne Zwischenfall durch den Tag geschafft habe. Grinsend klicke ich weiter zur nächsten Story. Sie ist von Bradley. Er hat den Fernseher gefilmt, von jedem Teil der Show ein bisschen. Beim letzten Teil sieht man gerade Ashley umdrehen, dann komme ich als Mondfee, wie ich mit Shawn nach vorne laufe, posiere und der Kamera ein Luftküsschen zuwerfe. Dazu hat er geschrieben: "Was für eine wunderschöne Show! Ich glaube, ich habe gerade einen Kuss von einem Engel bekommen! *Herzaugensmiley* Ach und guckt euch an, wie galant mein Kumpel Shawn ist..." Grinsend und mit ein bisschen roten Bäckchen lege ich mein Handy weg. Es dauert nicht eine Sekunde und schon bin ich im Land der Träume. Heute ist es voller Feen.

Cleo

Ich bin schon fast eingeschlafen, als Shawn sich frisch geduscht neben mir ins Bett legt. Er fährt mir fein mit den Fingerspitzen über die Schulter und haucht mir einen Kuss in den Nacken. Eigentlich wollte ich ja schlafen, aber das macht mich sowas von an. Ich drehe mich auf seine Seite und küsse ihn innig. So frisch geputzte Zähne muss man ausnutzen. Während wir knutschend ineinander verschlungen sind, klingelt mein Telefon. Bitte nicht jetzt! Obwohl sich meine Motivation ans Telefon zu gehen in Grenzen hält, drehe ich mich zum Nachttisch und schaue, wer mich so spät noch erreichen will. «So eine Scheisse!»

«Was ist?»

«Irgendeine Werbenummer! Wieso rufen die mich so spät noch an und unterbrechen unsere schöne Knutscherei?» Shawn lacht: «Du hättest den Anruf ja auch ignorieren können.»

«Und wenn es wichtig gewesen wäre?»

«Tja, war es aber nicht. Eigentlich wollten wir doch sowieso schlafen.»

«Stimmt.» Also schalte ich mein Handy aus und lege mich wieder hin. Shawn schaltet das Licht aus.

«Und was ist mit meinem Gute-Nacht-Kuss?», frage ich.

«War der vorhin nicht würdig genug?»

«Jäähh.» Shawn gibt mir meinen Kuss und danach schlafe ich schnell ein, während er noch sein Handy abcheckt.

«Cleo, wach auf! Wir treffen uns in einer halben Stunde mit Camaya zum Frühstück.» Überrumpelt setzte ich mich auf.

«In einer halben Stunde? Hättest du mich nicht früher wecken können?»

«Du hast so schön geschlafen.»

«Ich hab dich auch lieb Shawn, aber wie soll ich in einer halben Stunde fertig sein?»

«Wir gehen ja nur frühstücken. Du musst also nicht aussehen wie Angelina Jolie.»

«Willst du damit sagen, erst wenn ich mich schick mache, sehe ich so schön aus, wie Angelina Jolie.»

«Das wollte ich damit nicht sagen. Du bist auch schlafend tausendmal so schön wie Angelia Jolie.» Ich stehe auf gebe Shawn einen Kuss: «Ich beeil mich!»

Weil ich ein Morgenduscher bin, brauche ich am Morgen mindestens eine Stunde im Bad. Tja, heute wir das wohl nichts mehr. Ich springe also nur kurz unter die Dusche und binde meine Haare zu einem Knoten zusammen. Ich putze meine Zähne und decke die roten Stellen in meinem Gesicht ab. Das muss reichen. Ich habe ja nach dem Frühstück noch mehr Zeit. Meinen Verlobungsring, den ich zum Waschen abgezogen habe, stecke ich nun voller Stolz wieder an meinen Ringfinger. Ich habe das Gefühl diesen Ring zu tragen, macht mich reif und schön. Und es fühlt sich einfach wundervoll an. Fünf Minuten vor abgemachter Zeit stehe ich in Jeans, T-Shirt und Turnschuhen bereit zum Aufbruch. Ich nehme mein Handy, das immer noch abgeschaltet auf dem Nachttisch liegt und ziehe mir eine dünne Kapuzenjacke an. «Kommst du?», frage ich Shawn, der auf dem Bett liegt und fernsieht. Als wir in den Essenssaal kommen, warten Cam und Amy schon auf uns. Wir setzen uns zu Ihnen an den Tisch. Cam und Shawn gehen zuerst ans Buffet, während Amy und ich am Tisch warten.

«Wann wollt ihr eigentlich der ganzen Welt verkünden, dass ihr verlobt seid?», fragt sie mich.

«Keine Ahnung. Wir haben da noch nicht drüber gesprochen.»

«Solltet ihr vielleicht mal. Ich will meine Glückwünsche posten», meint Amy grinsend.

«Wir können das sonst gleich besprechen», schlage ich vor.

«Ihr könnt das auch zu zweit machen. Ich wollte dich nur mal dran erinnern, dass euer Leben leider nicht nur euch was angeht.»

«Ich weiss doch.» Als die Jungs zurückkommen gehen Amy und ich unser Frühstück holen. Währenddem wir essen, frage ich schliesslich Shawn: «Wollen wir unsere Verlobung eigentlich mal öffentlich machen? Amy hat mich daran erinnert.»

«Stimmt deine Millionen von Fans sollten auch mal von deinem Glück erfahren», meint Cam zu Shawn.

«Ja, ich hatte nicht vor, es zu verheimlichen. Ich habe bis jetzt einfach noch keinen Gedanken daran verschwendet.»

«Wir können es ja jetzt gleich posten», schlage ich vor.

«Twitter und Instagram?», fragt Shawn.

«Snapchat?»

«Also Twitter, Instagram und Snapchat.»

«Ich begrenze mich auf Instagram», sage ich.

«Ihr braucht aber noch ein passendes Bild dazu», meint Amy.

Ich lache: «Wenn da aber mein Gesicht drauf muss, müssen wir den Fototermin leider auf nachdem Frühstück verschieben.» Cam schaut mich fragend an. «Shawn hat mich eine halbe Stunde zu spät geweckt. Sag jetzt nicht, dir ist nicht aufgefallen, dass ich nicht geschminkt bin», ich schaue Cam lachend an.

«Ihr könnt ja auch nur eure Hände fotografieren», schlägt Amy vor.

«Oder wir schlendern später durch Kopenhagen und suchen uns eine gute Szene aus», ist Shawns Vorschlag.

«Bin dabei!»

Wir verabreden uns in einer Stunde am Hoteleingang, damit wir noch ein bisschen Zeit im Zimmer haben. Unser Flug geht zum Glück erst morgen Mittag, so dass wir noch heute Abend noch schön Essen gehen können. Zurück im Zimmer gehe ich meine Haare waschen. Während ich sie föhne klopft Shawn an der Tür: «Kann ich rein?»

«Ja!» Ich bürste meine Haare und beschliesse, sie heute offen zu tragen und eine Mütze anzuziehen. Im Frühjahr ist es in Dänemark nicht unglaublich warm. Ich ziehe zwar meine Turnschuhe an, aber dazu einen warmen Mantel. Mein T-Shirt tausche ich ebenfalls gegen einen Pulli aus. Wir haben noch ein bisschen Zeit uns die Karte und den Reiseführer von Kopenhagen anzuschauen, dann treffen wir uns auch schon mit Amy und Cam. Wir nehmen uns ein Taxi ins Zentrum. Wir schlendern durch die Gassen und laufen am Fluss neben den farbigen Häusern entlang. In einem süssen Café machen wir halt und trinken etwas, um uns aufzuwärmen.

«Wir dürfen das Foto nicht vergessen», erinnert uns Amy, als wir wieder zu Fuss unterwegs sind. Als wir

bei der Marmorkirche ankommen, meint Shawn: «Hier ist es doch schön.» Ich schaue ihn fragend an. «Na, um ein Foto zu machen.»
«Aha, ja. Stimmt.»
«Dann stellt euch mal in Position», befiehlt Amy.
«Wie sollen wir denn? Stehen? Sitzen?», frage ich.
«Müsst ihr schon selbst wissen.»
«Ich bin für Küssen!», sagt Cam.
«Ist das nicht ein bisschen *too much*?», frage ich.
«Macht einfach irgendwas und ich schiesse mehrere Bilder. Hauptsache man sieht, dass ihr verliebt sein.»
«Ja, das ist nicht schwierig!», sagt Shawn grinsend. Wir gehen Hand in Hand auf die Treppe vor dem Kircheneingang. Shawn nimmt beide meine Hände in seine und schaut mir lächelnd in die Augen. Ich erwidere sein Lächeln und nähere mich ihm, bis mein Mund nur noch ein, zwei Zentimeter von seinem entfernt ist. «Ich dachte Küssen wäre *too much*», sagt Shawn leise.
«Scheiss drauf!» Wir küssen uns, dann lösen sich unsere Lippen und unsere Stirnen berühren uns. Ich schaue auf unsere Hände, die ineinander verschlungen sind. Ich lehne mich an Shawns Brust und er schlingt seinen Arm um mich. «Ich liebe dich», sage ich. «Ich liebe dich auch, Baby.»
«Baby?», frage ich lachend, «Hättest du dir nichts Originelleres ausdenken können?»
«Also ich fand Muffin originell.»
«Nein, nein. Baby ist in Ordnung.» Jetzt ist Shawn der, der lacht. «Okay, ich glaube ich habe genug

Bilder gemacht!», ruft uns Amy zu. Wir gehen zurück zu ihr und Cameron. Es ist drei Uhr nachmittags und wir einigen uns darauf eine Stadtrundfahrt mit einem roten Bus zu machen. Diese dauert etwa zwei Stunden. Als wir wieder aussteigen fragt Amy: «Und jetzt?»

Cam antwortet sofort: «Also Shawn und ich haben in einem sehr noblen Restaurant einen Tisch für vier Personen reserviert. Um halb acht. So wie ich euch kenne, möchtet ihr deshalb vorher noch ins Hotel um euch frisch zu machen.»

Ich sehe Shawn streng an: «Was heisst sehr nobel?»

«Kleider und Hemden.»

«Ich habe aber gar nichts da, was ich anziehen kann», sagt Amy.

«Ja, ich auch nicht.»

«Dann gehen wir doch schnell noch shoppen», schlägt Shawn vor. Ich schaue Amy grinsend an: «Dann aber los!» Wir erkundigen uns bei einigen Passanten nach einem passenden Laden, bis uns eine Dame schliesslich etwas empfehlen kann. Auf dem Weg sage ich zu Amy: «Schuhe ziehe wir aber die an, die wir gestern anhatten oder?»

«Ja, ich habe zwei paar High Heels und ein paar Pumps dabei. Irgendwas wird schon passen.»

«Ich habe zwar nur ein Paar, aber die sind schwarz. Das ist also kein Problem.» Cam mischt sich in unser Gespräch ein: «Das heisst den Schuhladen lassen wir heute aus? Danke Gott im Himmel!» Ich muss lachen. Sie wollten schliesslich in ein nobles

Restaurant, was können wir dafür, dass wir nichts Passendes zum Anziehen dabeihaben. Der Laden, der uns empfohlen wurde, ist wirklich super und hat eine riesige Auswahl. Also, es soll schick sein, aber nicht zu elegant. Da werden wir bestimmt was finden. Nach einer Dreiviertelstunde hat sich Amy für einen schwarzen Hosenanzug entschieden, was ich bei diesen Temperaturen eine kluge Entscheidung finde. Ich finde ein schwarz gelbes Wollkleid, das zwar nur knielang ist, dafür lange Ärmel hat. Strumpfhosen haben wir im Koffer, genauso wie passenden Schmuck. Zurück im Hotel machen wir uns ready und um viertel nach Sieben treffen wir uns beim Taxi wieder. Pünktlich um halb acht kommen wir beim Restaurant an. Das Entrée ist riesig und an der Decke hängt ein wunderschöner Kronleuchter. Cam und Shawn haben wirklich nicht zu viel versprochen. Wir werden von einem Kellner zu einem runden, abgelegenen Tisch geführt. Als wir sitzen muss ich mich zuerst mal in dem Raum umsehen. Ich komme mir vor, wie im Kronsaal eines Schlosses. «Kann ich mal die Bilder sehen, die du gemacht hast?», frage ich Amy. «Klar. Wart, ich schicke sie euch gleich.» Wir schauen und auf unseren Handys die Bilder an und es sind wirklich ein paar tolle dabei. Eines finde ich besonders toll. Auf dem schaue ich unsere Hände an und Shawn beobachtet mich mit breitem Grinsen. Ausserdem hat Amy auf diesem Bild näher ran gezoomt, als auf den anderen. Ich zeige es Shawn. «Ja, das habe ich auch gesehen. Das ist süss.»

«Welches?», fragt Amy. Ich zeige es ihr. «Ja, das ist wirklich das Beste.»

«Also wollen wir es posten?», frage ich Shawn.

«Ich würde sagen.»

«Darf ich auch?», fragt Amy.

«Du hast schliesslich die Bilder gemacht», sage ich und sie grinst. Cam nimmt ebenfalls das Handy hervor. Ich nehme das Bild unbearbeitet, so, wie es Amy geschossen hat. Darunter schreibe ich: «Verlobt. Er hat mich gefragt und ich habe Ja gesagt.» Auf dem Bild markiere ich Shawn und als Fotografin unter dem Bild Amy. Dann poste ich den Beitrag. «Gepostet!", sagt auch Shawn. Ich lade die Startseite neu und sehe direkt Amys Beitrag. Sie hat ein Bild ausgewählt, auf dem wir uns einfach nur ansehen. Darunter steht: «Meine zwei besten Freunde sind verlobt. Ich kann es immer noch nicht glauben. Gratuliere!» Ich kommentiere sofort mit drei Herzen. Unter Shawns Beitrag steht: «Ich habe sie endlich gefragt. Sie hat ja gesagt!», dahinter ein Herz. Auch Cam hat ein Bild gepostet mit dem Kommentar: «Gratuliere zur Verlobung!» Ich kommentiere noch die beiden anderen Beiträge, während Shawn das Bild auf Snapchat und Twitter teilt. Danach legen wir unsere Handys weg und essen. Und wie wir essen! Dieses Restaurant hält wirklich, was es verspricht. Zum Dessert gibt es Apfelkuchen mit warmer Vanillecrème.

Während dem Dessert klingelt Shawns Handy.
«Camila», sagt er.
«Von mir aus kannst du rangehen», sage ich. Shawn geht ran und Camila redet so laut, dass sogar ich es verstehe: «Oh mein Gott Shawnie Boy! Ich gratuliere euch so sehr. Bist du wirklich verlobt? Ich kann es gar nicht glauben.»
Ich muss über ihre Reaktion lachen.
«Klar bin ich verlobt. Sonst würde ich so etwas doch nicht in die Welt setzen.»
«Ich will die ganze Geschichte hören. Wie hast du sie gefragt?»
«Wir sind gerade im Restaurant essen. Cleo und ich rufen dich später zurück. In Ordnung?»
«Ou, ja klar. Aber ich erwarte eine Story.»
«Geht klar!» Shawn verabschiedet sich und ich lache immer noch. Nachdem Dessert gehen wir mit dem Taxi wieder zurück zum Hotel und verabschieden uns von Amy und Cam.

Kapitel 3

Amy

Seit vorgestern Abend sind wir wieder zuhause. Nach all der Aufregung weiss ich nicht so genau, was ich jetzt mit mir anfangen soll. Cleo ist wieder im Büro, Shawn ist hier in seinem kleinen Studio, weil ihm beim Workout eine Idee für einen Song gekommen ist und Cam hat noch ein Meeting, kommt aber auf dem Mittag wieder. Heute wird einer der ganz normalen Tage für mich. Also Schule am Morgen, Mittagessen machen, eventuell Tests schreiben am Nachmittag, danach in den Stall und am Abend fernsehen oder lesen. Ich weiss zwar nicht wieso, aber ich bin mit richtig schlechter Laune aufgestanden. Deshalb beschliesse ich spontan, zuerst ein Workout zuhause zu machen, damit ich nicht mit schlechter Laune zu Nayeli gehe, und dann direkt in den Stall zu fahren. Schule kann ich ja auch am Nachmittag machen. Also starte ich meine Fitnessapp und beginne mit den Übungen. Etwa eine Dreiviertelstunde später gehe ich umgezogen zur Garage und setze mich in meinen Fiat. Es ist immer noch ein bisschen komisch Auto zu fahren, aber ich fühle mich cool dabei. Schnell verbinde ich meine ich mein Handy mit dem Radio und lasse extralaut meine Lieblingsplaylist laufen. Zu Bruno und Ariana mache ich Ego-

Party im Auto, bis ich beim Stall bin. Spätestens als ich auf der Weide übermütig von Cornflakes und Nayeli begrüsst werde ist meine schlechte Laune verflogen. Ich habe immer ein schlechtes Gewissen, wenn ich mal nicht zu Nayeli kann, wie zum Beispiel gerade wegen Kopenhagen. Aber sie scheint es mir nicht übel zu nehmen und begrüsst mich dafür umso freudiger, wenn ich wieder da bin. Heute will ich springen. Vorher habe ich schon ein paar niedrige Kreuzchen probiert, bei denen Nayeli sich super gehalten hat, deshalb will ich heute höher gehen. Ausserdem ist Samantha da und hat sich bereit erklärt mit mir in die Halle zu kommen, mich zu korrigieren und die heruntergefallenen Stangen wieder hochzuheben. "Hey, mir ist gerade was eingefallen. In drei Tagen ist ein kleines Turnier in der Nähe von Orlovista, ich werde mit Rubin starten. Hast du Lust mitzukommen?", fragt mich Sam nach dem Training. "Zum Starten? Mit Nayeli?", frage ich etwas überrascht. Sie nickt: "Ja, klar. Sie hat grosses Talent und ich glaube, sie liesse sich von der Turnieratmosphäre auch nicht so stressen. Ich kann dich noch nachmelden und wir fahren zusammen hin. Stacie startet mit Cobalt in der Ponykategorie." Ich bin sofort dabei und Sam verspricht mir, mich nachzumelden.

Frisch geduscht komme ich pünktlich zu einer Planungssitzung. Es geht um die Hochzeit, oder besser gesagt um den Junggesellenabschied. Cameron und ich wollen den Tag organisieren, obwohl das meistens die Trauzeugen machen und weder Shawn noch

Cleo bis jetzt einen Trauzeugen haben. Zuerst schreiben wir alle Ideen, die wir haben, auf und sortieren. "Also Party am Abend muss sein!", stelle ich klar und Cam stimmt mir sofort zu: "Da gehen wir alle zusammen. Aber vorher machen wir getrennte Programme." Ich wiege den Kopf: "Ob Shawn und Cleo das überleben? Getrennt für einen Tag?" Cam stupst mich grinsend und schreibt fett "Party" auf das Notizblatt. Obwohl wir den Tag getrennt verbringen, sprechen wir uns ab und stimmen das Programm aufeinander ab. "Wie machen wir das mit Fotos? Wir wollen keinen Fotografen engagieren oder?", fragt Cam. Ich blicke von meinem Laptop auf: "Ich würde nicht. Das stört doch. Wir können ja einfach selbst Fotos machen." Er nickt und ich schiebe hinterher: "Oder warte! Ich hab's. Wir können eine Sofortbildkamera kaufen!" Artig schreibt Cam auch die Sofortbildkamera auf seine Liste. Ich will hier jetzt noch nicht mehr verraten, aber wir überlegen, telefonieren und planen den ganzen Nachmittag. Gegen Abend haben wir schon ein grobes Programm, die Feinheiten und die genaue Planung werden wir später noch machen. Als wir fertig sind, schiebe ich schnell einen Auflauf in den Ofen, dann setzen wir uns vor den Fernseher. Beim Platz vier der besten Momente kommt zuerst Cleo, dann Shawn sein Shirt anziehend die Treppe runter. Ich werfe Cleo einen Blick zu, so in der Art: "Na, was habt ihr so getrieben?" Sie fängt ihn auf und grinst zurück, was so ungefähr heissen soll: "Tja, wüsstest du wohl gerne." Dafür kassiert sie einen Knuff in die Hüfte als sie sich neben mich fallen lässt. "Und, ist Shawns galanter Moment mit dir schon durch?", fragt sie. Cam schüttelt den Kopf: "Nein, aber Samus Zwinkern und wie Amy knallrot anläuft." Während Cleo grinst und sich an Shawn kuschelt werfe ich Cam ein Kissen an den Kopf: "Lass mich doch! Es hat mich halt überrascht und er sieht gut aus." Shawn lächelt still in sich hinein. "Jaja. Für Amy sieht fast jeder gut aus.", zieht Cam mich auf. Cleo rettet mich: "Das stimmt gar nicht! Sie ist sehr heikel. Es gibt halt hier nur eine höhere Konzentration von gutaussehenden Typen. Und ausserdem sind wir im Starbusiness; fast jeder kann da gut aussehen." Ich nicke nur zustimmend. Shawn grinst und spielt mit dem Verlobungsring an Cleos Hand. Cameron zuckt die Schultern und liked weiter Instabilder einer Modelkollegin, Photoshooting, freizügig. Mit der Zeit habe ich mich daran gewöhnt, dass er halt gerne rumschmökert. Aber wie sagt man so schön: "Solange man zuhause isst, darf man auswärts gelüsten." Die Stimme der Fernsehmoderatorin unterbricht uns und kündigt den drittbesten Moment der Fashionshow an. Da bin ich. Und Shawn. Ich bekomme Gänsehaut beim Wiedererleben dieses schönen Moments. Ich werde mich immer daran erinnern. Es ist zwar etwas anderes als der erste Kuss oder das erste Mal, aber trotzdem. Ich fühlte mich schön. Ich war glücklich. Ich *bin* glücklich. Mit Höhen und Tiefen.

Cleo

Als mein Wecker klingelt, ist Shawn schon weg. Heute habe ich eigentlich frei, aber wir haben ein wichtiges Meeting im Büro, an dem ich unbedingt teilnehmen muss. Das ist aber zum Glück erst um zehn Uhr und dauert auch nur zwei Stunden. Ich stehe auf und gehe ins Badezimmer. Am Spiegel hängt ein Post-It von Shawn: *Bin im Studio. Mittag? Ruf mich an!* Wir haben irgendwann mal angefangen einen Post-It-Stapel und einen Kugelschreiber ins Bad zu legen, damit wir den anderen nicht wecken müssen. Eigentlich könnten wir uns auch einfach eine elektronische Nachricht schreiben, aber irgendwie haben wir uns an diese Zettelbotschaften gewöhnt. Ich dusche und ziehe mich an, dann gehe ich schauen, ob Cam schon wach ist. Die Zimmertür ist geöffnet, aber Cam ist nicht mehr da. Amy ist gestern zu einem Turnier gefahren. Sieht ganz so aus, als wäre ich alleine. Ich gehe in die Küche und mache das Radio an. Ein wenig Sound am Morgen tut ganz gut. Nachdem ich gefrühstückt habe, putze ich meine Zähne. Ich packe meine Sachen in die Handtasche und will gerade in die Garage gehen, als ich merke, dass die Tür geschlossen ist. Ach stimmt, ein Schlüssel wäre auch noch was, sonst kann ich das Autofahren vergessen. Von uns vieren besitzt jeder einen Schlüsselbund mit Hausschlüssel. Da meiner der einzige ohne Autoschlüssel ist und dementsprechend einfacher in die Tasche passt, hat Amy ihn

mitgenommen. Eigentlich legen wir unsere Schlüssel immer auf die Kommode beim Eingang neben der Garderobe, aber dort liegt jetzt natürlich nichts. Ich schaue in jeder Schublade und an jedem andern Ort im Wohnzimmer, an dem man einen Schlüssel hinlegen kann. Als ich ihn immer noch nicht finde, suche ich Amys Taschen durch. Ich sehe ebenfalls in ihrem Zimmer nach. Nirgends! Wo ist dieser verdammte Schlüssel? Ich rufe jetzt Amy. Als ich mein Handy zur Hand nehme, sehe ich die Uhrzeit. Scheisse! Schon viertel nach Neun. Ich muss unbedingt noch meine Arbeitsunterlagen an meinem Schreibtisch holen gehen und vorbereitet habe ich mich eigentlich auch noch nicht. Verdammt! Unser Reisebüro gehört einer Kette an, die in ganz Florida mehrere Geschäfte führt. Heute sind die Finanzleiter aller Finanzabteilung unserer Firma dabei. Es ist ja nicht so, als könnte ich da einfach unvorbereitet aufkreuzen. Okay, jetzt einfach nicht ausrasten. „Beruhig dich Cleo." Oh, ich rede schon mit mir selber. Soll ich den Bus nehmen? Ich könnte auch Amy anrufen, aber die ist gerade beschäftigt. Na ja, selbstschuld. Ich muss jetzt los und ich brauche diesen Schlüssel! Ohne Auto war alles einfacher. Ich rufe Amy an: «Hey, wo ist dein Autoschlüssel?», frage ich kratzig. «Hey Cleo, freut mich auch von dir zu hören. Ja, mir geht es gut. Und dir?» «Amy! Wirklich. Freut mich, dass du Spass hast, aber ich sollte jetzt wirklich los und ich kann deinen Schlüssel nicht finden.»
«Ich kann ihn leider von hier aus auch nicht riechen.»

«Nein, ehrlich. Wo hast du ihn hingetan? Wo hast du ihn zuletzt gesehen? Ich muss ihn jetzt wirklich haben.»

Langsam wird auch Amy ernst: «Cleo, ich kann dir echt nicht weiterhelfen. Ich weiss jetzt auch nicht, wo der sein könnte.»

«Na, dann. Danke für deine grossartige Hilfe! Schönen Tag noch!», wieso bin ich so direkt? Das will ich nicht sein. Ich bin einfach…gestresst. Man!

«Hey, Cleo. Willst du dich jetzt wirklich so verabschieden.»

«Ja, ich habe jetzt wirklich keine Zeit für SmallTalk. Sobald du zurückkommst, kaufen wir ein Schlüsselbrett. Und wehe die Schlüssel hängen nicht dort, wenn sie keiner braucht. Ich schaue jetzt, dass ich irgendwie noch rechtzeitig zum Meeting komme.» Ich verabschiede mich. Na, super. Und was soll ich jetzt machen? Ich weiss genau so wenig wie vorher, bin dafür umso gestresster. Dann muss ich wohl den Bus nehmen. Ich hoffe ich schaffe es noch rechtzeitig. Ich gehe zur Haustür und drücke die Türklinke runter. Geschlossen! Nein, das darf jetzt echt nicht wahr sein. Okay, was soll ich jetzt bitte machen. Wenn ich Shawn bitte mich abzuholen, komme ich zu einhundert Prozent zu spät. Ich könnte auch zur Terrassentür raus. Oder auch nicht, um unseren Garten zieht sich eine Hecke von zwei Metern Höhe. Es ist also unmöglich, da raus zu kommen. Cleo, konzentrier dich. Es muss doch eine Möglichkeit geben, aus diesem Haus zu kommen. Ich bin schliesslich nicht wie

Rapunzel eingeschlossen in einem Turm. Es gibt noch eine Tür zum Badezimmer raus, aber auch die führt zur Terrasse. Ich fühle mich gerade echt...doof, verarscht. Anders kann ich das nicht beschreiben. Na dann, die einzige Möglichkeit, die ich noch habe, ist das Küchenfenster. Das Problem ist, dieses Fenster ist extra hochgebaut. Schätzungsweise eineinhalb Meter über dem Betonboden. Ich nehme meine Tasche und klettere auf die Küchenablage. Ich würde nicht gerade sagen, ich bin eine gute Kletterin, aber manchmal muss man Opfer bringen. Mit meinem Bleistiftrock und Blazer bin ich ja auch nicht gerade super gekleidet für diese Aktion. Ich öffne das Fenster und werfe die Tasche möglichst sachte raus. Meine schwarzen Pumps werfe ich hinterher. Sie unterstützen mich hierbei nicht gerade. Ich schaue mit dem Kopf aus dem Fenster. Wie soll ich jetzt da am besten raus? Ich schwinge zuerst mein rechtes Bein über den Sims. Okay und jetzt? Ich ziehe mein anderes Bein mühsam mit und lege mich mit dem Bauch über den Fenstersims. Wenn mich jemand so sehen würde, wäre es definitiv ein Grund abzutauchen. Ich schaue über die Schulter zum Boden. Ist schon ziemlich hoch, aber was soll ich machen? Augen zu und durch. Ich zähle innerlich auf drei, dann springe ich. Aua, verdammte Scheisse. Ich knicke mit dem Fuss um und kann mich nicht mehr halten. Ich lande seitlich auf dem Beton. Ich drehe durch! Wer tut mir das an?! Ich fasse mein Fuss an. Mein Knöchel schmerzt. Wahrscheinlich bin ich aber nur leicht umgeknickt.

Ich nehme an, die Schmerzen hören gleich auf. Ich stehe auf und streiche meine Kleider zurecht. Ich nehme meine Tasche und ziehe die Schuhe an. Ich will gerade loslaufen, als ich merke, dass mein Fuss immer noch schmerzt. Mit diesen Hacken zu laufen ist unmöglich. Rein kann ich nicht mehr. Bleibt mir wohl nichts anderes übrig, als in den Strümpfen zu gehen. Ich verfluche diesen Tag! Zum Glück kommt der Bus gleich, nachdem ich an der Haltestelle ankomme. Neben mir wartet eine Frau mit Kinderwagen. Sie schaut mich ziemlich schräg an. Ist ihr ja auch nicht zu verübeln, so wie ich aussehe. Der Bus hat etwa zwanzig Minuten bis zur Ecke, an der das Reisebüro ist. Ich sehe, dass ich noch rechtzeitig kommen kann. Vorbereitung kann ich mir zwar abschminken, aber wenigstens bin ich anwesend. So langsam beruhige ich mich. Ich erinnere mich, dass ich Shawn noch anrufen wollte, damit wir uns fürs Mittagessen verabreden können. Jetzt ist wohl der geeignetste Zeitpunkt. So kann ich ihm gleich meine Wahnsinnsstory von heute Morgen erzählen.

Amy

Als ich gegen Abend vom Stall nachhause komme, sind Cleo und Shawn schon zuhause. Nach einer ausgiebigen Dusche geselle ich mich nach unten zu ihnen und Cam, der mittlerweile auch da ist. Meine Bronzemedaille vom Turnier trage ich stolz um den Hals. "Hey! Wie geht's?", frage ich und lasse mich mit einem Glas Wasser aufs Sofa fallen. Cleo schaut mich missmutig an und meint: "Nicht gut!" Shawn hebt ihren rechten Fuss auf seinen Schoss und zieht ihr vorsichtig die Socke aus. Cleo verzieht das Gesicht: "Das tut weh!" Erschrocken starre ich ihren Fuss an, der geschwollen und blau ist. "Was ist passiert?", fragen Cam und ich gleichzeitig. Shawn spannt die Kiefermuskeln an und schweigt. Cleo erklärt mit zusammengebissenen Zähnen, während Shawn ihren Fuss sanft bewegt: "Ich habe keinen Schlüssel gefunden. Ich war im Stress wegen einem wichtigen Meeting und bin dann zum Küchenfenster rausgeklettert." Bei dieser Vorstellung muss ich ein bisschen grinsen, aber werde sofort wieder ernst als Cleo weitererzählt: "Bei der Landung bin ich umgeknickt. Ich musste in den Strümpfen in den Bus, weil ich nicht in meinen hochhackigen Schuhen laufen konnte. Aber wenigstens bin ich pünktlich zum Meeting gekommen." Schockiert frage ich: "Du hast also einen blauen und geschwollenen Fuss wegen mir? Nur weil ich nicht mehr wusste, wo der Schlüssel ist? Das tut mir so leid! Kann ich irgendetwas tun? Brauchst du Eis?" Cleo grinst halbherzig: "Ja, kann sein. Eis wäre nicht schlecht, glaube ich." Schnell hole ich ein Kühlpad aus dem Tiefkühlfach, wickle es in ein Küchentuch und bringe es Cleo. Ich umarme sie und entschuldige mich nochmals: "Es tut mir wirklich leid! Ich werde ein Schlüsselbrett kaufen und meine Schlüssel immer dort aufhängen!" Jetzt lächelt sie und legt den Kopf an meine Schulter: "Schon gut.

Jeder kann mal was vergessen. Es ist ja nichts Schlimmes passiert." Erleichtert, dass sie mir verzeiht, atme ich auf. Da explodiert Shawn, der bis jetzt geschwiegen hat: "Nichts passiert? Hallo? Du hast dir den Fuss kaputt gemacht! Du hättest dir das Genick brechen können!" Cleo öffnet den Mund, aber ich komme ihr zuvor: "Ich sagte doch, es tut mir leid! Wahrscheinlich hat sie sich ein Band überdehnt." Shawn schaut mich wütend an: "Das nützt doch jetzt nichts! Mit *Es tut mir leid* ist es nicht getan! Cleo hat es nicht verdient verletzt zu sein, niemals! Auch wenn es deiner Meinung nach *nur* ein überdehntes Band ist." Jetzt schaltet sich Cameron ein: "Natürlich hat sie das nicht verdient! Genauso wenig wie Amy es verdient hat, von dir zusammengestaucht zu werden, nur weil sie etwas vergessen hat. Was soll sie denn tun? Die Zeit zurückdrehen?" Shawn presst wieder die Zähne zusammen, sodass seine Kiefermuskeln hervortreten. Cleo versucht, ihn zu beschwichtigen: "Hey, ist ja gut. Ich werde es überleben. Und wegen der Sache mit dem Genick brechen: Ich glaube, so unfähig bin nicht einmal ich, dass ich mir aus eineinhalb Metern Höhe das Genick breche. Ich bin ja nicht so doof, kopfvoran aus dem Fenster zu springen!" Shawn legt seine auf ihre Hand und sagt sanft: "Ich sage ja gar nicht, dass du so unfähig und doof bist. Ich will dich doch nur beschützen. Wer ist denn schuld daran, dass sich ihre Freundin den Fuss kaputt macht?" Dieser letzte Satz ist zu viel für mich. Ich weiss ja, dass Shawn Cleo über alles liebt und sie vor allem und jedem beschützen will. Aber ich liebe Cleo auch. Ich würde niemals absichtlich etwas tun, das sie verletzt. Das war einfach unglücklich heute. Deswegen muss er mir noch lange nicht vorwerfen, ich sei eine schlechte Freundin. So etwas von Shawn zu hören, treibt mir die Tränen in die Augen. Cam setzt sich neben mich und nimmt mich in den Arm. Cleo guckt Shawn entsetzt an. Ich weine, was wohl Cams Beschützerinstinkt weckt. "Sag mal, spinnst du? Du wirfst Amy vor, eine schlechte Freundin für Cleo zu sein? Weisst du, was du bist? Egoistisch und gemein!" Shawn steht auf und brüllt: "Hör doch auf! Cleo ist verletzt und Amy ist schuld! Ich sorge mich halt um meine Verlobte!" Jetzt steht auch Cam auf und schreit zurück: "Ja, Cleo ist verletzt! Amy war auch schon verletzt. Ich war auch schon verletzt. Du warst auch schon verletzt. Trotzdem haben wir nicht einander die Schuld gegeben und uns gegenseitig zum Weinen gebracht! Also entschuldige dich sofort oder ich verpass dir eine!" Shawns Augen weiten sich einen Moment, dann fordert er: "Mach doch! Aber erwarte nicht von mir, ich sei dir gnädig!" Cleo löst langsam ihre Arme von mir und ich vergrabe mich stattdessen unter einem Kissen. Wenn Shawn und Cameron sich hier gleich wegen eines harmlosen Schlüssels prügeln will ich nicht zusehen. Sie sollen bloss aufhören und mich in Ruhe lassen. Cam holt zum Schlag aus. Cleo springt auf, ohne auf ihren Fuss zu achten und ruft bestimmt: "Aufhören! Alle beide!" Die beiden bleiben bewegungslos stehen und Cleo sinkt mit einem schmerzvollen Stöhnen zurück aufs Sofa, dann sagt sie gefährlich ruhig: "Hinsetzen! Wir diskutieren das jetzt!" Gerade habe ich absolut keine Energie und Nerven um zu diskutieren, also stehe ich immer noch weinend auf und renne nach oben. Ich höre gerade noch wie Cleo wütend sagt: "Na toll! Seht sie euch an! Ihr seid solche Idioten!" In meinem Zimmer werfe ich mich aufs Bett und vergrabe mich unter der Decke. Wenigstens muss ich mir keine Sorgen wegen einer Prügelei machen. Cleo hat die beiden voll im Griff. Ich stöpsle mir Kopfhörer in die Ohren und mache ganz laut meine Ariana Playlist an. Ariana gibt mir immer Kraft. Sie ist so unglaublich stark und macht damit andere stark, davon bin ich zutiefst beeindruckt.

Am Abend kochen wir alle gemeinsam das Abendessen. Shawn und Cameron haben sich versöhnt und alles mit einem Handschlag vergeben und vergessen. Shawn hat sich bei mir hundert Mal entschuldigt und ich mich bei ihm. Cleo muss den beiden ordentlich den Kopf gewaschen haben. Bei der Vorstellung muss ich schon wieder lachen. Wir haben Cleos Fuss eingesalbt und verbunden und Shawn trägt sie überallhin. Obwohl sie schwört, es gehe ihr gut, besteht Shawn darauf, den Fuss morgen einem Arzt zeigen zu gehen. Ihm zuliebe hat Cleo eingewilligt. "Ich kann euch in die Stadt fahren. Dann gehe ich während dem Termin ein Schlüsselbrett kaufen!", biete ich an. Shawn nickt grinsend und Cleo zwinkert mir zu. Cameron lenkt mich vom Kochen ab, in dem er mich von hinter umarmt und meinen Hals küsst. Kichernd drehe ich mich zu ihm um und küsse ihn liebevoll. Wieder einmal haben wir im Hause Mendes-Dallas-Antonios-Rivera eine Krise überstanden.

Kapitel 4

Cleo

"Ich will mir diesen Scheiss nicht mehr anschauen", sage ich gespielt genervt zu Shawn. Wir liegen fertig im Bett und schauen Keeping Up with the Kardashians.

"Willst du nicht schauen, wie ihr *so* perfektes, ungespieltes Leben aussieht?"

"Nein, Danke. Darauf kann ich verzichten." Ich nehme die Fernbedienung und schalte den Scheiss ab. Shawn beugt sich leicht zu mir: "Heisst das, du willst später keine Soap mit uns produzieren? Keeping Up with the Mendes' oder so?"

Ich lache und sage neckisch: "Wer hat überhaupt gesagt, dass ich deinen Namen annehme, wenn wir verheiratet sind?"

"Willst du nicht?"

Ich zucke die Schultern: "Ich habe da noch gar nicht drüber nachgedacht. Möchtest du das denn?"

"Klar, es wäre schon schön, wenn wir gleich heissen, aber schlussendlich ist es deine Entscheidung."

"Dann werde ich Mendes heissen", sage ich entschlossen. Shawn schaut mich erstaunt aber grinsend an: "Das freut mich."

"Apropos Hochzeit und so", sage ich, "Wir haben gesagt, dass wir im Mai heiraten wollen. Du weisst, dass das in zwei Monaten ist. Und wir haben noch keine Ahnung wie und wo und überhaupt wir heiraten wollen."

"Was schon in zwei Monaten?! Dann sollten wir vielleicht mal anfangen. Gleich morgen?"

Morgen sind wir beide zuhause. Es passt also. Und vielleicht helfen uns Amy und Cam auch noch. Bevor wir einschlafen, kommt mir noch etwas in den Sinn, das ich Shawn mitteilen muss: "Shawn, brauchen wir nicht Trauzeugen?"

"Ja stimmt. Und Brautjungfern. Hast du eine Idee wer?"

"Ja, brauchen oder wollen wir je einen oder zwei?"

"Ich weiss nicht. Mehr ist mehr. Also mich würde es freuen, wenn es je zwei sind."

"Und hast du eine Idee, welche zwei deine Trauzeugen werden?", frage ich ihn.

"Cam und Brian."

"Das ist ja ein schneller Entschluss."

"Und wer sollen deine Brautjungfern werden?"

"Amy und Camila."

Shawn lacht: "Du hast dich ja genauso schnell entschieden."

Nachdem wir das geklärt haben, schlafen wir ein. Die Gedanken ganz bei unserer bevorstehenden Hochzeit.

Am nächsten Morgen als ich aufwache, schläft Shawn noch tief und fest. Sie Sonne scheint schon durch die Vorhänge. Shawn liegt auf der Seite, das Gesicht gegen mich gedreht. Ich schaue ihm sicher zehn Minuten einfach nur beim Schlafen zu. Dann bewegt er sich auf die andere Seite und für mich ist das der Grund aufzustehen. Wenn ich jetzt ins Bad gehe, wecke ich Shawn. Na ja, es ist ja schon halb Zehn. Der kann ruhig auch mal seinen Tag beginnen. Ich springe unter die Dusche und als ich rauskomme, steht Shawn auch schon am Waschbecken und putzt sich die Zähne.

"Du hast mich geweckt."

"Ich hätte auch noch früher aufstehen können. Es ist halb zehn, Shawn."

Er spuckt das Zahnpastawasser ins Becken und fragt: "Erst? Madonna. Und diesen Frühaufsteher werde ich heiraten?"

Ich muss lachen und gebe ihm den obligatorische Guten-Morgen-Kuss: "Hast du dir selbst ausgesucht."

"Ich werde es nicht bereuen." Wir grinsen uns an. Nachdem wir im Bad fertig und angezogen sind, gehen wir runter, um zu frühstücken. Cam sitzt auf der Couch und schaut in sein Handy und Amy macht dasselbe mit ihrem Handy sitzend auf der Küchenablage. Wir begrüssen die beiden und ich frage Amy gleich direkt: "Amy möchtest du eine meiner Brautjungfern werden?" Sie grinst und umarmt mich: "Natürlich! Das würde ich liebend gerne." Auch Shawn fragt Cameron und wir sagen den beiden, wen wir uns als Zweitpositionen ausgesucht haben. Anscheinend waren Camaya schon vor Shawn und mir überzeugt, dass wir sie fragen werden und haben deshalb schon unseren Junggesellenabschied geplant. "Was macht ihr beiden denn heute so?", fragt Shawn.

"Ich habe noch nichts geplant", antwortet Amy.

"Ich auch nicht. Und ihr?"

"Wir wollten anfangen zu planen", sage ich

"Die Hochzeit?"

"Genau!"

"Dann können wir euch ja helfen. Das passt ja perfekt", meint Amy und Shawn sagt: "Cleo und ich wollten erst mal zusammensitzen und das wichtigste und unsere Ideen auf Papier bringen. Danach können wir ja dann alles zu viert besprechen."

"Ja, super!", findet Amy, "Dann kann ich sonst noch einkaufen gehen. Und Cam: Du kommst mit!"

"Klar Chef."

Ich muss schmunzeln ab den beiden. Amy hat ihren Freund voll im Griff. Würde er nämlich nicht mitgehen, wäre er den ganzen Tag mit seiner Playstation beschäftigt. Shawn und ich fangen schon während dem Frühstück an zu diskutieren. Wir sitzen uns gegenüber und ich halte einen Stift und einen Notizblock bereit. Ich übernehme das Wort: "Also wir sollten mal eine Liste machen und aufschreiben, was alles erledigt werden muss."

"Also: Wir brauchen eine Kirche. Du willst doch in einer Kirche heiraten?"

"Eigentlich schon, ja."

"Okay. Und dann brauchen wir eine Location, wo wir nach der Zeremonie essen können. Oder wollen wir nur ein Apéro veranstalten? Cleo, wir brauchen noch eine Gästeliste. Wir wissen gar nicht, wie viele Leute kommen. Und wo wollen wir überhaupt heiraten? Hier, in Kanada, in der Schweiz?"

Ich lache: "Shawn, mach dir nicht einen solchen Stress. Ganz ruhig. Wir planen schön eins nach dem anderen. Wo möchtest du denn heiraten? In welchem Land?"

"Wo ist mir eigentlich völlig Wurst. Mit der richtigen Frau..."

"Schleimer! Also ich bin dafür, dass wir es möglichst hier in der Nähe machen. Also Orlando und Umgebung. Sofern wir eine freie Kirche finden."

"Ich denke es gibt Vorteile, wenn man Shawn Mendes heiratet", sagt Shawn grinsend.

"Ach ja? Werde ja nicht eingebildet."

"Bin ich nicht. Ich will nur sagen, wir finden schon eine passende Kirche mit naheliegendem Festsaal und einen freien Platz beim Standesamt wird auch kein Problem sein."

"Na, dann. Wenn du es sagst. Womit fangen wir an? Mit der Gästeliste wäre wohl am sinnvollsten", schlage ich vor. Shawn nickt. Wir nehmen uns beide ein Blatt Papier und schreiben auf. Nach kurzer Zeit sind wir fertig und vergleichen. Einige Gäste haben wir beide aufgeschrieben. Wir fassen die Liste nun am Laptop zusammen und kommen schlussendlich auf eine Anzahl von rund hundert Gästen. Mit dieser Zahl geben wir uns soweit zufrieden. Vielleicht kommt uns ja später noch jemanden in den Sinn, den wir vergessen haben. Wir rechnen aber nun mit hundert Gästen, was Kirchen- und Festsaalgrösse anbelangt. Mit diesen Ideen holen wir schliesslich Amy und Cam dazu. Nun kümmern sich Shawn und ich um die Gestaltung der Einladungskarten und Camaya suchen nach Locations. Sie rufen bei allen möglichen Kirchgemeinden an, bis sie schliesslich eine grosse Kirche zwanzig Minuten von Orlando entfernt finden. Pfarrer einbegriffen. Shawn und ich sehen uns die Bilder an und müssen zugeben, etwas Besseres werden wir wahrscheinlich nicht finden. Weiter geht die Suche nach einem Saal oder einem Raum, in dem wir essen können. Die Kirche, die wir gefunden haben, steht in einem alten Schlosspark. Ein kleines Schlösschen mit vermietbarem Kronsaal ist zu unserem Glück am 14. Mai ebenfalls frei und wir müssen nicht mal Shawns Status zu Zug bringen. Nun haben wir das Wichtigste schon geplant. Auch Shawn und ich sind mit dem Layout für die Karten fertig. Wir haben ein Bild von Kopenhagen ausgewählt und schwarz-weiss bearbeitet. Eine richtige Hochzeitseinladungskarte halt. Wir bestellen 120 davon. Gemäss der Webseite sollten die in zwei Tagen bereits bei uns ankommen, so dass wir sie signieren und verschicken können. Was jetzt noch fehlt ist der Termin beim Standesamt. Auch das ist zu unserer Verwunderung kein grosses Problem. Leider müssen wir den Beamten davon überzeugen, am Sonntag zu arbeiten, dafür erhält er eine zusätzliche Gage. Darauf verzichtet er selbstverständlich nicht, er ist halt Amerikaner. Wir machen den Termin direkt am

Morgen, so dass wir uns für die kirchliche Trauung noch auffrischen und fertig machen können. Mit dieser Vorbereitung steht unsere Hochzeit noch nicht, aber das Wichtigste ist getan. Damit lassen wir es für heute gut sein.

Amy

Als ich am Morgen aufwache, kann ich mich noch ganz genau an meinen Traum erinnern. Ich war an einer wunderschönen Strandhochzeit irgendwo auf einer kleinen Insel eingeladen. Leider ist die Braut verschwunden, also musste ich einspringen, aber als ich dann vor dem Altar stand, blickte mir plötzlich der Typ vom Standesamt entgegen und der Pfarrer fragte mich, ob ihn diesen Mann heiraten wolle. Dabei schaute er empört an mir herunter und da merkte ich, dass ich nur einen Bikini trug. Gerade als ich ja sagen wollte, sah ich hinter dem Bräutigam Cameron und eine brasilianische Schönheit eng umschlungen tanzen, dann kam eine riesige Tsunamiwelle und hat die Insel verschluckt. Schweissgebadet wache ich auf. Leise schleiche ich mich ins Bad und spritze mir kaltes Wasser ins Gesicht. Während ich mir kaltes Wasser über die Handgelenke laufen lasse, schaue ich mein etwas geschocktes, bleiches Gesicht im Spiegel an und denke nach. Diese Hochzeit scheint mich mehr aufzuwühlen als ich gedacht habe. Nur die Hochzeit selber ist ja eine tolle Sache, aber wieso verwandelt mein Unterbewusstsein das in einen

Albtraum? Ich werde ja nicht heiraten. Das trifft mich wie der Schlag. Ich werde nicht heiraten. Ich werde nicht wie Cleo irgendwann meinen ersten Freund heiraten. Ich muss sehr durcheinander sein, denn ich liebe Cam. Und vielleicht war das nur ein dummer Gedanke. Vielleicht werden auch wir heiraten. Wir werden. Das kommt wieder, das war nur ein blöder Traum. Also schleiche ich zurück zum Bett und kuschle mich an Cam. Im Halbschlaf legt er den Arm um mich und zieht mich enger an sich heran. Ein paar Stunden später quäle ich mich durch die letzten fünf Matheaufgaben während Cam an seiner Konsole hängt und Cleo mit Shawn einen Spaziergang macht. Die beiden müssen es wirklich geniessen draussen bei diesem schönen Wetter, denn als ich im Fiat zum Stall losfahre, sind sie noch nicht zurück. Bei dem schönen Wetter mache ich mich zu einem gemütlichen Ausritt bereit. Ich grinse beim Anblick des Diploms vom Turnier letzter Woche, das ich an ihrer Boxentür aufgehängt habe. Ich schnappe mir das Halfter und mache mich auf den Weg zur Weide, während ich mich zurückerinnere. Wir waren ziemlich gut und sind sogar dritte in der einfachen Kategorie geworden, obwohl das unser erstes Turnier war. In der warmen Sonne putze ich mein Pferd gemütlich, dann lege ich ihr das Zaumzeug an und steige auf ihren blossen Rücken. Mittlerweile sind Nayeli und ich ein so eingespieltes Team, dass ich heute ausprobieren will, ob wir ohne Sattel ausreiten können. Sam winkt mir vom Platz aus zu und ruft:

"Dein Lieblingskehr?" Ich nicke und winke zurück. Nach einer Runde gemütlichem Schritt und einer kleinen Strecke Trab sind wir schon fast wieder zuhause. Drei Viertel des Kehres haben wir zurückgelegt, da wird der Himmel plötzlich dunkel und es beginnt zu regnen. Das macht mir nichts aus, aber die schwarzen Wolken bereiten mir Sorgen, also treibe ich Nayeli in den Trab. Zum Glück hat sie so weiche Gänge, sonst wäre das sehr unbequem ohne Sattel. Wir sind noch nicht weit gekommen und schon blitzt es. Nayeli zuckt ab dem folgenden Donner zusammen. Der Abstand zwischen Blitz und Donner sagt mir, dass das Gewitter ziemliche nah ist und ich besser schnell zum Stall zurückkehren sollte. Nach kurzem Überlegen galoppiere ich Nayeli an und hoffe, dass sie mich nicht abwirft, wenn sie erschrecken sollte. Aber Nayeli vertraut mir wirklich. Sam steht in der Stalltür und grinst erleichtert, als sie mich entdeckt. "Du bist schon verrückt!", grinst sie kopfschüttelnd und hilft mir, Nayeli trocken zu rubbeln. "Klar! Woher sollte ich wissen, dass ein Gewitter kommen wird? Jetzt weiss ich zumindest, dass Nayeli und ich im grössten Scheisswetter ohne Sattel durch den Wald jagen können." Sam verdreht die Augen. Als ich im Auto sitze und in den Rückspiegel schaue, sehe ich sie schnell zum Herrenhaus rennen. Jetzt regnet es nur noch und das Gewitter ist weitergezogen. Zur neuesten Hitparade fahre ich durch den starken Regen nachhause. Etwas ausserhalb unseres Quartiers sehe ich auf dem Fussweg zwei Leute rennen, die mir sehr bekannt vorkommen. Lachend fahre ich rechts ran und warte, bis Cleo und Shawn bis auf die Knochen durchnässt eingestiegen sind. "Das war lustig!", lacht Shawn. Cleo ist etwas weniger begeistert: "Naja, es war nass. Und kalt. In den Filmen sieht das immer so romantisch aus, aber in echt ist es..."

"Noch romantischer? Weil du ja mit *mir* unterwegs warst.", unterbricht Shawn sie glücklich. Sie schaut ihn liebevoll an und lenkt schliesslich ein: "Nass und romantisch!" Mittlerweile habe ich in der Garage parkiert und wir streifen im Eingang unsere Schuhe ab. Ich pruste: "Schätzchen es ist Regen, natürlich ist der nass! Ihr wollt ja nicht wissen, was mir passiert ist!" Cameron schaut von seiner Playstation auf, an der er immer noch hängt und fragt: "Was ist denn mit euch passiert?" Shawn erklärt es ihm ganz freundlich: "Weisst du Kumpel, wenn du mal eine Sekunde nach draussen schauen würdest, wüsstest du, dass es Wetter gibt. Heute hat es zum Beispiel plötzlich angefangen zu regnen. Cleo und ich mussten nachhause rennen, aber wir sind trotzdem schon pitschnass. Amy hat uns vor dem Quartier aufgegabelt." Cleo setzt Teewasser auf und ich erzähle von meinem Abenteuer mit Nayeli. Cam lacht: "Cool! Wie eine Amazone!"

"Das ist doch saugefährlich! Cam, machst du dir keine Sorgen um deine Freundin?", macht sich Shawn Gedanken und was der pragmatisch denkenden Cleo in den Sinn kommt, bringt mich so zum

Lachen, dass ich meine Tasse Tee abstellen muss, um nichts zu verschütten. Sie fragt aller Ernstes: "Tut das nicht ein bisschen weh an der…, ich meine, wenn du immer auf die Wirbelsäule von Nayeli plumpst…Kann man sich den Vaginaknochen brechen?" Shawn grinst und Cam springt sofort darauf an: "Ihr habt echt einen Vaginaknochen? Den kann man sich brechen? Eigentlich logisch, sein bestes Stück kann man auch brechen. Tut dir das beim Reiten nicht weh?" Bevor ich antworten kann muss ich mich zuerst beruhigen: "Also. Erstens; Dein *Vaginaknochen* ist in Wirklichkeit das *os pubis*, das Schambein. Zweitens; Man kann sich grundsätzlich alle Knochen brechen, aber ich weiss nicht, was du anstellen musst um diesen zu brechen. Drittens; Es gibt Pferde, bei denen tut es weh, aber es ist eine Frage des Sitzes. Nayeli hat superweiche Gänge und beim Galopp spürt man es nicht. Das Problem wäre schon eher der Trab." Cam schüttelt sich: "Klingt ja schrecklich." Shawn verzieht ebenfalls das Gesicht: "Ja, schon ein bisschen. Ich habe noch etwas ganz anderes: Bald haben wir alle Ferien! Wohin solls gehen?" "Süden! Hitze, Strand, Meer!", antworte ich wie aus der Pistole geschossen. Cleo nickt: "Wisst ihr was ich cool fände? Costa Rica. Ich finde, das ist eines der schönsten Urlaubsländer der Welt."
"Stimmt, dort stehen so viele Ferienhäuser. Da muss man schon fast mehrmals hin, so schön soll es sein."
"Wenn man mehrmals hinmuss…wieso kauft man nicht einfach ein Ferienhaus?" Cleo packt Shawns

Hand: "Machen wir? Dann können wir hin, wann immer wir wollen! Ohne blöd klingen zu wollen, aber das Geld haben wir ja." Ich grinse: "Naja, Shawn und Cameron haben das Geld. Du hast einen durchschnittlichen Lohn und ich habe noch was vom Modeln. Apropos, ich habe bald wieder ein Shooting für verschiedene Buchcovers." Die anderen gratulieren mir zu meiner aufsteigenden Karriere, dann machen wir uns an die Arbeit. Einen Plan haben wir ja: Ferienhaus in Costa Rica kaufen, möglichst schnell. Gegen Abend haben wir drei Häuser ausgewählt und uns für eine Besichtigung gemeldet. Sogar die Flüge haben wir schon gebucht. Spontan sind wir ja.

Cleo

Ich kann echt nicht fassen, was wir vorhaben. Wir haben uns tatsächlich für drei Häuserbesichtigungen angemeldet. Morgen schon wollen wir nach Costa Rica fliegen. Die Häuser, die zur Auswahl kommen, stehen alle im gleichen Bezirk. Wir sind sehr zuversichtlich, nach den drei Besichtigungen unser passendes Ferienhaus zu finden, denn wir wollen danach gleich drei Wochen im Land meiner Träume bleiben. Wirklich, Costa Rica finde ich unglaublich. Obwohl ich das Land nur von Bildern kenne, kann ich mir fast kein Schöneres vorstellen. Auf jeden Fall müssen wir jetzt und morgen früh noch packen. Am Mittag fliegen wir nämlich und gegen Abend kommen wir an. Wir haben nur eine Nacht im Hotel reserviert. Am nächsten Tag werden wir uns die Häuser anschauen und wie bereits erwähnt, gehen wir davon aus danach gleich im einem davon unterzukommen. Na ja, wenn nicht, werden wir schon eine andere Lösung finden. Ich liege im Bett und mache mir Gedanken über mein Leben. Noch vor zwei Jahren hätte ich davon nur geträumt. Ich bin ausgezogen. Mit sechzehn. Ich bin nicht einfach nur ausgezogen, ich habe mein Land verlassen und bin zusammen mit meinem Freund, den ich zu dem Zeitpunkt ein Jahr lang gekannt habe, meiner besten Freundin und deren Freund nach Orlando ausgewandert. Als wäre das nicht genug, sind die beiden Männern, in deren Haus wir wohnen, zwei weltbekannte Superstars. Nun bin ich achtzehn, fliege morgen nach Costa Rica und werde in fünf Wochen heiraten. "Das ist doch verrückt!"

"Was ist verrückt?", fragt Shawn. Anscheinend habe ich das gerade laut gesagt und anscheinend schläft Shawn auch noch nicht.

"Mein Leben!"

"Stimmt etwas nicht?", fragt er besorgt. Ich lache laut auf: "Machst du Witze?! Mein Leben ist einfach nur abnormal! Aber ich liebe es! Oh mein Gott, ich liebe dich!" Jetzt ist Shawn der, der laut lacht: "Ich will doch hoffen, dass du mich liebst, schliesslich heiratest du mich in ein paar Wochen."

"Siehst du?! Ich heirate. Wie kann mein Leben noch besser sein." Shawn lacht immer noch. Ich weiss nicht ganz, wieso er so lacht, aber mein Enthusiasmus lässt ihn wahrscheinlich einfach staunen. Vor allem, weil es halb elf ist. Shawn stützt sich auf den Ellbogen und schaut mich an: "Weisst du was, Cleo? Oh mein Gott. Ich liebe mein Leben auch. Und oh mein Gott, ich liebe dich so sehr!"

"Äffst du mich nach?", frage ich ernst.

"Vielleicht ein bisschen." Ich lege meine Hand in seinen Nacken, zieh ihn an mich und küsse ihn. Als wir wieder ruhig nebeneinander liegen, muss es einfach wieder mal laut gesagt werden: "Shawn, ich denke, du bist das Beste, was mir je passiert ist."

"Na *das* beruht auf Gegenseitigkeit."

Nachdem wir am nächsten Morgen fertig gepackt haben, sitzen wir schon fast im Flugzeug. Der Flug nach San José dauert nicht lange, aber danach müssen wir noch fünf Stunden Autofahren. Als wir in der Luft sind und unsere Gurtschnallen lösen können, ziehe ich meine Beine hoch uns setze mich im Schneidersitz hin. Shawn sitzt neben mir, Cam und Amy vor uns. Ich will gerade meine Kopfhörer aufsetzen, als Shawn laut denkt: "Ich bin nur noch einige Wochen unverheiratet. Das sollte ich ausnützen." Ich boxe ihm in den Oberarm. Er grinst: "Das war ein Witz."

"Der war nicht witzig", sage ich ernst, aber muss dann trotzdem grinsen. Shawn sieht mich an: "Komm mal her!" Ich nehme mein Handy und die Kopfhörer lege ich um den Hals, klettere auf seine Seite und setze mich rücklings auf ihn. "Ich wollte gerade Musik hören."

"Ich auch.", erwidert er.

"Dann mach doch." Ich setze meine Kopfhörer auf und lasse Musik an, während Shawn seine aus der Sitztasche kramt. Ich höre Bligg, einen Schweizer Rapper. Dazu kann ich mich nur schwer stillhalten. Ich bewege meine Lippen zum Text und tu so, als würde ich eine mega Show zu dem Song abliefern. Shawn schaut mir die ganze Zeit zu. Er bewegt seine Lippen ebenfalls zu dem Song, den er gerade hört. So versuchen wir einander irgendwie gegenseitig zu übertrumpfen, in dem wir den Song umso mehr fühlen. Wir müssen aber immer wieder anfangen zu lachen. Shawn setzt seine Kopfhörer ab und ich tu ihm gleich. Wir schauen uns lange an, dann streicht er mir eine Strähne hinters rechte Ohr und küsst mich. Küssend bewege ich mich auf seinem Schoss, so dass meine Beine seitlich gegen den Korridor hangen. Ich lege meinen Kopf an Shawns Brust und schliesse meine Augen.

«Hey, Cleo. Wir landen.» Ich bewege mich und bemerke, dass ich wohl an Shawns Brust eingeschlafen bin. «Wie lange habe ich geschlafen?»

«Nicht sehr lange, ungefähr eine halbe Stunde.»

«So lang? Tut mir leid.»

«Kein Problem, ich muss jetzt einfach richtig dringend aufs Klo.»

Ich lache: «Hältst du es noch aus, bis wir gelandet sind.»

«Muss ich wohl», meint Shawn und ich klettere schuldbewusst wieder auf meinen Platz zurück. Am

Flughafen finden wir unser Gepäck schnell und schon sitzen wir im Taxi in Richtung Hotel. Die Fahrt dauert lange, aber der Fahrer erlaubt uns zum Glück eines unserer Handys mit seiner Bluetooth-Anlage zu verbinden. Heute hat Amys Handy die Ehre, uns mit Musik zu bescheren. Wir singen alle vier laut mit, obwohl keiner von uns richtig spanisch kann: «Solamente te falta un beso, ese beso que siempre te prometi, echame la culpa.» Der Fahrer muss sich richtig zusammenreissen, seine Gäste nicht auszulachen. Obwohl, uns würde es ja nicht stören. Von uns aus kann er auch gerne mitsingen. Als wir schliesslich beim Hotel ankommen, checken wir ein und teilen uns auf unsere Zimmer auf. Der Zimmerservice bringt uns noch etwas zu Essen vorbei. Wir sind eindeutig zu müde, jetzt noch irgendwo hinzugehen. Und morgen müssen wir uns schliesslich drei Häuser ansehen.

Pünktlich um acht Uhr früh stehen wir auf der Matte und auch Camaya sind schon da. Wir gehen schnell frühstücken, denn um neun haben wir bereits mit dem ersten Makler abgemacht. Obwohl wir jetzt schon auschecken müssen, dürfen wir unser Gepäck an der Rezeption abgeben. So müssen wir es nicht den ganzen Tag mit uns rumtragen und können es erst am Abend abholen gehen. Der Makler, der uns übrigens am Hoteleingang abholen kommt, stellt sich als Enrique vor. Er ist noch nicht sehr alt, schätzungsweise in den frühen Dreissigern. Als wir im Auto sitzen, stupse ich Amy an: "Schon nicht schlecht, diese Latinos." Sie lacht: "Sag das ja nicht Shawn."

"Was soll sie mir nicht sagen?"

"Dass Latinos heisser sind, als du", antworte ich. Amy schlägt sich an die Stirn und schüttelt den Kopf.

"Das ist mir ja nicht neu. Mit dem kann ich leben", meint Shawn.

"Siehst du?", wende ich mich an Amy. Sie lacht nur. Schon nach wenigen Minuten erreichen wir das erste Haus. Enrique wird uns die ersten zwei zeigen. Das dritte zeigt uns dann ein privater Verkäufer. Der Parkplatz vor dem Ferienhaus ist schon sehr majestätisch, aber leider zieht sich diese Majestätigkeit nicht bis über die Schwelle, wie wir enttäuscht erfahren müssen. Das Haus ist zwar auch innen sehr schön, aber es ist dreistöckig und wir müssen erfahren, dass man keine Klimaanlage installieren kann. Die Wände seien zu alt. Als wir den Garten betreten, stellen wir fest, dass der definitiv das beste am ganzen Haus ist. Er ist riesig, direkt am Strand und einen gepflegten Pool hat es auch. Wahrscheinlich kann der Umschwung allein den Charme des Hauses aber nicht retten. Ohne uns zu entscheiden, beschliessen wir, das nächste Haus anzusehen. Wir müssen wieder nur zehn Minuten fahren, bis wir das zweite Haus erreichen. Diesmal sind der Parkplatz und der Eingang sehr klein. Das Haus sieht von aussen sehr abgefallen aus. Als Enrique aber die Tür öffnet, stellen wir fest, dass es innen ganz und gar nicht abgefallen ist. Es ist wunderschön modern renoviert und die Räume sind riesig. Wenn jetzt der Garten auch noch so aussieht, haben wir tatsächlich eine mögliche Option. Und der Garten enttäuscht uns nicht. Es hat einen Pool, exotische Fruchtbäume und eine grosse Wiese. Nachdem wir nun beide Häuser angesehen haben, fährt uns Enrique in die Stadt und wir vereinbaren, uns bei ihm zu melden. Wir essen in Ruhe zu Mittag und um zwei kommt uns der zweite Verkäufer hier abholen. Im Süden nimmt man es ja für gewöhnlich mit der Zeit nicht so genau. Miquel kommt dementsprechend erst gegen drei. Aber auch er ist sehr höflich und fährt uns zu seinem Anwesen. Der erste Eindruck ist einfach nur magisch. Ein grosses Tor ragt am Eingang. Dahinter verbirgt sich ein riesiger Platz und ein Unterstand für mindestens fünf Autos. Das Haus ist riesig und gleicht eher einer Villa. Es ist weiss und sehr modern. Wir treten ein und uns kommt ein frischer Geruch entgegen. Auch innen ist das Haus sehr modern und trotzdem ist die Einrichtung mit farbigen Teppichen und antiken Ledersesseln genial gestaltet. Die Wand gegen den Garten besteht fast nur aus Fensterscheiben und auch das Treppenhaus in den ersten Stock sieht aus wie ein Glaskasten. Das obere Stockwerk ist in zwei fast identische Teile aufgeteilt und für uns perfekt eingerichtet. Die eine Seite würde Amy und Cam gehören, die andere Shawn und mir. Wie unglaublich schön der Gärten ist, können wir schon durch die Fenster erkennen. Noch deutlicher wird es aber, als wir ihn betreten. Es hat eine gedeckte Terrasse, einen riesigen, aber wirklich riesigen Pool, einen Grillplatz und tatsächlich eine Art Strandbar. Wir kommen aus dem Staunen gar nicht raus. Ich glaube, wir haben uns entschieden.

Kapitel 5

Amy

Einen Tag später ist alles geregelt und wir sind um ein Haus in Costa Rica reicher. Wir sind schon eingezogen, das Haus ist ja bereits vollständig möbliert und eingerichtet. Nach einem etwas improvisierten Frühstück machen wir uns bereit um in die Stadt zu fahren. Heute wollen wir was Kulturelles machen. Nachdenklich stehe ich vor meinem schönen Holzschrank. Cameron packt sein Portemonnaie und seine Sonnenbrille in seinen kleinen Rucksack und fragt: "Was überlegst du?" Abwesend antworte ich: "Was ich anziehen soll." Er legt seinen Rucksack aufs Bett und umarmt mich von hinten, dann stützt er sein Kinn auf meine Schulter. Ich zucke zusammen und er greift zielsicher in meinen Schrank: "Ich stelle dir dein Outfit zusammen, okay?" Ich nicke und setzt mich aufs Bett. "Kannst du weisse Hosen tragen?", fragt Cam während er meinen Kleiderschrank durchsucht. Ich grinse: "Ich habe meine Tage nicht, falls du das meinst." Er lässt vom Schrank ab und kommt zu mir. "Gut zu wissen!", meint er frech, dann küsst er mich und fährt mit seiner Hand an meiner Hüfte entlang. Lachend schiebe ich ihn weg: "Du frecher Junge! Wir haben mit Cleown abgemacht, du musst mir noch mein Outfit zusammenstellen." Fünf

Minuten später stehe ich in meinen neuen grünen Shorts und einem farblich passend gemusterten Shirt vor dem Spiegel und drehe mich zufrieden hin und her. "Jetzt noch ein lockerer Zopf und dein Bild wird gleich im Museum aufgehängt.", erklärt Cameron selbstzufrieden. Den Zopf flicht er mir gleich selber, weil er genau wisse, wie es kommen soll. Ich lasse ihn machen und ziehe ihn dann nach draussen zu Cleo und Shawn. Cleo sitzt auf unserer Gartenmauer und Shawn steht zwischen ihren Beinen, die beiden sind am Küssen. Wie eingefroren stehen sie da, bewegungslos, also muss es wohl ein Zungenkuss sein. Ich pfeife leise und sie lassen voneinander ab, da fährt auch schon unser Taxi die Auffahrt hinauf und hält vor dem Gartentor. Im Radio läuft fröhlicher Salsa und ich wir sind alle total in Urlaubsstimmung. Die südliche Lockerheit und die Leichtheit sprühen förmlich in diesem wunderschönen Land. Nach dem Museum, das wirklich sehr spannend und schön gestaltet war, nicht so öde wie die Museen in der Schweiz, habe ich Hunger. Draussen in einem riesigen Park kaufen Shawn und ich uns ein Eis während Cam aufs Klo geht. Cleo verzichtet, sie will ihre Figur halten, damit sie ins Hochzeitskleid passt. Welches sie noch gar nicht hat und in dem sie sowieso eine perfekte Figur machen wird, aber wie sie meint. Ich werde auf keinen Fall auf mein Eis verzichten. Wir setzen uns auf eine abgelegene Bank und geniessen unser Eis. Oder halt die Sonne, obwohl wir unter einem grossen Baum im angenehm kühlen Schatten sitzen. Camerons Arm liegt hinter mir auf der Banklehne, Cleo und Shawn halten Händchen und ich habe meine Beine über Cleos gelegt. Shawn zieht sein Handy hervor und wir machen ein Selfie. Schweigend bleiben wir so sitzen und ich beobachte lächelnd, wie Shawn glücklich grinsend mit Cleos Verlobungsring spielt. Sie schaut ihn an: "Was grinst du so?" Er löst den Blick vom Ring: "Ich kann es nur immer noch nicht fassen, dass ich bald die Liebe meines Lebens heiraten werde. Du wirst meine Frau!" Ihre Hand schleicht sich in seinen Nacken als sie erwidert: "Ja, ich kann es auch nicht glauben. Ich liebe dich!" Er küsst sie und nuschelt etwas in den Kuss hinein. Respektvoll nehme ich meine Beine von Cleos und Shawn zieht sie auf seinen Schoss. Die beiden sind mit sich selbst beschäftigt und ich glotze zu, bis Cam plötzlich meinen Nacken küsst: "Bekomme ich auch ein bisschen Aufmerksamkeit, Kitty?" Da ist er endlich wieder, mein Kosename! Ich kann ein Grinsen nicht unterdrücken und antworte: "Klar, wenn du so lieb fragst, Baby!" Er streicht mir eine Strähne, die sich aus dem Zopf gelöst hat hinters Ohr und gibt mir einen sanften Kuss. Ich lege den Kopf an seine Schulter und beobachte zwei Vögel, die durchs Gras hüpfen. Von irgendwo kommt plötzlich Musik, die immer lauter wird. Es ist wieder die hier typische Salsamusik, aber mit mehr Pop drin. Da kommt eine Gruppe von fünf einheimischen Jugendlichen und lässt sich auf dem Rasen vor uns nieder. Sie setzen sich um einen Kasten Bier, eine Schale mit

Früchten und ihre Musikbox ins Gras und stossen an. Dann beginnen sie mit einem Ball auf provisorisch mit Schuhen gekennzeichnete Tore zu spielen. Ich tippe Cleo an: "Hey, eine Sekunde kurz, dann kannst du wieder mit Shawn knutschen. Guck dir mal die an." Sie lacht und zeiht dann die Augenbrauen hoch: "Die sehen gut aus. Da hast du guten Ausblick hier." Ich verdrehe die Augen: "Die sehen gut aus? Hallo! Das sind richtig heisse Latinos!" Cameron grinst und beschäftigt sich dann mit seinem Handy. Plötzlich fliegt der Ball in unsere Richtung. Er zielt genau auf Cleos Kopf, die mit Shawns Küssen beschäftigt ist. Meine Reaktion folgt, bevor ich nachdenke. Ich springe auf und fange den Ball ab, bevor er Cleo treffen kann. Da kommt auch schon einer der Jungs. Er hat unglaublich grüne Augen und wuscheliges Haar. Mit samtener Stimme entschuldigt er sich bei der mittlerweile aufgeschreckten Cleo hundertmal, dann wendet er sich mir zu. Ich gebe ihm den Ball, den ich immer noch halte, zurück und als sich unsere Finger berühren fragt er: "Quieres jugar?" Das verstehe ich sogar noch und nicke. Barfuss geselle ich mich zu den Jungs und der Junge, der mich eingeladen hat, stellt sich vor: "Soy Nael Santos." Ich muss unbedingt Spanisch lernen, denn die Sprache ist wunderschön und gefällt mir schon lange, genau wie Italienisch. Obwohl ich spanische Wurzeln habe, kann ich kein Spanisch, denn ich habe keine Verwandten, die es sprechen. Die Wurzeln liegen zu weit zurück. Nael stellt die anderen Jungs auch noch vor, dann schauen sie mich neugierig an und ich sage schnell: "Ich bin Amy. Ich kann leider kein Spanisch." Sie lachen und wechseln auf ein holperiges Englisch, dann bringen sie mich dazu zu sagen: "Mi nombre es Amy. Costa Rica me gusta." Ich schliesse mich dem Zweierteam an und wir spielen Fussball. Etwas abgewandelt, so wie man in der Freizeit halt Fussball spielt, denn man darf den Gegner ziehen, umwerfen und so weiter. Es macht richtig Spass, vor allem, weil die Jungs nach kurzer Zeit aufgehört haben mich anzugehen als ginge ich sofort kaputt und wir nun alle rammen und aneinander zerren. Nach einiger Zeit kommen Cam, Shawn und Cleo auch noch kurz dazu, dann müssen wir langsam wieder nachhause gehen. Zuhause gucke ich mir das Instagramprofil der Jungs an und beschliesse, dass es den Medien egal sein wird, wenn ich ein paar hübschen Latinos mehr folge.

Die nächsten Tage hangen wir am Pool. Ich versuche gerade ein vorteilhaftes Foto von mir auf dem Liegestuhl zu machen, da spritzt Cameron mich aus dem Pool nass. Ich kreische, dann finde ich, dass die Wassertropfen das gewisse etwas sind und poste das Bild. "Rache!", schreie ich und springe neben Cam in den Pool. Cleo auf dem Liegestuhl lacht: "Gibs ihm!" Wir rangeln kurz, dann muss ich feststellen, dass ich den Kürzeren ziehen werde und tauche schnell wie ein Fischlein weg. Hinter Shawn bringe ich mich in Sicherheit. Die Jungs rangeln noch weiter im Pool während Cleo und ich was zu essen bestellen und den Tisch decken.

"Hast du eigentlich schon eine Idee für dein Hochzeitskleid?", frage ich sie neugierig. Sie seufzt: "Eigentlich nicht. Es muss mir einfach gefallen. Shawn darf es ja nicht sehen vor der Hochzeit. Ich hoffe ich finde etwas, was mir gefällt."
"Klar tust du das! Bei Gelegenheit solltest du den Brautjungfern mal mitteilen, welche Farbe wir tragen sollen."
"Stimmt! Es gibt noch so viel zu organisieren, schaffen wir das alles pünktlich?", zweifelt Cleo. Ich beruhige sie: "Logisch, schliesslich hast du die besten Hochzeitsplaner der Welt engagiert!" Sie grinst: "Ihr habt euch doch selber eingestellt."
"Egal! Ausserdem wirst du dich nicht daran erinnern, ob die Servietten Ton in Ton mit dem Tischtuch waren oder nicht. Oder ob die Bänder an deinem Brautstrauss nicht gleich lang abgeschnitten waren. Du wirst dich an den Tag erinnern, weil du da Shawn geheiratet hast und mit deiner Familie und allen deinen Freunden gefeiert hast!" Das bringt sie zum Lachen: "Du hast Recht. Das Essen ist angerichtet, pfeif die Jungs her!" Im Badezeug essen wir auf der Terrasse zu Abend. Dann sitzen wir noch gemütlich in der Chilllounge bei der Bar unten, bis es stockdunkel ist und man vereinzelte Sterne am Himmel leuchten sieht.

Cleo

Ich komme nicht klar! Dieses Haus, das jetzt unser ist. Unser neues Ferienhaus. Also eigentlich nicht direkt meins und Amys aber das, das Shawn und Cam gekauft haben. Ach du meine Scheisse! Es ist einfach nur unglaublich. Ich komme mir immer noch vor wie in einem Traum, obwohl wir nun schon seit eineinhalb Wochen hier sind und uns richtig eingenistet haben. Ich binde mir gerade mein Strandtuch um die Hüfte. Wir haben heute fast den ganzen Tag am Strand unten verbracht. Amy und Cam wollen noch länger bleiben, aber Shawn und ich haben für heute genug Sand abbekommen. Wir haben gestern für ein Chili con Carne eingekauft und ich will mich heute mal dran wagen. Daher können Camaya gut die Zeit, die ich in der Küche brauche, noch am Strand verbringen. Shawn zieht sich sein T-Shirt über und nimmt meine Hand. Wir laufen gemeinsam die Treppe hoch. "Hast du schon einmal mexikanisch gekocht?", fragt er mich.
"Chili ist Tex-Mex. Und ja, habe ich. Aber nur Burritos."
"Soll ich dir helfen?" Ich schaue ihn an: "Ehm...., wenn du unbedingt willst? Ich wollte es eigentlich mal ohne deine magischen Hände versuchen."
"Ich habe magische Hände?"
"Definitiv! Und du bist der viel bessere Koch als ich. Ich will das alleine schaffen."

"Ich will dich nicht aufhalten." Wir laufen neben dem riesigen Pool vorbei, als Shawn meine Hand loslässt und Kopfs voran ins Wasser springt. Ich erschrecke mich und bleibe stehen. Shawn taucht auf und schüttelt sich sein Haar aus dem Gesicht, bevor er anfängt loszulachen. Ich zeige mit dem Finger auf dich: „Ich hasse dich! Erschreck mich nie wieder so." Aber Shawn lacht einfach weiter. Er schwimmt an den Rand und stemmt sich auf: „Gib mir einen Kuss!"

„Ich bin nicht doof. Denkst du ich will baden gehen? Ich gehe jetzt kochen." Ich will weitergehen, aber er hält mein Bein fest: „Shawn…", warne ich ihn, „Lass mich los!"

„Ich verspreche dir, ich ziehe dich nicht ins Wasser." Na gut, eigentlich finde ich dieses Spiel ja ganz witzig. „Also gut. Küss mich." Ich stehe wieder an den Poolrand und Shawn stemmt sich zu mir hoch: „Du musst dich schon zu mir runter beugen", fordert er mich auf. Ich lehne ein wenig nach vorn und nähere mich ihm. Shawn stemmt sich immer mehr auf. Doch bevor sich unsere Lippen auch nur berühren können, richte ich mich wieder auf. Shawn lässt sich ins Wasser plumpsen: „Das ist nicht witzig!"

„Doch, finde ich schon. Willst du es noch einmal probieren?" Ich beuge mich wieder runter und Shawn stemmt sich auf, doch bevor er mich küssen kann, stehe ich natürlich wieder gerade hin.

„Madonna! Ich schwöre dir, du gehst heute noch baden!" Ich lache: „Wenn du mir versprichst, dass ich in den nächsten fünf Minuten *nicht* nass werde, dann küsse ich dich. Versprochen!" Ich beuge mich zum dritten Mal zu ihm runter und diesmal küsse ich ihn wirklich. „Alle guten Dinge sind drei!", sagt Shawn schliesslich und ich stimme ihm zu.

„Deshalb liebe ich dich", sage ich zu ihm.

„Weil alle guten Dinge drei sind?" Wir lachen.

„Nein, weil ich bis auf meine Lippen trocken geblieben bin. Jeder andere hätte mich ins Wasser gezogen."

„Na ja, du hast mir ja auch versprochen, mich zu küssen. Es gab also gar keinen Grund, dich baden zu lassen."

Die Lippen, über die diese Worte kommen, haben definitiv einen zweiten Kuss verdient.

„Ich mache mich dann mal auf den Weg in die Küche", sage ich Shawn, bevor ich ins Haus gehe. Er will noch ein bisschen weiter plantschen. Der Schlüssel ist noch in Shawns Badehose, wie ich an der Tür feststelle. Ich lasse ihn mir von ihm zuwerfen und springe kurz unter die Dusche. Danach ziehe ich mein rotes Lieblingssommerkleid an und binde meine nassen Haare hoch. Als ich kurz aus dem Fenster schaue, sehe ich, dass Shawn immer noch im Wasser ist. Ich öffne die Terrassentür und rufe: „Hast du schon Schwimmhäute?"

„Ja, langsam. Es ist nur gerade so schön. Das muss ich geniessen."

„Mach das."

„Aber ich komme gleich rein." Ich strecke den Daumen hoch und gehe wieder rein. Ich schliesse mein

Handy unserer super guten, elendsteuren Stereoanlage, die wir gestern besorgt haben, an und spiele meine Countryplaylist ab. Zuerst stelle ich die Zutaten bereit. Ich schnipple, was das Zeug hält. Ich höre gerade *I want crazy* von Hunter Hayes und hacke dazu die Zwiebeln klein. Ich erschrecke mich als Shawn schreit: „Geht es noch lauter?!" Ich schreie zurück: „Ja, soll ich lauter machen?" Ohne meine Antwort abzuwarten, macht sich Shawn am Lautstärkeriegel zu schaffen und macht meinen wundervoll lauten Sound leiser. "He! Du kannst nicht einfach Hunter Hayes Kehle zuschnüren."
"Er singt ja noch, nur nicht ganz so laut. Ich springe kurz unter die Dusche", sagt Shawn und macht sich auf den Weg. Ich rufe ihm hinterher: "Dann kann ich ja die Musik wieder lauter machen."
"Mach, was du willst." Das lasse ich mir nicht zweimal sagen. Ich stelle die Anlage wieder lauter, aber nicht ganz so laut wie vorhin. Ich setze gerade das Wasser auf, als Shawn wieder runterkommt. Er umarmt mich von hinten und schaut mir über die Schulter: "Da kommen Tomaten rein? Zwei ganze?!"
"Shawn, das schmeckst du gar nicht", beruhige ich ihn.
"Hoffentlich. Schneide sie so klein wie möglich."
"Natürlich, keine Angst." Er küsst mich in den Nacken, aber ich wimmle ihn ab. "Shawn, das lenkt mich ab."
"Das ist mein Ziel."

"Mein Ziel ist es aber, mein Chili con carne nicht zu vermasseln." Er lässt von mir ab und setzt sich auf die einzige freie Stelle der Küchenablage, die ich gerade nicht benutze. Ich mache weiter an meinem Menü und Shawn ist derweilen am Handy. Endlich wechselt die Musik wieder auf Hunter Hayes. Er ist definitiv einer meiner liebsten Countrysänger, deshalb kann ich natürlich seinen bekanntesten Song auswendig. Und natürlich singe ich mit: "You're all I ever wanted." Auch Shawn hat sein Handy zur Seite gelegt und singt mit. Er steht auf und hält mir die Hand hin: "Komm wir tanzen!"
"Ich kann aber nicht tanzen."
"Jetzt komm! Wenn wir heiraten, tanzen wir auch und das ist schon bald."
"Okay." Ich lasse mich so gut ich kann von Shawn führen, wobei wir eigentlich nur hin und her schwanken.
"Haben wir eigentlich einen Hochzeitssong?", frage ich ihn.
"Brauchen wir das?"
"Keine Ahnung. Meine Eltern hatten einen. Ich glaube, das ist der erste Song, zu dem man tanzt."
"Ja, stimmt. Meine Eltern hatten auch einen. Aber ich kann mich nicht erinnern welchen."
"Ich weiss es. Der Song meiner Eltern war *Ewigi Liebi*."
"War was?", fragt Shawn lachend.
Ich wiederhole: "*Ewigi Liebi*, von einer Schweizer Band. Willst du ihn hören?"

"Ja, zeig ihn mir mal." Wir lösen uns, damit ich die Musik umschalten kann." Wir hören konzentriert den Song an, wobei Shawn immer wieder anfängt zu lachen: "Ich habe keine Ahnung, was der singt, aber es klingt so witzig." Nach dem Lied stelle ich wieder auf meine Playlist um. Ich kümmere mich ums Essen, das langsam Form annimmt und verdonnere Shawn zum Tischdecken. "Also wollen wir jetzt auch einen Hochzeitssong?", fragt er mich, als ich ihm gerade die Teller in die Hand drücke. "Ja, brauchen wir schon fast. Aber wir brauchen sowieso noch Musik. Wir können mit Cam und Amy darüber reden, ob wir Livemusik wollen. Und falls ja, wer sie spielt", schlage ich vor. "Ich kümmere mich darum. Ich habe schon eine Idee", sagt Shawn geheimnisvoll.

"Aber den Song können wir schon gemeinsam auswählen?", frage ich grinsend.

"Klar! Was willst du?"

"Gemeinsam heisst, wir wählen ihn zusammen aus, nicht ich entscheide und du findest es gut."

"Aber du kannst ja etwas vorschlagen."

"Ich hätte da schon eine Idee", meine ich und schalte den Song ein. "They said I was nothing but a troublemaker."

"Hätte ich mir ja denken können, dass du mit LANCO ankommst. Aber findest du es nicht ein bisschen geklaut? Man kann sich keine eigene Geschichte zu dem Lied machen, weil sie schon im Lied steht. Und es ist nicht unsere Geschichte. Verstehst du, was ich meine?" Ich denke kurz nach. Er hat

recht. Das Lied hat wirklich eine klare Geschichte
dazu.

"Ja, du hast recht. Was schlägst du als Alternative
vor?"

"We were both young when I first saw you."

"Aber Shawn. Mit Love Story macht doch Taylor genau dasselbe, wie LANCO. Wir sind weder Romeo
noch Julia und Prinz und Prinzessin sind wir schon
gar nicht."

"Du hast Recht, aber das Lied ist trotzdem schön."

"Das Lied ist wunderschön und es wäre sicher wundervoll, es an unserer Hochzeit zu hören, aber nicht
als *der* Hochzeitssong", sage ich.

"Hey, wir sind da!", ruft Amy.

"Das schmeckt ja herrlich", sagt Cam, wirft sein Badetuch auf den Boden und kommt in die Küche. "Ich
geh duschen. Wann gibts Essen?", fragt Amy.

"Etwa in zehn Minuten."

"Super!" Sie geht die Treppe hoch und Cam geht hinterher.

"Also, zurück zur Musik", sage ich. Wir überlegen
beide, was noch in Frage kommen könnte, da habe
ich eine Idee: "Wie fändest du Wanted? Dass wir
dazu tanzen können, haben wir ja eben gesehen."

Er gibt mir einen Kuss: "Ich liebe dich!" Ich lache: "Ich
habe nur einen Vorschlag gemacht."

"...der super war."

"Findest du?"

"Und wie! Wir haben unseren Hochzeitssong gefunden."

Kapitel 6

Amy

Müde schlage ich die Augen auf und kraule Mohino hinter den Ohren, dann stehe ich auf. Schnell ziehe ich mir ein weites Shirt an und schlüpfe in Trainerhosen. Mohino läuft vor mir her bis zu seinem Futternapf und beim Rascheln der Futterpackung ist auch Lazuli schnell in der Küche. Ich grinse über meine zwei Katzen, die ich in Costa Rica schon ein bisschen vermisst habe. Seufzend mache ich eine gemütliche Playlist an und beginne, den Tisch zu decken. "I just wanna lay in bed, don't feel like picking up my phone…", singe ich gutgelaunt mit Bruno Mars, weil ich von gestern Abend noch richtig müde bin. Ich hatte eine kreative Phase und habe so etwas wie ein Lied ohne Melodie geschrieben. Musik machen kann ich nicht, aber manchmal kommen mir ein paar Zeilen in den Sinn. Ich frage Shawn später, ob das was werden könnte, denn ich bin ziemlich stolz darauf. Es ist ein Trennungssong über jemanden, den ich vor einigen Jahren in der Schweiz kennengelernt habe, obwohl wir nie zusammen waren. Gleichzeitig ist es aber auch ein Lobeslied auf mich selber, weil ich gut bin, so wie ich bin. Jeder ist das, man muss nur nicht auf die falschen Leute hören. Nach und nach trudeln auch die anderen unten ein und wir essen Frühstück. Schon bald lenken Cleo und Shawn das Gespräch auf ihre anstehende Hochzeit. "Was muss denn alles noch organisiert werden?", fragt Shawn. Ich beginne sofort aufzuzählen: "Die Leute vom Schlösschen müssen wissen, wie ihr die Deko wollt. Das Menu muss festgelegt werden. Cleo braucht ihr Brautkleid, du deinen Anzug. Die Trauzeigen müssen ebenfalls ihre Dresscodes haben, also welche Farbe zum Beispiel Camila und ich tragen sollen. Wie kommt ihr vom Standesamt zum Schlösschen? Wo könnt ihr euch frischmachen? Wir müssen eine Playlist machen und einen Fotografen suchen und und und…" Shawn zieht die Augenbrauen hoch: "Das ist ja noch ganz schön viel. Ich würde sagen wir teilen das Ganze mal auf." Cleo nickt: "Finde ich gut. Also: Cameron kümmert sich um das Essen, Amy um die Dekoration. Shawn und ich übernehmen die Musik. Den Rest machen wir gemeinsam. Wenn ihr mit etwas fertig seid, könnt ihr es von uns absegnen lassen." Cameron salutiert. Zuerst räumen wir die Küche auf, dann richten alle ihren Arbeitsplatz ein und machen sich fleissig an die Arbeit. Als gegen Mittag meine Managerin anruft, stehen schon das Menu, die Dekoration bis auf die Blumen, die Farben der Brautjungfernkleider und wir haben die Rückmeldung bekommen, dass wir uns im Hotel neben dem Standesamt frischmachen können. "Hallo Maren!", melde ich mich am Telefon. Mit ihrer freundlichen Stimme, die nie gestresst klingt, egal was passiert, antwortet sie: "Hallo Amy! Hast du kurz Zeit für mich?" Ich gehe hinaus auf die Terrasse: "Klar. Was gibt es denn?"

"Wir sollten nächstens wieder ein Meeting abmachen, um deine Karriere zu planen."

"Ja, können wir. Wenn du meinst, da ist eine Karriere, die man planen kann."

"Nach einer der grössten Shows müssen wir etwas nachlegen. Ich habe an ein Magazin gedacht. Wie wäre es mit *Elle*? Oder *Seventeen*? Wenn ich mich bemühe und du dein Training in der nächsten Zeit ein bisschen intensivierst, vielleicht mit einem Personal Trainer bekomme ich dich in die *Sports Illustrated*."

Ein bisschen überrumpelt hake ich nach: "Du meinst ich komme in so ein Magazin? In ein so bekanntes?"

Maren lacht ein kontrolliertes Bürofrauenlachen: "Titelseite versteht sich. Schätzchen, du entschiedest; Du kannst das nächste ganz grosse Model werden. Oder du machst nichts und gehst wie eine Sternschnuppe wieder unter."

"Naja, ich muss mir das Ganze ein bisschen überlegen, es geht alles so schnell, weisst du?"

"Aber natürlich! Mach dir keinen Stress, ich bin da, um dir zu helfen! Ich schicke die ein paar mögliche Daten für ein Treffen in Ordnung?" Ich bejahe und wir verabschieden uns. Als ich wieder reinkomme, sitzen die drei zusammen vor Shawns Laptop und diskutieren über Limousinen. "In der Limousine zum Schlösschen?", erkundige ich mich beim Brautpaar. Cleo verneint: "Wir wissen es eben nicht. Ich finde Limousine toll, aber die hier gefallen mir nicht

und Shawn ist es egal, solange er nicht laufen muss."
Nach kurzem Überlegen meine ich: "Ich sehe das
Problem, aber auch die Lösung. Was haltet ihr von
der guten alten Kutsche? Es kann ja eine offene oder
eine dieser geschlossenen Postkutschen sein, wie ihr
wollt." Shawn reibt sich den Nacken: "Das gefällt
mir, aber natürlich nur, wenn es Cleo auch gefällt."
Cleo nickt langsam: "Ja, das passt auch gut ins Ambiente des Schlösschens. Gibt es denn hier noch Kut-
schen?" Cameron mischt sich ein: "Da findet man sicher was. Ein Pferd haben wir auch schon." Ich überlege kurz: "Ja, ich glaube Nayeli ist bei Ray schon vor
dem Wagen gelaufen. Aber ein Pferd reicht nicht.
Sam ist mit Rubin sicher auch schon gefahren. Ein
Dunkelbrauner und ein Buckskin, die Farben sollten
sich nicht so sehr stören." Cleown finden die Idee gut
und ich beschliesse, am Nachmittag gleich einmal bei
Sam nachzufragen und Nayeli einzuspannen, um zu
üben. Aber zuerst gilt es, eine Hochzeit fertig zu planen.

Am späten Abend nach zehn Uhr sitze ich geschafft
auf der Terassencouch und trinke ein Sommersby. Es
ist schon dunkel und ich entdecke ein paar wenige
Sterne am Himmel. Cameron ist schon im Bett und
Shawn guckt sich mit Cleo eine Fernsehshow in ihrem Zimmer an. Die Hochzeit ist fertig geplant, wir
haben alles organisiert. Obwohl wir alle fast ausflip-
pen, weil wir denken, etwas vergessen zu haben. Es
ist wie für Ferien zu packen; irgendetwas vergisst
man immer, da kann man machen, was man will.

Aber das wichtigste haben wir und das zählt. Niemand wird sich daran stören, wenn etwas Kleines schiefgeht oder fehlt. Solange Cam und Brian die Ringe mitbringen und die Kutsche heil beim Schlösschen ankommt ist doch alles super. Plötzlich habe ich Lust, mit jemandem zu reden. Egal über was. Ich scrolle durch meine Kontakte und bleibe bei Bradley hängen. Sein Gesicht grinst mir entgegen und kurz entschlossen klicke ich auf die Anruftaste. Leider auf die falsche, denn jetzt sagt mir mein Screen: "Face-Time-Anruf wird gewählt" Statt einem normalen Anruf habe ich Face-Time gedrückt. Auflegen kann ich jetzt wohl auch nicht mehr, also warte ich, bis Brad nach dem vierten Klingeln abnimmt. Er liegt auch schon im Bett und hat kein Shirt an soweit ich das bei dem dunklen Bild erkennen kann. Schüchtern sage ich: "Hey. Störe ich dich?" Er lächelt und auf seiner Wange bilden sich süsse Grübchen: "Nein, gar nicht. Du unterbrichst mich beim sinnlosen Surfen. Eigentlich sollte ich nicht immer am Handy sein vor dem Einschlafen. Was machst du so?" Erleichtert grinse ich: "Oh. Gut. Ich sitze auf der Terrasse und geniesse den Abend. Es ist schon ein bisschen kühl geworden, warte kurz." Schnell wickele ich die zusammengefaltete Decke, wo immer Lazuli drauf pennt, um mich und nehme dann mein Handy wieder in die Hand. Wir reden noch ein bisschen über unwichtiges Zeug wie zum Beispiel Horoskope und Kuchen und Meerestiere. Solange, bis ich ein Gähnen nicht mehr unterdrücken kann und Bradley lächelnd meint: "Da ist

jemand müde. Geh ins Bett, ich will dich nicht wach-
halten."

"Tust du gar nicht, ich habe dich angerufen obwohl
du schon im Bett warst!", protestiere ich. "Das macht
nichts. Es hat mich gefreut mit dir über Oktopusse zu
reden. Ich rede nicht mit vielen Menschen über Oktopusse. Bei noch wenigeren finde ich es spannend.
Das ist also ein Kompliment an dich.", wiegelt er
meine Gedanken ab. Lächelnd sage ich: "Okay. Ich
sollte wohl wirklich ins Bett gehen."

"Mach das. Schlaf gut und träum was Schönes!",
wünscht Brad mir gute Nacht.

"Du auch! Tschüss Bradley!", winke ich in die Kamera, dann lege ich auf. Mit einem Seufzen gehe ich
rein und lege mich leise zum schnarchenden Cameron ins Bett.

Cleo

Nun sind es nur noch zwei Wochen, bis ich heiraten werde. Ich kann es immer noch nicht fassen, dass das passieren wird. Schon in zwei Wochen. Mein Junggesellenabschied ist schon Übermorgen. Camila konnte sich Zeit nehmen, schon früher zu kommen, also werden wir drei Frauen mein Brautkleid und die beiden Brautjungfernkleider zusammen aussuchen gehen. Meine und Shawns Familie kommen nächsten Samstag und bleiben zwei Wochen bei uns. Allen anderen Gästen finanzieren wir den Flug und zwei Nächte im Hotel. Nicht dass ich das Geld hätte, aber Shawn hat es halt. Meine Cousine hat mich gestern angerufen. Sie hat beschlossen mit ihrer Familie nach der Hochzeit noch zwei Wochen Urlaub anzuhängen, wenn sie schon mal über See sind. Wir konnten den Rückflug dementsprechend stornieren.

"Camila hat gerade angerufen. Sie ist in fünf Minuten da. Wir sollen uns anziehen. Sie will gleich los", sagt Amy.

"Alles klar." Wir ziehen unsere Sandaletten an und fahren mit dem Auto bereits auf den Vorplatz. Wenn Camila gleich loswill, dann gehen wir gleich los. Das Taxi fährt tatsächlich fünf Minuten später vor und sie steigt direkt von einem Auto ins andere.

"Hey, also so eilig habe ich es dann auch nicht", lacht sie, als Amy aufs Pedal tritt.

"Hat sich aber schwer danach angehört", sagt Amy grinsend.

"Wie auch immer. Wo fahren wir hin?", frage ich voller Vorfreude.

"Ins Parkhaus. Ich habe eine Boutique mit sehr – wirklich sehr – guter Empfehlung gefunden." Amy scheint sich wohl informiert zu haben. In dem Moment vibriert mein Handy: "Shawn fragt gerade, ob wir mit ihm essen gehen."

"Klar! Oder hast du schon was anderes geplant?", wendet sich Camila an Amy.

"Nein. Von mir aus gerne."

"Cool. Dann kann ich Shawnie Boy auch gleich wieder einmal sehen."

Ich lache: "Du bist auch die einzige, die ihn noch so nennt." Sie zuckt nur mit den Schultern. Wir finden zum Glück schnell einen Parkplatz und machen uns zu Fuss auf den Weg ins erste Geschäft. "Ach du scheisse! Das ist ja nobel wie weiss nicht was!", sage ich, als ich die Boutique von aussen betrachte.

"Klar, innen wird es noch protziger!"

"Bitte nicht!" Die beiden lachen über mich.

"Du kannst dein Hochzeitskleid natürlich auch bei Primark kaufen", sagt Camila lachend. "Los rein da!" Eine junge, gut angezogene Dame kommt sofort auf uns zu: "Hallo zusammen! Ich bin Tinah. Ich habe euch schon erwartet." Ich schaue Amy fragend an: "Ich habe uns natürlich angemeldet." Wir stellen uns Tinah mit Händedruck vor und sie fragt mich: «Also, dann bist du die Braut?»

«Eh...ja», sage ich zögernd.

«Sie kann es selber noch nicht fassen», meint Camila lachend.

«Ja, das ist ja auch ein sehr spezieller Anlass. So wie Amy mir gesagt hat, sucht ihr also ein Braut- und zwei Brautjungfernkleider? Die seid ihr beiden, wie ich annehme.»

Wir nicken.

«Der Bräutigam kommt auch noch?»

Ich lache: «Sicher nicht! Ich dachte, das bringt Unglück.»

«Das sagen einige, ja. Viele wollen das Kleid aber trotzdem mit ihrem Schatz auswählen.» Ich lege meine Arme um Amy und Camila: «Ich habe sogar zwei Schätze dabei.» Tinah lacht und die beiden geben mir ein Wangenküsschen.

«Möchtet ihr etwas trinken?», fragt Tinah höflich, «Eure Taschen könnt ihr gerne da drüben hinlegen, wenn ihr möchtet.» Sie zeigt auf eine Kommode, die an der Wand steht. Wir stellen unsere Taschen also auf die Kommode und wenden uns wieder an Tinah: «Was hast du denn so anzubieten? Getränketechnisch?»

«Die Auswahl hält sich leider in Grenzen. Ich habe einen Champagner aus Frankreich...»

«Nehmen wir!», sagt Amy. Wir lachen, sind aber mit Amys Entscheid völlig einverstanden. Wir stossen zusammen mit Tinah an. Ich bin froh, hat Amy uns dahin gebracht. Hier ist es wirklich sehr schön. Es kommt uns so vor, als würden wir Tinah schon ewig kennen. Wir reden ein bisschen. Tinah meint, je besser sie uns kenne, umso besser könne sie uns passende Kleider empfehlen. «Mit wem fangen wir an?», fragt sie schliesslich. «Amy und Camila dürfen gerne zuerst etwas aussuchen. Ich brauche noch einen Moment.»

«Hey, du wirst in zwei Wochen heiraten! Gewöhn dich schon mal an den Gedanken, in einem Brautkleid zu stecken», erinnert mich Amy.

«Einfacher gesagt als getan.»

«Wenn du uns geich in diesen wundervollen Kleidern siehst, wirst du dir nur noch wünschen, sofort in einem dieser Kleider zu stecken», sagt Camila. Okay, sie werden wohl Recht haben. Die ganze Situation ist halt immer noch sehr unwirklich. Wir gehen uns zuerst die verschiedenen Kleider im ganzen Geschäft ansehen. Tinah schiebt einen leeren Kleiderständer mit, damit sie die möglichen Kleider mitschieben kann. «Habt ihr denn schon eine Idee, was die Farbe betrifft? Also zuerst sollte ich wahrscheinlich fragen: Wollt ihr dasselbe oder etwas Individuelles?»

«Also, ich dachte an etwas Individuelles aber so dass man trotzdem erkennt, dass wir zusammengehören», meint Amy und Camila nickt zustimmend.

«Und von der Farbe?»

Ich melde mich: «Hellblau wäre doch schön!» Amy und Camila schauen sich an. Amys Blick scheint etwas unsicher und auf Camilas Gesicht macht sich ein Lächeln sichtbar: «Keine schlechte Idee.»

Amy hat anscheinend auch gerade einen Einfall: «Wir haben doch weisse und gelbe Blumen als Dekoration, da passt blau gut dazu.»

«Ja, finde ich auch. Und blaue Kleider trägt auch nicht jeder, oder?»

Auch Tinah findet die Idee gut: «Ich habe einige sehr schöne blaue Kleider in verschiedenen Tönen da. Auch lavendelfarbige hätte ich.» Wir laufen zum Ständer mit den blauton-Kleidern hin. Tinah zeigt uns alle Kleider, die in Frage kommen und Amy und Camila sortieren aus. Die übrigen nehmen wir mit zur Umkleidekabine. Die beiden probieren verschiedene Kleider und diskutieren, wo man was noch ändern könnte und welche Kleider eine komplette Katastrophe sind. Schlussendlich gefällt beiden das knielange, fliederfarbene Kleid am besten. Dasjenige, das hier im Laden ist, hat einen runden Ausschnitt und kurze Flatterärmel. Tinah muss es um die Taille noch etwas einnehmen, so dass es Amy passt. Für Camila näht sie ein komplett neues Kleid aus demselben Stoff, mit derselben Länge, aber ohne Ärmel oder Träger. So haben beide ihre eigene Note und trotzdem gehören sie zusammen. Genau wie geplant. Gerade klingelt mein Telefon: «Shawn?»

«Hey, wie läuft's? Wann wollen wir uns wo treffen?»

«Wir haben schon die Kleider für Camila und Amy ausgesucht. Weiter sind wir noch nicht. Ich denke wir können jetzt eine Pause machen und am Nachmittag mein Kleid aussuchen. Wann hättest du denn Zeit?»

«Ich bin eigentlich jederzeit ready. Wollen wir uns beim Haupteingang der Mall treffen oder habt ihr schon eine Idee, wo ihr essen möchtet?»

«Nein, das passt doch.» Wir verabreden uns in zwanzig Minuten und verabschieden uns. Ich teile den anderen mit, was ich gerade mit Shawn abgemacht habe. Tinah meldet sich: «Wir sind eigentlich dem *King's* angeschlossen. Wenn ihr Lust habt, könnt ihr gerne da essen. Es ist ein sehr gutes Restaurant und ihr seid meine Kunde, also seid ihr eingeladen. Falls ihr wollt. Ich kann es nur empfehlen.» Wir schauen einander an und ich den anderen ansehen, dass sie die Idee eigentlich auch super finden. «Und Shawn?», frage ich Tinah.

«Der kann natürlich auch kommen. Er ist schliesslich der Bräutigam und das Kleid sieht er ja nicht.» Ich finde die Idee gut und rufe Shawn zurück, um ihm die Programmänderung und unsere aktuelle Adresse anzugeben. Er kommt aber nur kurz für eine Dreiviertelstunde vorbei, danach geht er wieder los, damit wir das letzte und, wie Amy sagt, das wichtigste Kleid aussuchen können. Tinah fragt auch mich wieder, ob ich eine Vorstellung habe. «Ich fände etwas mit Ärmeln toll. Oder auf jeden Fall nichts mit breiten Trägern. Und lang sollte es sein, nicht zu eng und nicht zu weit.»

«So, dass es leichtfällt», meint Tinah.

«Genau!» Wir sehen wieder verschiedene Kleider an und da sehe ich es. Niemand dachte es, aber meine Kleiderauswahl geht wirklich schnell. Ich sehe dieses

Kleid und weiss genau: Das ist es. Ich schlage es Tinah vor und will es direkt anprobieren. Es hat dreiviertellange Ärmel, einen runden, weiten aber nicht tiefen Ausschnitt, fällt ab der Taille leicht zu Boden und das Blumenmuster am oberen Teil des Kleides macht es einfach nur perfekt. Um die Schultern passt es perfekt aber mein Brustumfang füllt den Stoff leider nicht ganz aus. Tinah kann natürlich auch das bis in zwei Wochen anpassen. Ist sie irgendwie Wonder Woman? Wir sind also schon um halb drei fertig und bedanken uns von Herzen bei Tinah. Sie meldet sich bei uns, sobald die Kleider fertig sind, damit wir sie nochmal anprobieren können. Danach sollten sie hoffentlich passen und wir können sie bezahlen. Wenn uns Tinah enttäuschen sollte, sind wir in zwei Wochen ziemlich im Scheiss, aber sie scheint ja mehr als vertrauenswürdig zu sein.

Amy

Heute ist Samstag und in unserem Haus ist es laut. Nebst der Musik, die fünfmal zu laut ist, schreien auch noch wir umher wie verrückte Hühner. Der Anlass für dieses Chaos? Cleos Junggesellinnenabschied. Und dass unsere Freundinnen aus der Schweiz hier sind, die wir schon viel zu lange nicht mehr gesehen haben. Die Girls sind gestern Abend gelandet und haben im Hotel übernachtet, was ihnen finanziert wird. Nach dem Junggesellenabschied heute, bleiben sie nur bis am Montag, dann haben sie eine neuntägige Rundreise durch Amerika geplant. Sie kommen also am Dienstagabend vor Cleos Hochzeit zurück. Gerade machen wir uns bereit, um zu unserem Nachmittagsprogramm zu fahren. Die Jungs haben sich vor fünf Minuten von uns verabschiedet und haben ihr eigenes Programm bis wir uns am Abend wieder treffen, um gemeinsam in einen Club zu gehen und Party zu machen. Endlich sind alle acht fertig angezogen und haben ihre Sachen gepackt. Ich habe alle ins Programm eingeweiht ausser Cleo, was sie lustig zu finden scheint, vor allem weil Bella nicht mehr aufhören kann zu lachen. Jedes Mal, wenn sie ich beruhigt hat, braucht sie nur Cleo anzuschauen und schon lacht sie wieder los. In bequemer Alltagskleidung gehen wir in die Garage und teilen uns auf. Mia, Cleos Freundin, die sie schon am längsten kennt, fährt im Fiat mit Cleo, Lucy und Tina. Cleo wüsste ja nicht, wo sie hinfahren muss, deshalb fährt Mia. Ich nehme den Aston Martin, weil Shawn natürlich seinen Range Rover genommen hat, und lasse Bella und Joya hinten hineinklettern, Camila setzt sich auf den Beifahrersitz. Der Motor röhrt auf, als ich aufs Gaspedal drücke und hinter Mia aus unserer Strasse biege. "Oha!", kommentiert Joya. Bella lacht immer noch: "Ist das dein Ernst? Das Programm meine ich." Durch den Rückspiegel schaue ich sie grinsend an: "Klar! Das wird superlustig!" Camila mischt sich ein: "Ist doch was Spezielles. Kann ich das Radio anmachen?"

"Flirte mit wem du willst, Camz.", erlaube ich es ihr. Sie klatscht lachend in die Hände: "Der war gut." Eine Sekunde später erklingt Musik aus den Lautsprechern. Auf dem Highway trete ich aufs Gaspedal, der Motor röhrt auf und ich lenke das Auto durch die anderen Fahrzeuge. Camila winkt dem Fiat, als wir sie überholen. "Sie ist eine der grössten Künstlerinnen heutzutage, bald kommt neue Musik. Jetzt holen wir aber zuerst einen alten Goldschatz aus der Kiste; hier ist *Never be the same* von Camila Cabello.", kündigt der Radiosprecher an. "Ooooch, schon wieder! Camila Cabello! Das spricht man doch anders aus!", nerve ich mich. Camila lacht nur: "Spanischer!" Etwas später parken wir vor einem kleinen Tanzstudio in einem Viertel ausserhalb von Orlando. Cleo schaut mich ein an, dann gehen wir die Treppe hoch. Drinnen werden wir schon von einer jungen, aufgestellten Frau begrüsst: "Hi! Ich bin Rebecca, aber nennt mich bitte Becca oder Becky. Wer ist denn nun wer?" Nachdem wir uns alle vorgestellt haben zeigt uns Becca, wo wir uns bequeme Sportkleidung anziehen können, dann führt sie uns in einen grossen Raum mit verspiegelter Wand. Im Tanzraum sind zehn Poledance-Stangen aufgestellt, zuvorderst noch eine für die Leiterin also Becca. "Poledance? An meinem Junggesellenabschied?!", ruft Cleo. Ich nicke und Bella lacht schon wieder los, diesmal prusten aber auch alle anderen mit. Cleo meint: "Ich liebe es jetzt schon!" Becca zeigt uns zuerst, wie man sich immer festhalten muss, damit man nicht runterrutschen und am Boden aufschlagen kann. Dann macht sie Musik an und zeigt uns die einfachsten Übungen. Es ist mega lustig, nicht zuletzt, weil es noch einen kleinen Insider aus der neunten Klasse gibt. Jedenfalls ist es aber auch anstrengend und so machen wir zuerst eine Pause, dann macht Becca uns schwierigere Übungen vor. Ich habe ihr die Sofortbildkamera gezeigt und wenn sie zwischen den Stangen herumläuft, macht sie auch gleich ein paar Fotos. Auch ich mache Bilder und schleiche gerade an Camila heran, die mit südländischer Grazie an der Stange herumturnt. Gerade schwebt sie in der vertikalen, die Stange zwischen den Beinen eingeklemmt und der Rücken zum Boden, wobei sie den Kopf hängen lässt. Ich drücke genau dann ab, als sie mich bemerkt und grinst. Auf dieses Foto bin ich richtig stolz, denn es ist richtig süss und ästhetisch. Seit ich das erste Mal gemodelt habe, sind mir Fotos wichtiger geworden und ich achte mehr darauf, was ich für Bilder mache und versuche, diese bewusst zu gestalten. Ich möchte ja nicht behaupten, ich bin ein unsportliches Sofakissen, aber als ich ganz oben an der Stange hänge und mich nur mit den Beinen festhalte, damit ich den Rücken überbiegen und unter mir wieder an die Stange fassen kann, merke ich, dass Poledance ganz schön anstrengend ist. "Amy!", ruft mich Bella, die natürlich die Kamera in den Händen hält. Bella liebt es, Fotos zu machen und sie liebt Sofortbildkameras. Ich ergebe mich, lasse meine Haare schwingen und gucke sie an. Dann bekomme ich einen Lachanfall, weil Cleo zuerst nur physisch, dann auch sprechend mit ihrer Stange flirtet. Zu *Born this way* von Lady Gaga stellen wir eine kurze Choreographie zusammen und Becca filmt uns mit einem Handy. Gut gelaunt fahren wir zurück nachhause, um uns für die Party zu stylen. Nachdem wir nacheinander geduscht haben, suchen wir uns gegenseitig Outfits aus und schminken uns. Wir tragen alle das gleiche Shirt und doch sind wir verschieden. Cleos Shirt ist weiss und darauf steht in goldener Schrift *Bride; Stealing his last name.* Die anderen Shirts sind schwarz bedruckt. Mias Shirt ist gelb und darauf steht *Bride-Squad; Stealing the chocolate.* Tinas Shirt ist dunkelblau und darauf steht *Bride-Squad; Stealing the barkeeper.* Lucys Shirt ist grün und darauf steht *Bride-Squad; Stealing the money.* Natürlich nicht, weil sie Geld stiehlt, es passte nur so gut wegen dem einen Bruno Mars Song, der Natalie heisst, was ihr zweiter Name ist. Joyas Shirt ist rot und darauf steht *Bride-Squad; Stealing the dancefloor.* Bellas Shirt ist natürlich pink und darauf steht *Bride-Squad; Stealing the drinks.* Camilas Shirt ist orange und darauf steht *Bridesmaid; Stealing the music.* Mein Shirt ist türkis und darauf steht *Bridesmaid; Stole the groomsman.* Jede knotet das Shirt hoch, oder steckt es in die Hose, oder pimpt es sonst ein bisschen nach ihrem Geschmack auf. Als endlich alle ihre Hosen oder Jupes haben und geschminkt sind, gehen wir gemeinsam aus meinem Zimmer. Ich pfeife und rufe dann die Treppe runter: "Jungs! Alle her gucken! Der Braut-Squad kommt!" Gemeinsam legen wir unter dem übertriebenen Applaus der Jungs einen grossen Auftritt hin, als wir mit Cleo zuvorderst in der Mitte die Treppe heruntergehen.

Mit dem Taxi fahren wir später alle zusammen in einen Club, wo nur geladene Gäste reinkommen und machen Party. Es ist supercool und macht richtig viel Spass. "Mein kleines Kätzchen hat mich also gestohlen?", fragt Cameron mit tiefer Stimme und schiebt sich von hinten an mich heran. Ohne mit tanzen aufzuhören mache ich ein reizendes Katzenfauchen nach und er grinst: "Mein böses Kätzchen! Was soll ich denn da tun?" Dann legt er seine Hände an meine Hüften und dreht mich ruckartig zu mir um. Bevor ich etwas sagen kann, kippt er mich hintenüber, dass meine Haare nur so schwingen und hat mich gleich darauf wieder hochgezogen und in eine Pirouette geführt. Schnell lehne ich mich an ihn und informiere ihn: "Jetzt ist mir schwindelig. Gleich falle ich in Ohnmacht!" Bella schlängelt sich zu uns und ruft begeistert: "Die Tanzeinlage habe ich auf Video! Ich schicke es dir dann, das sieht Hammer aus!" Mit meiner Sofortbildkamera bewaffnet schleiche ich mich durch die Menge. Ich knipse Tina und Lucy, die sich grinsen mit dem Barkeeper unterhalten, ich knipse Joya und Bella auf der Tanzfläche bei einer komplizierten Ballettfigur, ich knipse Shawns Kumpels und Camila wie sie einen Shot exen, ich knipse Mia und mich im coolen Spiegel auf dem Mädchenklo und ich knipse Cleo und Shawn, die sich gegenseitig Nachos füttern.

Der Abend ist super und ich hoffe, dem Brautpaar hat er auch gefallen. Sie heiraten ja beide hoffentlich nur einmal, deshalb sollen der Junggesellenabschied und die Hochzeit unvergesslich werden.

Kapitel 7

Cleo

"Und nervös?", fragt mich Shawn, nachdem der Wecker uns wachgeklingelt hat.

"Ziemlich", sage ich ehrlich.

"Hast du Angst, es zu bereuen?"

"Dich zu heiraten? Nein! Aber wir sind halt schon noch ziemlich jung. Ich weiss nicht, ob ich noch mehr hätte erleben sollen."

"Du kannst doch dein Leben genau gleich weiterleben. Ob wir verheiratet sind oder nicht. Oder willst du gleich schwanger werden?", fragt mich Shawn grinsend. Ich antworte gar nicht und küsse ihn.

"Es ist das richtige, aber ich kann nicht glauben, dass es heute ist", langsam werde ich hysterisch.

"Tja, in genau...", Shawn schaut auf die Uhr und überlegt, "zwei Stunden und fünfzehn Minuten werden wir verheiratet sein. Also wenn du noch etwas machen willst, bevor du für immer an mich gebunden bis, dann würde ich es jetzt tun.»

«Ich bin gerade ziemlich glücklich, glaube ich.»

«Ich hätte da noch etwas, das ich vorher machen möchte», sagt Shawn und ich schaue ihn fragend an. Er küsst mich. Ich bin verwirrt aber küsse ihn zurück. Langsam schiebt er seine Hände unter mein T-Shirt. Ich gebe zu, es macht mich ziemlich an. Für einen

Moment vergesse ich sogar die Hochzeit. Er zieht mir das Shirt ganz aus, so dass ich nur noch in Unterhosen daliege. Da Shawn nur in seinen Boxershorts schläft, ist er ziemlich schnell nackt und auch mein Slip ist bald ausgezogen. «Shawn», sage ich atemlos, «willst du eine sexlose Ehe haben oder wieso muss das jetzt noch sein?»

«Hör auf zu reden», sagt er und küsst mich. Einige Minuten später liegen wir schwer atmend nebeneinander im Bett. Ich schaue auf die Uhr: «Ich muss jetzt wirklich duschen gehen.»

«Ich komme mit», sagt Shawn bestimmend.

«Shawn…»

«Was? Ich muss auch duschen.» Ich lache und wir lachen auch noch gemeinsam unter der Dusche. Anschliessend machen wir uns frisch und ziehen uns an. Leider muss ich feststellen, dass genau heute meine Haare eine Krise haben. Ich rufe Amy, die schon fertig angezogen ist und wie immer fabelhaft aussieht. Wie schafft sie das nur. «Du musst meine Haare bändigen!», befehle ich ihr.

«Sieht doch gut aus.»

«Amy! Es sieht aus als hätte ich ein Vogelnest auf dem Kopf.»

Sie lacht: «Kann es sein, dass du ein bisschen nervös bist. Deine Haare sehen gut aus. Wie immer.»

«Heute ist aber nicht wie immer! Was soll ich jetzt machen?»

Ohne mir zu antworten, ruft Amy: «Shawn! Kannst du mal herkommen und deiner zukünftigen Frau sagen, dass sie wunderschön aussieht?» Ich verdrehe die Augen, als Shawn ins Bad kommt. Er mustert mich, dann kommt er zu mir uns küsst mich: «Du siehst wunderschön aus. Du hast vor dem kirchlichen Termin immer noch Zeit dich aufzustylen, wenn du willst, aber du siehst super aus. Und jetzt komm! Wir müssten eigentlich schon im Auto sitzen.» Na gut, er hat recht… Wie meine Haare später aussehen, ist wichtiger. Wir gehen zum Auto, wo schon Brian, Cam und Camila warten. Zum Standesamttermin gehen wir nur zu sechst. Wir haben schliesslich in der Kirche fast hundert Gäste. Die drei Männer tragen Jeans und ein Hemd dazu. Camila einen Rock mit einer Bluse und Amy einen Hosenanzug. Ich habe mir noch letzte Woche ein schwarzes Kleid mit silbernen Verzierungen gekauft, das ich trage. Brian fährt uns in Shawns Auto, das einzige, dass für sechs Personen geeignet ist, zum Standesamt. Langsam werde ich wirklich nervös. Ich versuche es zu verheimlichen, aber da Shawn seine Hand auf mein zitterndes Bein gelegt hat, ist das so ziemlich unmöglich. Aber auch er ist nicht die Ruhe in Person. Das merke ich daran, dass er wegen jedem Scheiss, den Cam und Brian erzählen, lacht. Wirklich wegen *jedem* Scheiss. Und die beiden erzählen viel Scheiss, wenn der Tag lang ist. Wir müssen noch kurz im Wartezimmer warten, bis der Beamte kommt und uns reinbittet. Shawn und ich sitzen an seinem Pult, während unsere vier Freunde hinter uns auf einer Bank platznehmen. Wir haben uns entschieden, die Ringe erst in der Kirche in Gebrauch zu setzen. Den Klischeespruch "Sie dürfen die Braut jetzt küssen!" werden wir ebenfalls erst in der Kirche anwenden. Mit anderen Worten, wir unterschreiben hier die Dokumente und fertig. Zuerst gehen wir also alle rechtlichen Angelegenheiten durch, danach fragt der Pfarrer zuerst Shawn, ob er mich zur Frau nehmen will, er sagt zu meiner Erleichterung Ja, danach fragt er mich dasselbe und auch ich stimme zu. «Sie sind nun rechtmässig verbundene Eheleute.» Unsere Freunde beginnen zu applaudieren und ich kann nicht anders als Shawn zu küssen. «Ich bitte Sie nun hier zu unterschreiben», der Beamte zeigt auf den Ehevertrag auf dem Tisch. Ich bin leicht verunsichert und frage deshalb: «Also muss ich jetzt mit meinem neuen Namen unterschreiben?» Bevor irgendjemand antworten kann, bricht Amy hinter uns in Lachen aus. Camila versucht sie zu beruhigen, aber sie lacht einfach weiter. «Es tut mir leid, aber…», bevor sie mehr sagen kann, lacht sie weiter. Brian und Cam haben mittlerweile miteingestimmt und auch wir anderen sind nicht mehr weit davon entfernt, laut zu lachen. «Du heisst jetzt Mendes, Cleo», flüstert Shawn mir neckisch ins Ohr. Ich boxe ihm in den Oberarm: «Okay, ich hab's ja begriffen. Ich wollte halt nur nichts falsch machen», rechtfertige ich mich. Es ist schon seltsam mit einem anderen Namen zu unterschreiben, aber ich werde mich daran gewöhnen. Wir bedanken und verabschieden uns von den Angestellten beim Zivilstandesamt und steigen ins

Auto. Brian sitzt wieder am Steuer. Wir fahren zurück nachhause, damit wir uns fertig machen können. Als wir ankommen, wartet zu meinem Erstaunen schon Mia vor der Tür. «Überraschung!», sagt Cam. Wie wir erfahren, haben Cam und Brian sie gefragt, um uns beim Styling zu helfen. Wir anderen wussten nichts davon. Mia schminkt und frisiert zuerst Amy und macht Brian die Haare. Fertig angezogen und gestylt fahren die beiden wieder in Shawns Auto zur Kirche. Wir haben es für schlau empfunden, dass Brian mit geringerem Bekanntheitsstatus und Amy mit Deutsch als Muttersprache die Gäste empfangen. Nachdem die beiden gegangen sind, macht Mia Cam und Shawn die Haare, damit sie sich anziehen und ebenfalls fahren können. Camila, Mia und ich werden anschliessend von meinem Vater, der mit sehr viel Stolz Cams Auto geborgt hat, abgeholt. Wir Frauen haben die Musik aufgedreht. Camila zupft bereits fertig gestylt an ihrem Kleid rum und ich sitze auf dem Stuhl und lasse mir von Mia die Haare machen, als Shawn an der Tür klopft: «Darf ich?»

«Du darfst noch», sage ich, da ich mein Brautkleid noch nicht angezogen habe. Ich drehe mich zu ihm um und wow... Ein breites Grinsen macht sich auf meinem Gesicht sichtbar. «Du siehst aus wie James Dean.» Shawn mustert sich selbst und fragt: «Ist das jetzt gut oder schlecht?»

«Das ist sehr gut! Können wir bitte jeden Tag heiraten?!» Shawn lacht und beugt sich zu mir, um mir einen Kuss zu geben. «Nicht! Der Lippenstift…», seufzt Mia. «Wir sehen uns bei der Trauung», sagt Shawn.

«Ach du Scheisse!» Lachend verlässt Shawn das Zimmer. Als meine Haare fertig sind, ziehe ich mein Kleid an. «Oh Mann! Du siehst wundervoll aus», sagt Camila. Wir gehen die Treppe runter, wo schon mein Vater wartet und mich mit grossen Augen anschaut. Er gibt mir einen Wangenkuss und ich stelle fest: «Du trägst ein Sakko.»

«Wieso erstaunt dich das?»

«Du trägst nie ein Sakko.»

«Wenn meine einzige Tochter heiratet, muss ich ja wohl einen kompletten Anzug tragen.» Ich mustere ihn, bevor wir ins Auto steigen: «Himmel! Du hast sogar so richtig schicke Schuhe an. Wer hätte das gedacht?»

«Jetzt tu nicht so. Ich bin oft schick angezogen.» Während der Fahrt diskutieren wir noch ein bisschen weiter, wobei Camila und Mia auf der Rückbank ihre eigene englische Unterhaltung führen. Nach zwanzig Minuten parken wir vor der Kirche. Die beiden Frauen drücken mich nochmal, bevor sie in die Kirche gehen. Sobald die Orgel anfängt zu spielen, sollen mein Vater und ich anfangen, gegen den Traualtar zu schlendern. Meine Nervosität ist langsam nicht mehr auszuhalten, aber mein Vater hält die ganze Zeit meine Hand, was mich sehr beruhigt. Die Orgel fängt an zu spielen. Tief durchatmen. Nicht zu schnell laufen. Nicht stolpern. Verdammt nochmal

nicht anfangen zu heulen! Shawn steht ganz vorne neben Cameron und Brian und sein Lachen ist so breit und echt…Mann verdammt. Nicht weinen! Amy und Camila stehen auf der anderen Seite. Ich versuche, so viele Gäste wie möglich anzulachen, jedoch bin ich sehr mit mir selbst beschäftigt. Sobald ich vorne ankomme, bittet der Pfarrer uns alle, uns hinzusetzen. Meine Brautjungfern rechts hinter mir neben meinen Eltern und Shawns Gesellen auf der linken Seite bei seinen Eltern. Zuerst singen wir einige Lieder und hören uns Gebete, Gelöbnisse und andere Verse des Pfarrers an. Nach Country Roads, das ich unbedingt mit der ganzen Gesellschaft singen wollte, werden Shawn und ich zum Stehen aufgefordert, während alle anderen sitzen bleiben. Der Pfarrer erzählt von ewiger Liebe zwischen uns und unendlicher Liebe zu Gott, bevor er folgende Worte zu Shawn sagt: «Shawn Peter Raul Mendes», oh nein, bitte nicht meinen vollen Namen aussprechen, «Willst du deine Frau lieben und achten und ihr Treue erweisen, bis dass der Tod euch scheidet, so antworte mit Ja.» Ich wusste ja, dass dieser Moment peinlich wird, aber dass ich mir ernsthaft das Lachen verkneifen muss, hätte ich nicht gedacht. Shawn grinst mich an und sagt schliesslich: «Ja.»
Der Pfarrer wendet sich nun an mich: «Cleopatra Mendes», kann ich bitte im Erdboden versinken? Shawn grinst mich lächerlich an. Einige Gäste können ihr Lachen auch nicht unterdrücken und ich schüttle nur den Kopf. «Ich frage auch dich: Willst du

deinen Mann lieben und achten und ihm Treue erweisen, bis dass der Tod euch scheidet, so antworte mit Ja.»

«Ja», sage auch ich. Shawn drückt meine Hand, die er schon die ganze Zeit hält, etwas fester.

«Dann bitte ich nun um die Ringe», sagt der Pfarrer und ich frage mich immer noch, wie er das mit so einer Ernsthaftigkeit sagen kann. Cameron bringt uns die Ringe. Shawn nimmt zuerst meinen und steckt ihn mir an. Anschliessend nehme ich den grösseren Ring und stecke ihn an seinen Finger. «Ihr dürft euch nun eure Eheversprechen geben.» Shawn und ich nehmen uns an beiden Händen und schauen uns in die Augen. Hoffentlich geht es schnell, mein Nacken schmerzt jetzt schon vom nach oben schauen. Ich gebe Shawn mein Versprechen und er gibt mir anschliessend seines: «Ich liebe dich Cleo. Ich liebe dich heute, ich liebe dich morgen und ich werde dich mein ganzes Leben lieben. Ich verspreche dir, dich bei der Verwirklichung all deiner Träume zu unterstützen und immer an deiner Seite zu stehen. Meine Musik hat uns zusammengebracht, deine hat mich dich noch mehr lieben lassen und unsere gemeinsame Musik werden wir zusammenschreiben, von heute an bis ewig. Ich schenke mich dir mit all meinen Stärken und Schwächen, weil ich weiss, dass du mich genauso liebst, wie ich bin. Und dafür, genau dafür liebe ich dich. Für immer.» Shawns Worte geben mir nun wirklich den Rest. Wie habe ich diesen Mann nur verdient?! Hoffentlich hat Mia wasserfestes Make Up verwendet. Wir schauen den Pfarrer wieder an. «Was Gott verbunden hat, das darf der Mensch nicht trennen. Ihr dürft euch nun küssen», sind seine letzten Worte, bevor ich in Shawns Arme falle und wir uns aus tiefstem Herzen küssen. Hand in Hand gehen Shawn und ich gemeinsam aus der Kirche, gefolgt von unseren Familien und Freunden.

Amy

Vorsichtig trockne ich mit einem Taschentuch meine Tränen und hoffe, mein Makeup nicht zu verschmieren. Die kirchliche Trauung hat mich komplett durcheinandergebracht. Obwohl der Pfarrer für meinen Geschmack etwas zu viel von dem Typen, der anscheinend irgendwo in unserer Galaxie herumschwirrt und alles weiss, gepredigt hat. Ich wurde nicht getauft und bin religionslos aufgewachsen, deshalb kann ich das nicht ganz ernst nehmen, aber jeder darf glauben was er will. Jedenfalls war ich so gerührt als Cleo mit ihrem Vater zu Shawn geschritten ist, dass schon da ein erstes Tränchen über meine Wange gelaufen ist. Leider wiess ich genau, dass der Fotograf alles aufgefangen hat. Jetzt stehen wir alle draussen vor der Kirche und warten. Da kommt schon Sam um die Ecke, auf dem grossen Kutschbock sitzend. Vorne eingespannt sind Rubin und Nayeli. Die beiden sind hübsch geschmückt und haben sogar Blumen in die Mähne eingeflochten. Auch die weisse Kutsche ist mit Blumen und Bändern dekoriert. Ich sehe, wie sich der Fotograf schnell in Stellung bringt und drauflos knipst, als Cleo und Shawn durch die Gasse aus Gästen laufen. Galant hilft Shawn seiner frisch angetrauten Frau in die Kutsche und die beiden winken, als Sam die Pferde in den Trab treibt und den Weg zum Schlösschen einschlägt. Wir Trauzeugen weisen die Gesellschaft in den verschiedenen Sprachen an, was jetzt kommt und warten dann, bis sich die ganze Gesellschaft auf drei unendlich lange Limousinen aufgeteilt hat.

Wir sind schneller beim Schlösschen als die Kutsche und bringen uns in Stellung. Die Gäste stehen Spalier, die Kinder bekommen Blumenkörbe und ganz zuvorderst bei der Treppe stehen die Familien von Cleo und Shawn mit uns Trauzeugen. Anfangs des Spaliers hält Sam an und lässt das Brautpaar aussteigen. Lachend und Blumen werfend laufen die Kinder vor Cleo und Shawn her, die händchenhaltend zum Schlösschen laufen und schliesslich für Fotos posieren. Nachdem ich und Cameron der Gesellschaft auf Englisch und ich auf Deutsch erklärt haben, dass es jetzt auf der Terrasse das Hochzeitsessen gibt, drücke ich schnell Cam meine hohen Schuhe in die Hand und schlüpfe in meine Stallsneakers, die Sam mir mitgebracht hat. Mit ihr schirre ich die Pferde ab, dann legen wir ihnen Halfter an und binden sie am langen Strick an zwei Bäume im Schlossgarten. Zusammen schleppen wir einen Kübel Wasser herüber, dann lassen wir dort im Schatten grasen und gehen auch essen. Es ist lustig, den Gesprächen zuzuhören, denn es wird von Englisch zu Deutsch zu schlechtem Englisch gewechselt und ich als mittlerweile relativ passabel englischsprechend muss manchmal schon ein bisschen grinsen. Als der Hauptgang durch ist und die Kellner vom Restaurant, welches das Menu zusammengestellt und gekocht hat, alles abgeräumt haben, bringen wir die Leute in den Garten. Dort wurde eine grosse Tanzfläche aus Holz aufgebaut und sogar eine kleine Bühne steht dahinter. Darauf sind eine Karaokeanlage und ein Laptop für die Playlist aufgebaut, aber daneben stehen Instrumente. Shawn stellt Cleo am Rand der Tanzfläche hin und geht dann auf die Bühne. Durchs Mikrofon sagt er: "Hi! Ich hoffe, bis jetzt gefällt es euch allen hier, ich könnte mir jedenfalls nichts Besseres vorstellen. Wie bei jeder Hochzeit wird natürlich auch hier getanzt. Dazu habe ich eine spezielle Überraschung für euch alle und ganz besonders für meine Frau, wow, es ist toll das zu sagen." Er keucht grinsend auf und fährt dann fort: "...ganz besonders für Cleo. Einen grossen Applaus bitte für Hunter Hayes!" Cleo schlägt sich die Hand vor den Mund und bekommt grosse Augen, als die Jungs auch schon auf die Bühne kommen. Sie spielen ein Lied, das ich nur von der Melodie her kenne. Shawn nimmt Cleos Hand und die beiden beginnen zu tanzen. Sie müssen heimlich geübt haben, denn es sieht toll aus. Camila tippt mir auf die Schulter und fragt mich: "Darf ich bitten?" Lachend nicke ich und wir gesellen uns nach dem ersten Refrain zum Brautpaar auf die Tanzfläche. Irgendjemand muss ja anfangen. Nach und nach bilden sich immer mehr Pärchen und die Tanzfläche wird voller. Lustige Pärchen haben zusammengefunden. Ich entdecke Cameron mit seiner Schwester, Niall mit Bradley, Brian mit Mia und Zubin mit Mike. Irgendjemand hat damit angefangen, Partner zu wechseln, indem man bei einem anderen Pärchen andockt und sich dann in geänderten Paaren wieder trennt. So trennen Camila und ich uns und sie tanzt mit meinem dreizehnjährigen Bruder weiter, während ich mit meiner Mutter über die Tanzfläche fege. Über Camila und meinen Bruder kann ich nur grinsen und hoffe, dass der Fotograf die beiden zusammen ablichtet. Beim nächsten Wechsel stehe ich vor Cameron und seiner Mutter. Cameron flüstert mir ins Ohr: "Nach dem Tanzen gibt es Kuchen oder?" Ich nicke: "Ja und dazu zeigen wir die Filme und Fotos." Plötzlich tanzen Brad und meine ebenfalls dreizehnjährige Schwester neben uns und Bradley fragt höflich: "Darf ich übernehmen?" Cameron wirft mir einen Blick zu und spannt die Kiefermuskeln an, nimmt aber dann meine Schwester bei der Hand und tanzt mit ihr davon. "Meine Schwester hast du also auch schon kennengelernt.", stelle ich fest. Er lächelt mich an: "Sie ist richtig süss. Liegt wohl in der Familie." Zu meinem Ärger merke ich, wie ich rot werde und überspiele das einfach indem ich mich auf die Schritte konzentriere.

Schon bald haben alle genug vom Tanzen. Camila und ich erklären durchs Mikro, dass das Kuchenbuffet nun eröffnet ist und jetzt alle frei machen können, was sie wollen. "Drinnen werden Fotos und Videos gezeigt, hier auf der Bühne kann man gleich Karaoke singen, ebenfalls im Schlösschen liegen kleine Zettel bereit. Jeder darf so ein Zettel verzieren und einen Wunsch draufschreiben, später lassen wir sie alle zusammen mit Ballons steigen. In der kleinen Kapelle da hinten kann man für Fotos posieren und dort ist auch gleich das Hochzeitsbuch. In diesem Fotoalbum sind Platzhalter für die Fotos, aber darum herum braucht es noch ein bisschen Dekoration. Schaut doch einfach überall einmal vorbei und geniesst das schöne Wetter noch!", beende ich mein holperiges und sinnloses Gelaber. Alle verteilen sich recht schnell und beschäftigen sich selber. Nach viel zu viel Smalltalk und Kuchen schaffe ich es sogar, alle meine Lieben zusammenzutrommeln und dem Fotografen einen Besuch abzustatten. Er verspricht mir auf meine Frage, wann die Bilder denn fertig seien, sie spätestens morgen Abend zu schicken, damit wir die auswählen können, die wir entwickeln wollen. Für meinen Eintrag in das Fotoalbum habe ich mir etwas Spezielles ausgedacht. Ich meiner schönsten Schrift, die leider immer noch aussieht als wäre ich besoffen gewesen, schreibe ich mit weissem Kugelschreiber zwei Sprüche auf die anthrazitfarbene Seite. Einer ist für Cleo und er ist im Dialekt geschrieben: "Die Prinzessin ist nun eine Frau, aber diese

Frau wird immer eine Prinzessin bleiben." Er soll Cleo daran erinnern, dass sie ihr Leben weiterleben kann wie sie will, auch als Ms. Mendes. Für Shawn habe ich länger gebraucht, mich aber schlussendlich für: "Married musicians still write breakup-songs, but they need imagination to feel them." Naja, der Sinn vom Spruch ist, dass er nie Beziehungsprobleme oder Herzschmerz haben soll und wenn, dann nur vorgestellt für ein Lied. Cleo und ich schauen uns gemeinsam drinnen die Fotos an. Sie hat keine Ahnung was alles kommt, ihre Eltern und Freunde haben mir Fotos und Videos geschickt, die wir zu unseren Erinnerungen gepackt haben. Ganz am Schluss kommt nach den Bildern vom Junggesellenabschied das Poledance-Video, das wir choreografiert haben und wir müssen schon wieder lachen. Als die Sonne schon langsam hinter dem Schlösschen, aber noch nicht hinter dem Horizont verschwindet, lassen wir alle unsere Ballons fliegen. Das ist definitiv mehrere Fotos und einen Insta-Boomerang wert. Auf Camerons Frage, was ich mir gewünscht habe, sage ich nichts. Dafür benutze ich das einzige Wort, was auf meinem Zettel stand, als Bildcaption. Unter dem Ballonbild steht "Love". Nicht mehr und nicht weniger.

Cleo

Ich liege in Shawns Armen und gemeinsam sehen wir unserem Ballon zu. Es fühlt sich so an, als gäbe es im Moment nur ihn und mich und den Himmel.

In meinem Kopf gehe ich nochmal den ganzen Tag durch, vom Sex am Morgen, über die kirchliche Trauung, bis zu diesem Moment jetzt. Das ist mit Abstand der beste Tag in meinem bisherigen Leben. Shawn küsst mich auf die Scheitel und drückt mich ganz fest: «Du bist das Beste, was mir je passiert ist. Das weisst du, oder?»

Ich drehe mich zu ihm um und küsse ihn. Worte braucht es gerade nicht. Im Hintergrund läuft *You Are The Reason* von *Calum Scott*, wenn das nicht reicht… Viele Gäste haben sich bereits verabschiedet, vor allem diejenigen mit kleinen Kindern, und sind zurück ins Hotel gegangen. Während wir alle draussen stehen, kommen immer mehr Gäste und verabschieden sich von uns. Amy kommt auf uns zu: «Wenn ihr euch verziehen wollt, nur zu. Es sind sowieso nur noch die Jungen da. Viele sind sowieso beschwipst.»

Ich lache und siehe Shawn an: «Willst du schon gehen?»

«Gehen wir nochmal rein zu den anderen?», schlägt er vor und ich bin einverstanden. Also gehen wir rein. Mittlerweile läuft Dancemusik – im Moment gerade *The Spectre* von Alan Walker. Charlie und Leonardo stehen gerade am DJ-Pult und fühlen die Musik. Die Freundin meines Bruders hat sich anscheinend mit Joya und Lucy angefreundet. Die drei unterhalten sich, während Bella, Tina und Mia mit wahrscheinlich etwas mehr intus die Tanzfläche einnehmen. Ian kommt auf uns zu und klopft Shawn

auf die Schulter: «Alter, diese Party ist so geil. Schau dir mal diese geilen Bräute an.» Ich schmunzle und Shawn verdreht genervt die Augen: «Kann mal irgendeine geile Braut mit Ian diese Party verlassen?» Wir lachen und Cameron schreit: «Hä? Ich dachte auf einer Hochzeit gibt es nur eine geile Braut?!»
«Und bitte Cam auch mitnehmen?», ergänzt Shawn. Seine Cousine und ihr Freund bieten an mit den beiden ins Hotel zu fahren. «Ich komme auch mit. Wenn das okay ist. Ich kann später nochmal kommen, falls ihr noch Hilfe braucht», bietet Amy an.
«Nein, wir schaffen das schon», sage ich, «schau du, dass es dein Freund heil ins Bett schafft.»
«Könnt ihr bitte Ian auch gleich ins Zimmer bringen. Ich bezweifle, dass er es alleine findet?», fragt Shawn. Die Gruppe verlässt uns. Wir haben drei Chauffeure, die immer wieder in die Stadt und zurückfahren, damit alle heil ankommen. Wir tanzen noch ein bisschen und unterhalten uns. «Wir gehen auch langsam», spricht Jannick für ihn und die anderen Freunde aus der Schweiz, «nochmals herzliche Gratulation und Danke für die Einladung. Es war wirklich sehr, sehr schön.»
«Geht ihr?», ruft Lucy hinter uns. Sie und die Mädels entscheiden sich ebenfalls zurückzufahren. Mein Bruder und Aaliyah mit Anhang gehen auch gleich mit. «Hey Braut, lass uns mal das DJ-Pult übernehmen!», ruft Camila und schiebt Niall und Charlie vom Pult weg. Ich lache, löse mich von Shawn und geselle mich zu Camila. Sie hält mir das Mikro hin:

«Jetzt mach mal ein bisschen Stimmung. Stell dir vor, du seist DER Star-DJ am Coachella-Festival. Ich lache und rufe ins Mikrofon: «So liebe Fans! Was wollt ihr hören?» Camila schlägt sich an die Stirn: «Man! Du machst die Musik. Fragt Kygo auf der Bühne zuerst, welchen Song er spielen soll?!» Ich lache und wähle den Song aus, zu dem ich am liebsten tanze. Als die ersten Töne von *Staying Up* ertönen, rufen Connor und James gleichzeitig: «Ich kenne dieses Lied!» Darauf lachen wir alle laut los und tanzen wie wild zur Musik. Nach dem Lied gesellt sich Bradley zu uns und schnappt sich das Mikro: «So: The Vamps haben wir jetzt gehört: «Wie wäre es mit etwas Musik des Bräutigams?», während er redet, stellt er bereits die Musik um und die ersten Töne von *There's Nothing Holdin' Me Back* erklingen. Während unseren DJ-Änderungen, verlassen uns Brian, Tristan, seine Frau, James McVey und sein Namensvetter James TW. «Lass mich nicht allein mit diesen Musikern», sage ich zu Brian.

«Du hast einen von ihnen geheiratet. Hast du dir selbst ausgesucht.» Wir lachen und verabschieden uns auch von ihnen. «Ich bin wieder da!», ruft Amy. Sie kommt gerade rein, als die anderen rausgehen.

«Hast du die beiden Kinder ins Bett gebracht?», fragt Shawn.

«Die sind versorgt», antwortet sie lachend, «Und ihr? Wollt ihr nicht langsam eure Zweisamkeit geniessen?»

«Wieso? Ist doch noch lustig hier. Wir haben noch die ganze Nacht Zeit», sage ich schmunzelnd. Alle die noch anwesend sind, Charlie, Niall, Camila, Brad, Connor, Amy, Shawn, ich und auch Hunter, setzen uns mit dem Handy, von dem Musik kommt, auf den Boden. «Ich sitze neben Hunter Hayes!», sage ich und die anderen lachen. «Danke nochmal, dass du für uns gespielt hast», sage ich zu ihm.
«Es war mir eine Ehre. Wirklich. Ich sollte mich bedanken, dass ich für euch spielen durfte.»
«Wollen wir nochmal etwas Musik machen?», schlägt Niall vor. Hunter hat schliesslich sein ganzes Equipment dabei und auch Shawn hat eine Gitarre da.
«Lasst uns eine Big Band gründen!», meint Camila.
«Ich filme! Das muss schliesslich auch jemand festhalten», sagt Amy. Charlie setzt sich ans Schlagzeug: «Du spielst Schlagzeug?», fragt Connor, während er sich an seinem gewohnten Instrument, dem Bass, bedient.
«Es gibt nichts, was der nicht kann!», erklärt Shawn.
«Triangel, Dudelsack, Didgeridoo…», meint Charlie.
«Genug! Das kann niemand», sagt Camila. Niall, Brad und Shawn schnappen sich eine Gitarre und Hunter stellt sich ans Keyboard. Camila nimmt das Lead- und ich das Ersatzmikrofon. Sie stellt sich mit ihrem zu Bradley und ich teile meines mit Shawn.
«Was willst du spielen?», fragt mich Shawn.
«Ich?»
«Das ist dein Tag. Du wählst!»

«*See you Again?*»

«Dein Ernst?», fragt Charlie.

«'Tschuldigung. Ich habe dich vergessen. Wieso müssen auch alle meine Lieblingssongs von euch sein?»

«Komm schon!», meint Camila.

«Dann *Summer of '69.*» Die anderen nicken und Niall beginnt das Intro. «*I got my first real six-string…*», singen wir alle zusammen und es macht unglaublich Spass. Nachdem der Song zu Ende ist, fragt Connor: «Hat jemand noch einen anderen Wunsch?»

«Ich will Shawn und Camila zusammen hören!», sagt Amy. Die beiden bringen sich also in Stellung und verlassen die Bühne. «Du kannst bleiben!», sagt Shawn zu Charlie. Also setzt sich der wieder ans Schlagzeug. Es klingt so toll. Die beiden spielen *I know what You did last Summer*, aber weil sie sich beide sehr verändert habe, seit der Song rauskam, ist es eine komplett neue Version. Einfach nur genial! Anschliessend spielen Niall (am Schlagzeug), Connor, Brad und Shawn zusammen *Oh Cecilia* und Camila und ich singen mit Hunter, der uns auf der Gitarre begleitet, *My Church*. Wir haben alle unglaublich viel Spass. Als ich auf die Uhr schaue, ist bereits halb Drei, aber keiner von uns hat genug. Als wir fertig gesungen haben, meint Niall ganz spontan zu Hunter: «Hey, lass und mal zusammen einen Song machen.»

«Klar, das wäre toll.» Sie schauen gleich in ihrem Terminkalender, wann sie Zeit haben. Da scheint eine

neue Collaboration in Planung zu sein. «Wollen wir uns mal auf den Weg machen?», fragt mich Shawn. Ich lächle ihn nickend an. Wir verabschieden uns von unseren Freunden und versichern ihnen, dass es kein Problem ist, wenn sie noch länger hierbleiben wollen. Einer der Fahrer bringt uns zum Hotel. «Ich freue mich schon dem Rezeptionist zu sagen, welches Zimmer unseres ist. Ich grinse und klammere mich an Shawns Arm. Wir werden direkt vor dem Eingang ausgeladen und gehen zum Empfangstresen. Unser Gepäck haben Brian und Amy bereits ins Hotel gebracht. Ich überlasse Shawn das Wort. Diesen Moment will ich ihm nicht nehmen: «Der Schlüssel für die Hochzeitssuite. Herr und Frau Mendes.» Ich lache leise. Als wir im Fahrstuhl sind, packt mich Shawn: «Hast du mich vorhin gerade ausgelacht?» Ich muss lachen, weil er mich an einer meiner empfindlichen Stellen kitzelt. «Du warst so stolz.»
«Ich bin stolz», bestätigt Shawn. Der Fahrstuhl piepst und wir steigen aus. Shawn öffnet die Tür zu unserem Zimmer. Wir haben es bis jetzt beide nur auf Bildern gesehen. Und es ist eindeutig noch schöner als auf den Fotos. «Wow!», rutscht mir über die Lippen. Das Zimmer ist riesig. Es gleicht eher einer modernen Loftwohnung. Es gibt einen grossen Tisch, eine weisse Couch und ein einziges riesiges Fenster. Ich gehe mir das Schlafzimmer ansehen und auch das ist unbeschreiblich schön, obwohl nur ein Bett drinsteht. Auch das Badezimmer ist unglaublich gross mit einer riesigen Badewanne und einer Dusche mit

einem modernen Duschkopf. Ich nehme meine Tasche, die im Eingang steht: «Ich gehe mich umziehen.»

«Ich bestelle was zu essen!»

«Hast du Hunger?», frage ich.

«Ich habe seit etwa sechs Stunden nichts gegessen.» Im Schlafzimmer öffne ich meine Tasche und sehe ein goldenes Paket mit roter Schleife. Neugierig öffne ich es und darin kommen rote Dessous zum Vorschein. Als ich die Marke sehe, wird mir klar, dass es Amy war – Vicoria's Secret. Ich probiere sie an. Das ist schliesslich meine Hochzeitsnacht. Darunter liegt ein roter Seidenumhang. Wahrscheinlich, dass ich mich nicht ganz so nackt fühle. Ich grinse, aber ziehe auch ihn an. Wie wird Shawn wohl schauen, wenn er mich so sieht? Ich öffne noch meine Hochsteckfrisur und mache mir einen einfachen Zopf. Als ich zurück ins Hauptzimmer komme, trägt Shawn auch nur noch seine Boxershorts. Eine Frau hat gerade ein Tableau vorbeigebracht. «Was hast du geordert?», frage ich Shawn neugierig. Er sieht mich an: «Warte mal! Was hast du denn da an?» Ich schaue an mir runter, als ob ich nicht wüsste, was ich mir gerade angezogen habe. «Amy», antworte ich nur. «Gefällt mir», sagt er grinsend. Er zieht mich dicht an sich und küsst mich. Ich löse mich von ihm: «Was gibt es jetzt zu Essen.» Ich setze mich im Schneidersitz auf den Tisch und Shawn setzt sich neben mich. «Erdbeeren?», frage ich, als ich das Tableau ansehe.

«Du magst doch Erdbeeren», sagt Shawn. Er nimmt eine in die Hand und öffnet mit der anderen eine Büchse.

«Schlagsahne?!», ich bin begeistert. Er tunkt die Erdbeere in die frisch geschlagene Sahne und streckt sie mir hin: «Mund auf!» Ich öffne den Mund, aber Shawn – er isst die Erdbeere einfach selbst. Nehme ich mir halt selber eine. Ich schmiere ganz viel Sahne drauf und stecke sie mir in den Mund. Shawn öffnet die Flasche Champagner, die die Dame auch mitgebracht hat, und füllt zwei Gläser. Wir stossen an. «Auf dich!», sagt Shawn und ich korrigiere: «Auf uns!» Ich halte Shawn eine Erdbeere hin und er öffnet den Mund. Natürlich esse ich sie selbst. Blöd gegangen, er hätte es wissen müssen. Er nimmt auch eine in den Mund und küsst mich. Währenddessen schiebt er mir die Erdbeere in meinen Mund. «Du bist eklig», sage ich mit vollem Mund. «Ich bin dein Mann!»

«Das ist keine Entschuldigung!», ich lache. Als wir alle Beeren gegessen haben, hat es immer noch Schlagsahne übrig. Ich strecke meinen Finger rein und schmiere die Sahne auf Shawns Nase. «Mit Essen spielt man nicht», sagt er streng.

«Ich kanns auch noch essen.» Ich schlecke die Sahne von Shawns Nase. Er grinst frech und tunkt seinen Finger ebenfalls in die Sahne. «Mund auf!» Ich öffne den Mund, aber noch bevor Shawns Finger meinen Mund erreicht, fällt die Sahne von seinem Finger in meinen Ausschnitt. «Das hast du mit Absicht gemacht!», sage ich lachend. Shawn zuckt mit den Schultern: «Ups. Jetzt muss ich es wohl auch essen!» Ich kichere, während er die Sahne von meiner Haut schleckt. «Was wir hier machen, ist Fifty Shades of Grey würdig», sage ich.

«Nein! Wir machen das aus Liebe. Vergleiche mich nicht mit Christian Grey!»

«Du leckt also aus Liebe Schlagsahne zwischen meinen Brüsten weg?»

«Klar! Nur aus Liebe», sagt er breit grinsend.

«Du! Amy hat gemeint in der Hochzeitsnacht müsse man seinen Rekord knacken.»

«Welchen Rekord?», fragt Shawn.

«Na, so oft wie wir es hintereinander tun.»

«Hat sie das gesagt? Na, dann wird das wohl noch eine schöne Nacht. Was ist denn unser Rekord drei?»

«Drei», bestätige ich.

«Dann tun wir es heute noch mindestens viermal», rechnet Shawn. Ich küsse seinen Hals: «Dann lass uns mal beginnen!» Ich ziehe den Seidenumhang aus und küsse meinen Mann! Meinen Mann! Verdammt, ich bin verheiratet. Küssend und ineinander verschlungen bewegen wir uns vom Tisch. «Nein Shawn!», ich atme jetzt schon schwer, «Ich will es auf dem Tisch tun.»

«Bist du sicher?»

«Ja, los!» Wir ziehen uns ganz aus und dann tun wir es auf dem Tisch.

«Okay, jetzt auf der Couch», sage ich ausser Atem. Shawn packt mich und ich kreische. Er trägt mich auf die Couch. Seine Hände wandern über meinen ganzen Körper, während wir es das zweite Mal tun.

«Lass mich raten! Willst du es in der Badewanne tun?», fragt Shawn. Er ist genauso ausser Atem wie ich.

«Dusche! Lass es uns unter der Dusche tun.» Shawn steht auf und ich klammere mich wie ein junger Affe an seinen Rücken. Unter Dusche lässt er mich runter. Shawn stellt die Wassertemperatur ein, während ich mit meinem Finger seinen Oberkörperkonturen nachfahre. Als die Temperatur stimmt, drückt mich Shawn an die Wand und wir tun es unter fliessendem Wasser ein drittes Mal. Anschliessend trocknen wir uns ab, damit wir nicht ganz nass ins Bett steigen und machen uns dann auf den Weg ins Schlafzimmer. Im Liegen ist es halt schon am einfachsten. Ich geniesse es auch noch beim vierten Mal.

«Willst du nochmal?», fragt Shawn. Ich nicke und küsse ihn. Nachdem wir es nun fünf Mal getan haben, liegen wir nun beide auf dem Rücken im Bett und lachen. «Wir sollten schlafen!», sagt Shawns Vernunft. Ich schaue auf die Uhr und lache: «Wir sollten eher aufstehen! Es ist halb Sieben.»

«Nein, wir sollten wirklich schlafen», Shawn hört auf zu lachen.

«Shawn, kannst du nicht einmal unvernünftig sein.»

«Komm her! Sagt er lächelnd.» Ich lege den Kopf entspannt auf Shawns Brust. Wir legen die Decke über uns, die Hände ungedeckt. Shawn nimmt meine

Hand in seinen und spielt mit meinen Ringen. Ich habe jetzt zwei. «Schöne Ringe hast du da.»

«Ja, nicht. Ich habe gestern geheiratet.»

«Nein, nicht wahr! Ich gratuliere. Wer ist denn der glückliche?», spielt Shawn mit.

«So ein Musiker, der denkt er wäre etwas Besonderes. Jetzt hat er da so einige bekannte Songs und denkt, er wäre berühmt oder so.»

«Was labberst du da für eine Scheisse!», sagt Shawn und kneift mich. Ich kichere. Ich schaue seine Hand an: «Dein Ring ist aber auch ganz schön.»

«Ja, nicht. Ich habe auch geheiratet.»

«Ist nicht wahr?!», sage ich. Shawn lacht: «Ja, eine unglaubliche Frau. Sie hat heute rote Spitzenunterwäsche getragen. Das war ganz schön sexy.»

Ich lache: «Wolltest du nicht schlafen?»

«Wollte ich das?»

«Shawn!» Ich bewege mich von Shawns Brust weg, aber liege immer noch in seinem Arm.

«Schlaf gut Ehefrau!»

«Du auch, Ehemann!»

Wir lachen und dann sind wir still. Aber nur für ungefähr zehn Sekunden: «Ich freue mich schon auf unsere Flitterwochen. Knacken wir da unseren Rekord erneut?», fragt Shawn. Ohne auf seine Frage Rücksicht zu nehmen, sage ich: «Pizza, wir kommen!» Wir lachen wieder und schlafen schliesslich ein.

Kapitel 8

Amy

Am Samstag zwei Tage nach der Hochzeit regnet es. Cleo und ich sitzen alleine unten auf der Couch und essen Blaubeeren. "Also, jetzt erzähl mir noch mal was über deine Hochzeitsnacht.", bitte ich Cleo, denn wir hatten noch nicht die Zeit, darüber zu reden. Sie schiebt sich eine Beere in den Mund und wehrt dann ab: "Ich bin jetzt eine Frau, ich plaudere nicht mehr aus dem Nähkästchen." Kopfschüttelnd widerspreche ich ihr: "Ms. Mendes Sie sind eine Frau seit Ihrem achtzehnten Geburtstag. Ausserdem bin ich auch eine Frau, sogar schon etwa drei Monate länger als Sie und ich rede auch mit Ihnen über mein zugegeben momentan etwas langweiliges Sexleben." Das scheint sie zu überzeugen und schliesslich rückt sie doch noch mit der Sprache raus. Am Nachmittag muss sie arbeiten gehen und Shawn hat ein Meeting, aber Cam und ich haben etwas vor. Unser Klingelschild muss dringend ausgewechselt werden, schliesslich heisst es jetzt nicht mehr Cleo Antonio und Shawn Mendes, sondern Mr. und Ms. Mendes. Auf unserem Klingelschild steht jetzt also in schöner Schrift: Mr. und Ms. Mendes, Amaya Rivera und Cameron Dallas. Darunter hängt noch ein Stücken Holz, das ich bemalt habe und darauf steht:

Lazuli, Mohino und (in ihrem Stall) Nayeli la Aventura del Nevada Rivera. Ja, wenn man es so ansieht, bin ich Mutter von drei Kindern. Ich muss über meine eigenen Gedanken lachen und verpasse fast, dass Cameron etwas von mir will: "Kannst du mir mal die Zange geben?" Er zieht schnell die Nägel aus der Wand und das alte Schildchen fällt zu Boden. Ich halte das neue an die Wand und warte, damit Cameron neue Nägel einschlagen kann. Dabei komme ich aus Versehen auf die Klingel und Cameron lässt fast den Hammer fallen vor Schreck über den unerwarteten Ton. Ich lache ihn ein bisschen aus, dann motzt er: "Das ist ja gar nicht gerade! Lass mich mal." Also nehme ich den Hammer und die Nägel und er hält das Schild an die Wand. Er nickt und ich schlage den ersten Nagel ein. Beim zweiten rutsche ich einmal leicht ab und lande auf seinem Daumen. Fluchend springt Cam auf und lutscht dann an seinem Finger. Ein Lachen unterdrückend entschuldige ich mich: "Tut mir leid, war nicht mit Absicht." Genervt starrt er mich an, worauf ich ein zerknirschtes Gesicht mache. Da zieht er mich in seine Arme und drückt mir einen dicken Kuss auf die Lippen, während ich etwas steif dastehe. "Jetzt nur noch die Schildchen am Briefkasten, dann sind wir fertig.", beende ich schnell die Kuschelorgie und schiebe Cam Richtung Briefkasten. Es gibt nur einen Briefkasten, haben wir uns entschieden. Jemand leert ihn morgens und bringt alle Post rein, sortiert sie nach Empfänger und dann kann man seinen Stapel holen. Das Schildchen ist schnell

ausgewechselt. Miauend kommt Lazuli um die Ecke und stolziert an uns vorbei zur Tür, Mohino kommt ihr hinterher, lässt sich aber vor Cam zu Boden fallen. Seufzend beginnt dieser, ihn zu kraulen und sofort geht das Schnurren los. Grinsend über das Geräusch, das klingt wie eine leise Motorsäge, gehe ich mit der Post von heute zur Haustür und lasse die kleine Diva-Katze rein. Kaum ist die Post sortiert, eile ich nach oben um mich fertig zu machen. Fluchend, weil ich in zehn Minuten gehen muss, entscheide ich mich nach einer Viertelstunde Überlegen schliesslich für ein einfaches und hoffentlich doch hübsches Outfit. Es besteht aus weissen Skinnyjeans und einer Hemdbluse, die knapp über den Hosenbund kommt. Sie ist mintgrün und weiss gestreift, vertikal versteht sich. Um das ganze etwas aufzumodeln und eleganter aussehen zu lassen, trage ich dazu nudefarbene High Heels und mache mir einen kleinen Wasserfallzopf. Ich mag es halt, mich auch mal herauszuputzen, wenn Anlass gegeben ist. Ansonsten kann ich gut in bequemen Trainerhosen und einem einfachen Shirt auf dem Sofa herumgammeln. Unten hat Cam seine Playstation angestellt und drückt das Game schnell auf Pause als ich herunterkomme. Mit den Autoschlüsseln schon in der Hand frage ich ihn: "Kann ich den Aston Martin nehmen?" Er reisst die Augen auf: "Wieso, wo gehst du hin? Du siehst gut aus!" Ich verdrehe die Augen: "Danke, ich habe eine Verabredung."
"Mit wem? Dann bin ich den Abend alleine?"

"Ja, Shawn kommt sicher bald und Cleo auch.", weiche ich seiner anderen Frage aus. Er reibt sich das Gesicht: "Dann kann ich ja meinen Kumpel besuchen. Nein, sorry dann brauche ich das Auto. Mit wem triffst du dich denn jetzt?"

"Na toll! Dann muss ich den Bus nehmen.", nerve ich mich. Schnell stöckle ich zur Couch und drücke Cam einen Kuss auf die Wange. Auf seinen fragenden Blick erkläre ich nur: "Ich muss los, sonst komme ich zu spät!" Kaum bin ich zur Haustür raus und zur Bushaltestelle geeilt fühle ich mich etwas schuldig, weil ich Cam nichts erzählt habe. Aber er wäre glaube ich ziemlich sauer auf mich, hätte ich ihm gesagt mit wem ich mich jetzt treffe. Auch wenn es ein Treffen unter Freunden ist. Zwanzig Minuten später komme ich endlich bei dem schicken Restaurant an. Bradley kommt gerade von rechts gelaufen, als ich vor dem Eingang stehen bleibe. Nachdem wir uns begrüsst haben, hält Bradley mir höflich die Tür auf und lässt mir den Vortritt. "Oh, ein Gentleman!", kommentiere ich das lächelnd. Er antwortet: "Aber natürlich, Miss!" Vor mir steht plötzlich eine Kellnerin und will mit britischem Akzent wissen, ob ich denn reserviert habe. Hilfesuchend drehe ich mich zu Brad um und dieser antwortet: "Wir haben reserviert für zwei. Auf Simpson!" Die Frau, die ich auf Mitte fünfzig schätze, bringt uns zu unserem Tisch. Er steht etwas abgelegen in einer Ecke, so werden wir vielleicht nicht von Leuten erkannt. Paparazzi gibt es in Orlando eher weniger, aber trotzdem hat es ein paar, vor allem weil bekannt ist, dass hier Weltstar Shawn Mendes wohnt. Und Heutzutage kann ja jeder mit einem Handy Paparazzi spielen. Die Kellnerin, die definitiv Chinesin ist, aber fliessend britisches Englisch spricht, bringt uns Menükarten. Ein Kontrollblick auf die Seite mit den Hauptspeisen, dann schliesse ich die Karte wieder. " Du magst doch chinesisch? Ich konnte im Internet nichts über dich finden, was dagegenspräche.", meint Brad mich daraufhin. "Du hast mich gegoogelt?", frage ich erstaunt. "Ja. Es kamen lauter Bilder von Versace und Victorias Secret. Aber über chinesisches Essen steht nirgends was geschrieben.", erklärt er grinsend. Ich grinse nun ebenfalls: "Tja, so bekannt bin ich halt nicht. Und ich mag Chinesisch. Ich esse immer dasselbe." Er schliesst ebenfalls seine Karte und sofort steht die Kellnerin an unserem Tisch. "Was darf ich dir bringen, Süsse?", fragt sie. Auch die typisch englischen Sitten kennt sie also, denn es ist normal mit Süsse oder ähnlichem angeredet zu werden. Mittlerweile kommt das auch in Amerika auf. Ich bestelle: "Einmal das gebratene Poulet mit Süsssauerreis, gerne." Sie notiert sich nicht einmal etwas auf ihren Block und wendet sich dann Brad zu: "Und für deinen Freund?" Er lächelt sie an und erwidert dann: "Oh, ich bin nicht ihr Freund. Wir sind nur Freunde und das ist kein Date." Die Frau zieht skeptisch eine Augenbraue hoch, dann schiebt Brad seine Bestellung hinterher. Sie geht Richtung Küche und als sie hinter Bradley steht, zwinkert sie mir zu. Das bringt

mich zum Lächeln. "Was ist?", erkundigt mein Gegenüber, mit dem ich bloss befreundet bin, sofort. Immer noch lächelnd erkläre ich ihm: "Die Frau glaubt dir nicht, dass wir nur Freunde sind."
"Tja, da kann man nichts machen. Spätestens wenn wir nicht händchenhaltend oder küssend rausgehen, glaubt sie uns vielleicht." Das bringt mich zum Lachen. Wir plaudern weiter, bis ein junger Mann und die Kellnerin unser Essen bringen. "Dankeschön!", bedankt sich Brad artig. "Merci!", schliesse ich mich lächelnd an. Erstaunt guckt er mich an: "Französisch? Was sprichst du denn sonst noch alles? Spanisch und Chinesisch?" Ich lache: "Nein, das habe ich mir immer noch nicht so ganz abgewöhnt. In der Schweiz sagen wir auch *Merci* anstatt *Danke*. Leider kann ich kein Spanisch und auch kein Chinesisch."
"Aber du hast Spanische Namen.", stellt er fest. Mehr oder weniger erfolgreich schnappe ich mir ein Häufchen Reis und führe es mit den Essstäbchen zu meinem Mund. Zuerst schlucken, dann sprechen! "Ja stimmt. Mein Vater hat auch spanische Wurzeln, meine Urgrosseltern sind als Teenager in die Schweiz gegangen. Leider haben sie ihre Kinder nicht zweisprachig erzogen." Amüsiert gucke ich ihm zu, wie er seine gebratenen Nudeln um seine Gabel wickelt und dann in den Mund schiebt. "Wärst du gerne zweisprachig aufgewachsen?", fragt er dann.

"Klar! Ich werde meine Kinder auf jeden Fall zweisprachig erziehen. Naja, wenn ich denn irgendwann einmal Kinder haben sollte. Vielleicht."

"Wieso solltest du keine Kinder haben?", fragt er vorsichtig. Ich zucke die Schultern: "Ich weiss nicht. Es läuft gerade nicht so gut. Und ich habe Angst davor, schwanger zu sein. Aber das ist ja jetzt nicht so wichtig! Deine Nudeln sehen sehr lecker aus!" Brad macht den Themenwechsel mit: "Sind sie auch! Willst du mal versuchen?" Schon wickelt er ein paar Nudeln um seine Gabel und ich nicke. "Bleibst du! Halt dich still!", schimpft er mit einer Nudel, die immer wieder herunterrutscht. Dann streckt er die Gabel über den Tisch und schiebt sie mir in den Mund. Die Nudeln sich wirklich lecker. Den indirekten Kuss überspiele ich einfach. Ich lobe gerade Brads Nudeln, da fällt mir etwas auf. "Hey, ich glaube das Mädchen schräg hinter dir hat uns erkannt. Sie filmt uns.", informiere ich Brad. Er zuckt die Schultern: "Egal, achten wir einfach nicht darauf." Wie in jedem Restaurant gibt es auch hier Desserts und wir gönnen uns beide eine Coupe Dänemark. Ich liebe die heisse Schokosauce! Beim Bezahlen besteht Bradley darauf, die Rechnung zu übernehmen, was mir wieder einen Blick der Kellnerin einbringt. "Mein Auto steht da vorne. Also das Auto, das ich mir geliehen habe, meine ich. Wo ist deins?", grinst Bradley.

"Ich bin mit dem Bus da.", antworte ich. Entschieden sagt er: "Ich fahre dich heim!"

Im Auto läuft Radio und nach ein paar Minuten stiller Fahrt fragt Bradley: "Was hast du in nächster Zeit eigentlich so vor?" Ich zucke die Schultern: "Ich weiss es nicht. Cleo und Shawn gehen in die Flitterwochen und Cameron hat glaube ich ein Photoshooting in LA. Ich muss für die Abschlussprüfungen lernen und meine Maturarbeit fertigschreiben. Nayeli muss ich natürlich auch bewegen." Brad wirft mir einen Blick zu und konzentriert sich dann wieder auf die Strasse. Wir sind auf dem Highway etwa zehn Minuten von zuhause entfernt. "Die Jungs und ich beziehen bald ein kleines Häuschen in England, wo wir an unserem nächsten Album arbeiten. Möchtest du mitkommen?" Das Angebot überrascht mich: "Im Ernst? Ich würde euch doch bloss stören…" In der nächsten Sekunde beschleunigt sich mein Puls, denn Brad hat seine Hand auf mein Bein gelegt und versichert mir: "Du würdest auf keinen Fall stören! Es würde mich freuen, wenn du mitkommst. Ausserdem kommen Tristans Frau und James' Verlobte uns manchmal auch besuchen. Du kannst ja zum Beispiel für eine Woche bleiben, wir sind noch sehr lange dort." Daraufhin schweige ich, denn ich wüsste gerade nicht, was sagen. Als er in unserer Strasse hält, dreht Brad sich zu mir um und schaut mir in die Augen: "Überleg's dir einfach, okay? Du kannst dich ja dann bei mir melden." Etwas versunken im Schokobraun seiner Augen antworte ich: "Mache ich!" Dann bedanke ich mich für den tollen Abend und wir verabschieden uns voneinander. Zuhause angekommen, rufe ich sofort Samantha an um zu fragen, ob sie meine Stute für eine Woche bewegen könnte.

Cleo

Ich habe kurz vor meiner Hochzeit eine Nachricht vom Filmregisseur des Animationsfilms, für den ich gesprochen habe, bekommen. Die Filmpremiere ist dieses Wochenende. Ich war viel zu beschäftigt mit der Hochzeit und den ganzen Vorbereitungen, sodass ich den Gedanken daran völlig verdrängt habe. Auf jeden Fall weiss ich, dass ich gleich für fünf Tage nach LA fliege. Am zweiten Tag wird die Premiere sein und an den nächsten Tagen haben mir Dennis und das Team einige Interviewtermine organisiert. Ich bin froh, dass ich sie alle in einem Rutsch machen kann und so nicht immer wieder nach LA fliegen muss. Zufälligerweise ist Shawn zur selben Zeit auch in Kalifornien. Er ist bereits vor drei Tagen abgereist. Ich glaube, er trifft sich mit einigen Leuten, um an neuer Musik zu arbeiten. Ehrlich gesagt weiss ich nicht einmal, ob sie für ihn oder für andere Künstler schreiben wollen. Was ich aber weiss, ist, dass sich Shawn den Tag der Premiere extra freigehalten hat, um mit mir dahin zu gehen. Ich fliege aber nicht allein. Cam begleitet mich und trifft sich dort mit seinen Freunden und seiner Familie. Manchmal habe ich das Gefühl, er wäre lieber in LA sesshaft und Amy ist das Einzige, was ihn zurückhält. Auch die Beziehung zwischen ihm und Shawn ist nicht mehr so eng, wie noch vor einem Jahr und obwohl ich mich gut mit Cam verstehe, glaube ich dass unsere Freundschaft auch nicht mehr gleich intensiv ist. Wir leben im selben Haus und wenn wir zur gleichen Zeit zuhause sind, essen wir zusammen, aber das ist schon alles. Ich weiss nicht, wann ich das letzte Mal etwas alleine mit Cam unternommen habe. Ich werde also nun im Flugzeug mal wieder Zeit haben, mich mit ihm zu unterhalten, davon ausgegangen, er nimmt seine Kopfhörer vom Kopf. Gerade sagt eine Stimme, dass wir nun ins Flugzeug steigen können. Ich stupse Cam an. Er legt die Hörer ab und sieht mich an: "Wir können rein!" Sobald wir im Flieger sitzen, setzt er die Kopfhörer wieder auf. Ich deute ihm, sie wieder abzulegen. "Was ist?"

"Ich dachte, wir können uns ein bisschen unterhalten?"

"Worüber?"

"Was du die nächsten Tage vorhast zum Beispiel", sage ich leicht genervt.

"Also: Chris holt mich am Flughafen ab und ich wohne dann bei ihm. Wir wissen auch noch nicht, was wir machen wollen. Vielleicht unternehme ich auch etwas mit meinem Vater. Das ergibt sich dann spontan. Und du?"

"Dein Ernst? Ich dachte, ich gehe mir ein bisschen LA anschauen. Weisst du wirklich nicht, was ich da machen werde?"

"Ach ja stimmt. Die Filmpremiere." Kopfschüttelnd beschliesse ich, dieser sinnlosen Unterhaltung ein

Ende zu setzen. Wir widmen uns beide wieder unserer Musik und kaum sind wir in der Luft, sind wir auch schon wieder am Boden. Ich verabschiede mich von Cam und setze mich mit meinem Koffer ins Taxi, das mich vom Flughafen zum Hotel bringt. Im Zimmer richte ich mich etwas ein, dann rufe ich Shawn an: «Hey, Baby. Bist du schon angekommen?», fragt er mich.

«Ja. Ich bin schon im Hotel. Was läuft bei dir so?»

«Wir sind noch im Studio. Teddy, Scott und ich. John war heute noch da, aber er musste schon gehen. Er kommt übermorgen nochmal. Wir drei wollen gleich etwas essen gehen.»

«John?», frage ich.

«Mayer. Wir haben endlich einen Termin gefunden, um zusammen zu arbeiten.»

«Das ist ja cool. Wo geht ihr denn jetzt essen?»

«Wissen wir noch nicht. In welchem Hotel bist du? Dann können wir dich abholen. Also wenn du mitkommen willst.» Ich gebe Shawn den Namen und wir stellen fest, dass das Hotel nur einige Minuten von Shawns Aufenthaltsort entfernt liegt. Ich ziehe mir schnell was anderes an und zwanzig Minuten später warte ich vor dem Hoteleingang auf meinen Abholdienst. Ich setze mich hinten neben Shawn und Scott, begrüsse die beiden und schaffe es, auch irgendwie Teddy zu begrüssen, die auf dem Beifahrer sitzt. Wir gehen in einem einfachen Restaurant, nicht weit vom Hotel entfernt, essen. Shawn und ich teilen uns einen Salat und eine Pizza, da die Portionen wirklich riesig sind. Um halb Zehn sind wir alle vollgefressen und der Fahrer stellt mich wieder zurück zum Hotel. Am nächsten Morgen weckt mich mein Wecker um acht Uhr dreissig. Ich treffe das ganze Team beim riesengrossen Kinosaal, in dem heute Abend die Premiere stattfinden wird. Daddy Yankee kann leider nicht dabei sein. Ihm ist es anscheinend zu doof, hier zu erscheinen. Auch Anushka kann nicht aus Indien herkommen. Also sind wir nun noch drei Synchronsprecher und natürlich das ganze Filmteam. Die wichtigsten dieser Leute werden vor der Filmvorführung eine Rede halten. Nach dem Film kann das Publikum, also die Kinder und deren Eltern, uns Fragen stellen. Uns das heisst: Alex 1, Alex 2, mir und natürlich unserem fantastischen Regisseur. Für mich wird das Highlight des Abends aber am Schluss kommen, wenn Kygo und Ed Sheeran den Titelsong live performen werden. Wie das Ganze dann ablaufen wird, schauen wir uns heute Morgen an. Danach sind wir frei, wobei ich die meiste Zeit wahrscheinlich meinem Styling widmen werde. «'Cause I wanna wrap you up, wanna kiss your lips», seit der Hochzeit ist das mein neuer Klingelton, wenn Shawn anruft. «Shawn?»

«Hey, was läuft? Wann und wo treffen wir uns?», fragt er mich.

«Ich bin gerade auf dem Weg zurück ins Hotel, dann mache ich mich fertig. Ich habe so meine Zweifel, dass ich das ohne Mia hinbekomme.»

«Na, dann kannst du froh sein, hast du mich. Ich habe ein bisschen rumgehört und Kehlani, die ich ja vor zwei Tagen getroffen habe, hat mir einen super Stylisten empfohlen. Ich habe ihn angerufen und wir können in einer halben Stunde zu ihm gehen.»

«Du bist der Beste!»

«Ich weiss», sagt Shawn lachend. Er gibt mir noch die Adresse durch. Nachdem ich meine Sachen im Hotel geholt habe, lasse ich mich per Taxi zum Stylisten bringen. Shawn wartet am Eingang auf mich. Ich gebe ihm einen Kuss und wir gehen Hand in Hand in den Fahrstuhl, der uns in den obersten Stock zur Wohnung des Stylisten bringt. Wir klingeln und ein perfekt gestylter Mann mit gegelten Haaren öffnet uns wenige Sekunden später die Tür. «Hey! Freut mich, dass ich euch helfen kann. Kommt rein! Ich bin Stevan.» Er begrüsst uns herzlich und wir treten ein. «Wow!», ich staune, als ich die wunderschöne Wohnung sehe, die ganz in schwarz und weiss gestaltet ist. Nur einige kleine Details sind gelb. Genial! Während Stevan zuerst Shawn stylt und anschliessend mich, erzählt er uns von seinem Job, seinem Leben, seiner Freundin und von vielem mehr. Stevan ist wirklich super cool und sehr sympathisch. Genau rechtzeitig sind wir fertig und verabschieden uns von ihm. «Falls ihr wieder in Los Angeles sind und Hilfe beim Styling braucht, ruft einfach an!», sagt Stevan und wir bedanken uns nochmal. Kurze Zeit später sitzen wir schon ganz hinten im Kinosaal. Das Team hat entschlossen, dass der rote-Teppich-Teil erst nach der Filmvorführung stattfinden soll. Die Zuschauer sind vor allem kleine Kinder und viele davon wollen wahrscheinlich früher nachhause. Das hat mir Dennis auf jeden Fall so mitgeteilt. Nun sitzen wir also ganz hinten im Kinosaal und hören uns die Begrüssung und so an. Danach sehen wir uns den Film an. Immer wenn ich meine Stimme höre, möchte ich am liebsten im Erdboden versinken. Aber trotzdem macht es mich stolz, Teil dieses Projekts zu sein. Während dem Abspann machen wir uns auf den Weg hinter die Bühne. Nach zwanzig Minuten Pause, ist es nun an uns, so viele Fragen wie möglich zu beantworten. Die ersten drei Fragen widmen sich an meine männlichen Kollegen und als viertes fragt eine Mutter den Regisseur, wie er zu diesen Ideen gekommen sei. Danach fragt ein kleines Mädchen: «Cleo, wieso kannst du den deutschen Akzent so gut nachmachen?» Ich grinse uns antworte mit meinem natürlichen deutschen Akzent, den ich leider nicht abschalten kann: «Ich musst ihn nicht nachmachen. Ich kann gar nicht anders.» Wir lachen alle und ich füge hinzu: «Ich wohne erst seit zwei Jahren in Amerika. Ich bin Schweizerin, deshalb habe ich wahrscheinlich auch die Rolle bekommen.» Wir beantworten noch ein paar weitere Fragen und dann beenden wir die Runde. Ich gehe wieder nach hinten und setze mich zu Shawn. «Gut gemacht», sagt er und legt seinen Arm um mich. Danach wechselt das Licht und ein luftiger Beat ertönt. Ein Lichtstrahl zeigt auf Kygo, der hinter seinem DJ-Pult steht. «Macht Lärm für Ed Sheeran!», ruft er. Ein zweiter Lichtstrahl zeigt nun Ed Sheeran, der daneben am Mikrofon steht und singt. Ich liebe den Soundtrack zu dem Film. Die Melodie ist fröhlich und macht gute Laune und der Text ist trotzdem so tiefgründig und ermahnt uns, uns um unsere Welt zu sorgen und zu kümmern. Nach dem Lied hört man nur noch einen Riesenapplaus und kreischende Kinder. Wir treffen uns mit dem ganzen Filmteam hinter den Kulissen und trinken etwas, bevor wir uns auf den roten Teppich begeben. Es ist nicht so ein grosser Tumult, wie ich mir von Awardshows gewöhnt bin und ich geniesse es sehr. Auf dem Teppich gebe ich noch einige Interviews und schon kurz später sitze ich wieder im Taxi und fahre zurück ins Hotel. Shawn hat kurzerhand entschlossen, mich zu begleiten, anstatt in seinem Hotel zu übernachten. Wir duschen beide und kurz danach liegen wir aneinander gekuschelt im Bett. «Schlaf gut!», sagt Shawn und gibt mir einen Kuss. «Du auch.»

Amy

Der Himmel ist wunderschön, der Sonnenuntergang färbt die Wolken kitschig rosarot und orange. Das Flugzeug fliegt ruhig über die Wolken hinweg, auf dem Bildschirm läuft ein Film. Fünf Tage nach dem Essen mit Brad sitze ich nun im Flugzeug nach England. Im Privatflugzeug mit The Vamps und Manager und so weiter, aber wir haben ein eigenes Abteil, ich darf bei ihnen sitzen. Kurz vor dem Start als ich nochmal mein Handy gecheckt habe, waren schon erste Fotos online. Darauf sind die Jungs zu sehen und eine "unbekannt junge Frau", weil ich mich in meinem Kapuzenpulli vergraben habe. Ich muss grinsen, so lächerlich hat sich Cameron gestern Morgen verhalten. Bevor er nach LA gegangen ist, hat es einen Streit bei uns gegeben. Es gefällt meinem Freund nicht, dass ich einen Freund von mir in England besuche. Ich glaube, er hat irgendwie Angst, Bradley und ich könnten wieder herumknutschen wie bei unserer Hausparty. Aber mein Argument, dass er mir vertrauen müsse und ich ihm auch vertraue, hat ihm den Wind aus den Segeln genommen. Schliesslich sind da ja auch noch die anderen. Jetzt muss ich nur noch mir selber vertrauen und das Kribbeln auf meiner Haut ignorieren, das ich immer dann spüre, wenn Brad mich berührt hat. "Worüber denkst du nach?" fragt James mich. Ich schüttle den Kopf: "Ist nicht so wichtig. Ich musste nur ein bisschen Überzeugungsarbeit leisten bei Cam." James grinst und Bradley guckt konzentriert weiter den Film an, aber ich weiss, dass er uns zuhört.

Einen langen Flug später landen wir in Birmingham. Ich habe ein bisschen Angst, weil sich in diesem kleinen Flugzeug die Landung und auch der Start anders anfühlen. Wackeliger und absturzgefährdeter. Tristan zieht mich damit auf. "Tut mir leid, ich habe kein eigenes Privatflugzeug wie gewisse arrogante, hochnäsige, luxusgierige Männer!", verteidige ich mich.

Connor lacht über meine Worte: "Du hast vergessen zu erwähnen, wie gut wir aussehen und wie begabt wir sind!"

"Touché!", gebe ich zu.

Das Haus ist wahnsinnig schön. Es ist alt und ein typisch englisches Landhaus. An den steinernen Wänden wächst Efeu empor und es gibt sogar einen kleinen Erker. Zuerst beziehen wir unsere Zimmer. Meines liegt im Erker! Unsere Schlafzimmer liegen im ersten Stock, im unteren Stock sind Küche und das Studio und so weiter. Direkt neben meinem Erkerzimmer kommt Bradleys Zimmer, dann Tristans. Gegenüber der beiden schlafen James und Connor. Nachdem wir unsere Koffer mehr oder weniger fertig ausgepackt haben, treffen wir uns in der Küche, wo wir uns etwas zu essen machen. Es ist Abend, in Amerika wäre es schon fast morgen. "Was wollt ihr schauen?", fragt Connor als wir später alle zusammen im Wohnzimmer sitzen. Das Zimmer ist hübsch altmodisch eingerichtet, es hat sogar einen Kamin, aber der brennt nicht im Sommer. Obwohl es draussen angenehm warm ist, wird es am Abend doch noch ziemlich kühl und hier drinnen ist es immer kühl. Schnell breite ich eine Decke über mir aus und kuschle mich darunter. Connor stellt einen Film an und Tristan bringt allen noch ein Glas Wein. Nur ich wollte ein Sommersby. Wein mag ich nicht so sehr. Bradley wirft mir und meiner Decke einen Blick zu, setzt sich dann aber ans andere Ende des Sofas. Connor lässt sich neben mich fallen und kriecht ebenfalls unter meine Decke. "Gar nicht so warm, stimmts?", grinse ich und gebe ihm ein bisschen mehr Decke. Er nickt. "Auf einen schönen Aufenthalt hier!", spricht James den Toast aus, dann stossen wir an. Auf der Leinwand ist schon der erste Kuss zu sehen und schnell wenden wir uns dem Film zu. Gegen Mitte des Films merke ich, wie ich immer müder werde. Ich hänge schon halb an Connors Schulter und wir sind alle bequem auf das Sofa und zwei Sessel gekuschelt. Irgendwann fallen mir die Augen zu, gerade dann, wo die zwei Hauptpersonen endlich zusammenkommen und irgendeinen lustigen Spruch bringen.

Im Halbschlaf drehe ich mich um, wobei die Decke herunterfällt. Da höre ich James' Stimme: "Sie schläft weiter. Denkst du echt, es ist gut, dass sie hier ist? Du musst dich konzentrieren können!" Bradleys Stimme antwortet: "Ja, es ist gut. Vielleicht tut ihr der Abstand von zuhause gut. Und ich kann mich konzentrieren!" Ich liebe diese Stimme! Sie ist so beruhigend, ich drifte wieder in den Schlaf ab.

"Kann sein, scheint ja wirklich scheisse zu laufen gerade…"

"Ja. Tragen wir sie hoch?"

"Wir können sie doch nicht einfach hochtragen! Das fände sie vielleicht nicht so höflich."

"Ich rede nur vom Hochtragen und nicht vom bettfertig machen. Willst du sie einfach hier unten lassen? Hier wird sie frieren und nach einmal

umdrehen liegt sie auf dem Boden." Dann seufzt James und murmelt: "Wenn du sie tragen magst..."
"Sie ist doch ein Federgewicht!" Schon schieben sich zwei Arme unter mich, ich werde hochgehoben und an eine starke Brust gedrückt. Bradley, begreift mein Körper sofort. Als ich seinen schnellen Herzschlag an meinem Kopf spüre, schrillen Alarmglocken in meinem Kopf los. Aber ich bin zu müde, um mich darum zu kümmern und kuschle mich einfach enger in seine Arme.

Am Morgen wache ich vollständig angezogen in meinem wunderbar weichen Bett auf. Die Sonne scheint schon durch die geblümten Vorhänge in mein Erkerzimmer. Dieses Zimmer erinnert mich an die Gemächer einer Prinzessin in einem spätmittelalterlichen Film. Fehlt mir nur ein Prinz. Schnell ziehe ich mir bequemere Trainerhosen statt der Jeans und ein frisches Shirt an, dann gehe ich herunter. In der Küche sind schon alle anderen, nur Tristan fehlt. "Morgen, Langschläferin!", begrüssen sie mich putzmunter. Gewöhnt man sich vielleicht irgendwann an den Jetlag? "Morgen. Danke fürs Hochtragen, ich muss wohl ziemlich müde gewesen sein.", sage ich. "Wo ist Tris?", erkundige ich mich dann, um den Blickwechsel zwischen James und Brad zu überspielen. "Ist gerade aufgewacht. Du bist nicht die einzige Langschläferin hier!", meldet dieser sich hinter mir zu Wort. Nach dem Frühstück machen sich die Jungs daran, ihr Studio einzurichten. Ich setze mich auf die Couch und schaue zu, wie sie Sachen

herumschleppen und man sie später hinten im Zimmer herumrufen hört. Da leuchtet mein Handy auf: ein Videoanruf von Samantha. Sie steht im Stall vor Nayelis Box. Durch das Handy spreche ich mit meinem Pferd, dann erzählt Sam mir ganz aufgeregt: "Gestern hat mich plötzlich Ray angeschrieben!"
"Der superheisse Cowboy von Nayeli? Wie geht's ihm?"
"Genau der! Super, er wollte fragen, ob er Nayeli mal besuchen darf."
"So eine lahme Ausrede! Da hätte er doch mich anrufen können. Er will bloss mit dir Kontakt aufbauen!" Sam wird rosarot und grinst dann Nayeli an: "Was meinst du, darf er dich besuchen kommen?" Mein Pferd schnaubt zustimmend und bringt uns zum Lachen. "Jetzt geht's auf die Koppel. Na komm!", meint Sam dann und öffnet nacheinander alle Boxen im Stall. Also nur die von ihren Pferden und Nayeli. Dabei quatschen wir weiter und sie zeigt mir, wie die Herde vor dem Weidetor wartet, bis sie es öffnet und alle losrennen. "Welches ist dein Pferd?", fragt plötzlich eine Stimme hinter mir. "Die mausfarbene mit den dunklen Beinen. Sie heisst Nayeli.", erkläre ich Brad. Sam switcht Kamera: "Hi!"
"Und das ist Sam. Ihr gehört der Stall."
"Das Pferd gefällt mir. Kann ich sie einmal besuchen kommen?", fragt Brad und Sam zieht eine Augenbraue hoch. Ich nicke und Sam meint: "Klar. Hübsche Jungs sind hier immer willkommen."

"Sam!", rufe ich lachend aus, aber Bradley scheint es lustig zu finden. Da ruft Connor nach ihm und er verschwindet wieder im Zimmer. Sam erzählt mir noch, dass Ray übermorgen in der Nähe von Orlando ist und sie sich zum Essen verabredet haben. Nayeli will er besuchen, wenn ich wieder da bin. "Es geht nur um Nayeli, schon klar!", muss ich wieder grinsen ab dem Cowboy, dem ich meinen Schatz zu verdanken habe. Mein Pferd ist meine beste Freundin, auf einer anderen Ebene als Cleo. Wir sind in den schon fast sechs Monaten ein spitzenmässiges Team geworden und ich könnte mir mein Leben ohne sie nicht mehr vorstellen.

Kapitel 9

Cleo

«Hast du meine Badehosen gesehen?», ruft Shawn über den Gang.

«Die roten? Die sind, glaube ich, noch in der Waschküche.»

In einer Stunde fahren wir zum Flughafen und wir sind immer noch nicht fertig mit packen. Ich bin immer noch dabei die Kleider auf meiner Couch zu stapeln und auszusortieren. Man könnte meinen, in meinem Kleiderschrank sei eine Bombe explodiert, dabei fliege ich nur in die Flitterwochen. Wenigstens habe ich meine Toilettentasche schon im Koffer. Drei Bücher und andere Dinge wie Ladekabel, Kopfhörer und Geldbeutel habe ich bereits in Shawns Rucksack gepackt. In meiner Handtasche war leider zu wenig Platz für alles. Das Einzige, aber das Wichtigste, das jetzt noch fehlt, ist also die Kleidung. Und die Schuhe natürlich. Shawn steckt seinen Kopf in mein Zimmer: «Ich finde sie nicht. Ich habe nur das gefunden, vielleicht willst du den mitnehmen.» Er wirft meinen gelben Bikini in meinen Koffer.

«Sie müssten aber eigentlich im Korb mit der sauberen Wäsche sein.»

«Ich finde sie aber nicht.»

«Ich komme!», sage ich und wir gehen runter in die Waschküche. Ich wühle einmal im Wäschekorb und ziehe die rote Badehose raus.

«Meinst du die?», ich wedle damit herum. Shawn nimmt sie mir aus der Hand und lächelt schuldbewusst: «Ups!»

Ich lache und gebe ihm einen Kuss: «Für etwas hast du ja mich.»

«Nicht nur für das!» Er zieht mich wieder an sich und küsst mich weiter. Zuerst erwidere ich seinen Kuss, dann stosse ich ihn weg: «Shawn, wir müssen fertig packen!» Nachdem ich mich für die weissen Shorts und das rote Kleid und gegen die grünen Shorts und das blau-weisse Kleid entschieden habe, schliesse ich meinen pumpenvollen Koffer und gehe ins Schlafzimmer. «Bist du soweit?», fragt Shawn, der bereits an seinem Handy auf dem Bett sitzt. «Yes!» Er trägt meinen Koffer runter, ein echter Gentleman halt, mein Mann, und packt ihn zu seinem ins Auto. Nur zehn Minuten später, als geplant fahren wir zum Flughafen. «Hoffentlich haben wir alles.»

«Sonst gibt es in Italien auch Geschäfte, falls wir etwas vergessen haben.»

«Stimmt!», ich atme aus, «Ich freu mich so!» Shawn grinst und schaut weiter auf die Strasse. Ich mache das Radio an. «*Lately, I've been, I've been losing sleep. Dreaming about the things that we could be.*»

«Ouu!» Ich stelle die Musik lauter und singe mit: «*But baby, I've been, I've been praying hard. Said no more counting dollars…*»

Shawn setzt mit ein: «*We'll be counting stars.*» Wir singen beide jedes Wort mit. Danach kommt ein Lied, bei dem ich den Text leider nicht mitsingen kann, also stelle ich die Lautstärke wieder runter. «Weisst du noch, als du dieses Lied gecovert hast?», frage ich Shawn.

«Oh mein Gott, ja! Da war ich etwa fünfzehn.»

«Ich habe es geliebt. Ich will es mir nachher gleich anschauen.»

«Ich will mitschauen!», sagt Shawn begeistert grinsend.

«Ich glaube, ich habe meine YouTube-Playlist immer noch. Die, mit all deinen Covers. Die schauen wir nachher an.»

«Machen wir!»

Shawn parkiert unser Auto im Parkhaus, in dem wir es zwei Wochen stehen lassen können. Wir geben das Gepäck auf und schleusen uns durch den Zoll. Duty-Free lassen wir heute aus und gehen stattdessen einen Kaffee trinken, solange wir auf die Boarding-Zeit warten. «Da drüben ist frei. Gehst du bestellen? Ich warte solange da drüben», sage ich zu Shawn. Ich setze mich in eine Nische direkt am Fenster, so können wir sogar den Flugzeugen zuschauen. Ich scrolle durch mein Handy, dann kommt mir in den Sinn, dass ich ja noch meine YouTube-Playlist suchen wollte. Tatsächlich existiert sie noch. Ich stecke mir den einen Ohrstöpsel ins Ohr. Als Shawn kommt und den Kaffee hinstellt, sage ich: «Danke. Hier kannst du deinen alten YouTube-Videos anschauen.» Ich gebe ihm den anderen Ohrstöpsel und wir schauen uns das Cover von *Counting Stars* an. «Ich habe dich schon da geliebt!», sage ich. Shawn lacht: «Ich war so ein Bubi!»

«Vergiss nicht, dass ich drei Jahre jünger bin als du. Ich fand nicht, dass du ein Bubi bist.» Ich spiele noch das Video von *The A Team* ab. «Nein! Was ist denn das für eine Frisur!», sagt Shawn lachend. Wir schauen noch ein paar weiter Covers an, dann sehe ich eines mit dem Namen *Wanted by Hunter Hayes*.

«Hey, ich wusste gar nicht, dass du das auch mal gecovert hast.»

«Ich wusste auch nicht mehr, dass das auf YouTube ist.»

«Deine Mütze ist voll süss!» Als Shawn anfängt zu singen, also im Video, kann ich nicht anders, und küsse ihn. Seine Antwort darauf: «Das ist schräg!»

Ich werfe nochmal ein Blick aufs Display: «Die Gitarre ist halt schon schön.»

«Ich glaube, die war da ganz neu. Schau dir mal an, wie sie glänzt.» Während wir noch das Cover von *Lego House* anschauen, hören wir die Durchsage, dass wir nun an Board können. Also packen wir alles zusammen und machen uns auf den Weg. Wir müssen leider über London fliegen, da es keinen Direktflug gibt. Dort haben wir aber nur zwei Stunde Aufenthalt. Wir fliegen über Nacht und kommen am Morgen um Sieben in London an. Ich staune selbst, als wir schon fast in London sind und ich aufwache. Ich habe fast die ganze Zeit geschlafen. Von London

fliegen wir nach Rom. Dort werden wir vier Tage verbringen, bevor wir mit dem Zug in die Toskana fahren, wo wir den Rest unserer Flitterwochen verbringen werden. Wir werden abgeholt und zu unserem Hotel gebracht. Es ist genauso, wie man sich ein römisches Hotel vorstellt. Auf dem riesigen Vorplatz steht ein Springbrunnen und riesengrosse Säulen umgeben das Gebäude. Als wir reingehen, zieht sich das römische Flair weiter. Auch drinnen gibt es Säulen, rote Teppiche und nostalgisches Mobiliar.
«Wow!», ist alles, was ich rausbringe.
«Gefällts dir?», fragt Shawn stolz grinsend.
«Es ist unglaublich.»
«Und das Zimmer hast du noch gar nicht gesehen.»
«Ich wills mir ansehen!» Shawn geht zur Rezeption und ich warte solange auf einer riesengrossen Couch. Mit zwei Schlüsselkarten kommt Shawn fünf Minuten zurück. «Die konnte fast kein Englisch!», sagt er.
«Nur Italienisch?»
«Und Französisch und Spanisch!», ergänzt er. Ich lache. Ein Gepäckjunge fährt unsere Koffer und Shawns Gitarre, er konnte sich übrigens auf eine beschränken, und zeigt uns gleichzeitig den Weg zu unserem Zimmer. Wir nehmen den Fahrstuhl in den obersten Stock. Ach du Scheisse, das Zimmer ist noch schöner, als der Eingang. Es ist einfach nur riesig und wunderschön…einfach fantastisch römisch. Der Junge lädt die Koffer ab, wartet bis Shawn ihm Trinkgeld gibt und wünscht uns dann einen schönen Aufenthalt. Sofort ziehe ich meine Schuhe aus und

erkunde die Suite. «Shawn! Wir haben eine Dachterrasse!»

«Ich weiss, ich habe das Hotel gebucht», sagt er lachend, «Ich weiss auch, dass wir auf der Dachterrasse einen Whirlpool haben.»

«Haben wir nicht!»

«Schau nach.» Ich gehe raus und sehe den riesigen Pool.

«Shawn! Wir haben einen Whirlpool.»

«Ich hab's ja gesagt», sagt er lachend.

«Wieso sind wir nochmal nur vier Tage hier?»

«Du wolltest doch in die Toskana.»

«Ja, stimmt, aber hier ist es wunderschön.»

«Die anderen Hotels sind auch schön.»

«Sicher, wenn du sie gebucht hast», sage ich zwinkernd zu Shawn.

«Komm mal her!», sagt er und zieht mich an sich. Wir küssen uns. «Wir sind in den Flitterwochen! Kannst du das glauben?»

Ich lache: «Ich denke schon. Ich meine, schau dir unser Zimmer an.» Er hebt mich hoch und küsst mich weiter. «Ich liebe dich.»

«Ich liebe dich auch.»

«Willst du heute noch irgendwas machen?», fragt mich Shawn.

«Wie viel Uhr ist es denn?»

«Es ist viertel nach Drei.»

«Wir können ja den Trevi-Brunnen ansehen. Der ist anscheinend nicht so weit vom Hotel entfernt. Und dann laufen wir ein bisschen durch Rom und gehen irgendwo richtig gute Pizza essen.»

«Klingt nach einem Plan.»

Wir bringen noch die Koffer an den richtigen Platz und ziehen uns um. Ich hatte lang Schlabberhosen und Shawn kurze Sportshorts an. Da wir so lange geflogen sind, wollten wir es hauptsächlich bequem haben. Shawn zieht sich kurze, schwarze Shorts und ein graues Shirt an. Ich trage mein Jeanskleid und flechte mir dazu ein farbiges Band in die Haare. Ich frische noch kurz mein Make-Up auf und dann machen wir uns auf den Weg. Rom ist wirklich eine wunderschöne Stadt. Und alle Leute sind so gut angezogen. Italiener haben halt schon einen guten Style. Wir laufen durch die Gassen und Gässchen von Rom, bis wir schliesslich am Trevi-Brunnen ankommen. Es hat sehr viele Touristen, aber als wir uns endlich nach vorne drücken konnten, werfen auch wir eine Münze ins Wasser und wünschen uns etwas. Stehend lege ich mich an Shawns Brust und geniesse einfach nur seine Nähe. «Wollen wir weiter?», fragt er dann. Ich nicke und löse mich von ihm. Er nimmt mich an der Hand und wir laufen weiter. Wir kommen zu einem Parkeingang und gehen rein. Unter einem freien Baum legen wir uns ins Gras. Ich lagere meinen Kopf auf Shawns Brust. Ich schliesse meine Augen und geniesse einfach nur die ganzen Gerüche und lausche den Gesprächen der Leute. Shawn streicht mir über den Kopf: «Ich könnte ewig hier so liegen bleiben», sage ich.

«Ich denke, irgendwann würde es dir langweilig werden», meint Shawn.

«Vielleicht.»

«Wollen wir weiter?», fragt er.

«Klar», ich stehe auf. Wir schlendern weiter den Schatten entlang. «Schau mal!», ich zeige ans Ende des Weges, «ist das nicht das Kolosseum?»

«Wollen wir hingehen?»

«Klar!» Wir gehen dem Weg entlang und verlassen den Park. Dahinter ist wirklich direkt das Kolosseum. Es hat auch hier sehr viele Touristen. Wir laufen einmal drum herum und machen Bilder. Plötzlich meldet sich mein Bauch: «Shawn, ich glaube, ich habe Hunger.» Er nimmt sein Handy aus der Hosentasche: «Kein Wunder! Es ist auch schon halb acht.»

«Wollen wir ein Restaurant suchen?», frage ich.

«Klar. Gehen wir einfach wieder Richtung Stadtzentrum?» Ich nicke und wir gehen weiter. Wir finden ein süsses kleines Restaurant, das offensichtlich schon sehr nah bei unserem Hotel liegt. Wir essen beide eine super leckere Pizza und gehen dann zurück in unser Hotelzimmer. Mittlerweile hat es eingedunkelt und auf der Dachterrasse brennen wunderschöne Lichter. Ich gehe raus und schaue mir die Dächer von Rom mal von oben an. Shawn umarmt mich von hinten und küsst meinen Hals.

«Wollen wir diesen wunderschönen Pool mal ausprobieren?», fragt er.

«Ich geh nur schnell mein Bikini anziehen.»

«Brauchst du doch nicht», Shawn grinst.

«Ich trage unter dem Kleid keinen BH.»

«Glaube mir, das weiss ich!» Shawn hat sich während unserem Gespräch bereits bis auf die Unterhosen ausgezogen. Ich ziehe mein Kleid auch aus. Hoffentlich sieht niemand auf diese Dachterrasse! Wir steigen in den Whirlpool und Shawn drückt irgendetwas an den Knöpfen rum, bis wir das Blubbern richtig eingestellt haben. Zuerst sitzen wir einfach Arm in Arm nebeneinander, dann setze ich mich rücklings auf Shawns Schoss und küsse ihn. So führt eines zum anderen. Schliesslich springen wir kurz unter die Dusche und machen es uns dann im Himmelbett gemütlich.

Amy

Cleo am anderen Ende des Telefons erzählt mir von ihrer Filmpremiere und ich schaue mir gleichzeitig im Internet die Bilder dazu an. Es ist irgendwie lustig, wie verschieden wir mit der Presse und der Bekanntheit umgehen. Vor etwa zwei Jahren waren nur unsere Freunde berühmt. Jetzt sind wir es beide auch und zwar nicht nur wegen ihnen, sondern wegen unseren eigenen Projekten. Cleo synchronisiert eine Stimme in Hollywoods momentan beliebtesten Kinderfilm. Dazu schreibt sie ihre eigenen Songs, obwohl die nie produziert oder veröffentlicht werden. Aber ich bin mir sicher, das werden sie noch, oder sie beginnt, für andere Künstler zu schreiben. Tja und ich bin irgendwie auf die Modelbahn gekommen.

Keine Ahnung wie ich bei Versace und Victorias Secret gelandet bin, aber es macht mir Spass. Als nächstes kommt das Cover der amerikanischen Vogue, worauf ich mich unendlich freue. Ich komme in die Vogue! Meine erste Vogue, und es ist nicht mal nur die Teen Vogue! Wir haben beide gelernt, uns einzuschätzen und mit der Presse umzugehen. Wären Gerüchte wirklich wahr, wäre Cleo schon auf drei Liedern von Shawn gefeatured, hätte heimlich Charlie Puth angeflirtet und an einem Casting für den nächsten Marvel Film teilgenommen. Ich wäre schon zweimal schwanger gewesen, wäre Mitglied des amerikanischen Springreitteams und würde momentan Cameron mit Bradley betrügen. Zusammen lachen wir manchmal über all die verrückten Geschichten, die sich die Leute ausdenken. "Amy, kommst du Essen?", ruft mich Connor aus der Küche. Schnell verabschiede ich mich von Cleo und setze mich dann zu den andern an den Mittagstisch. Es wird ein spätes Mittagessen, es ist schon nach drei Uhr. Nach dem Essen, das James gekocht hat, wollen die Jungs ins Studio fahren. Das Zimmer hier im Haus ist nur provisorisch, das richtige Studio liegt etwa eine halbe Stunde Fahrt von hier aus entfernt am Rande der Stadt. "Darf ich mitkommen? Ich werde auch nicht stören und ganz leise sein und euch nur zusehen, ich versprechs! Bitte!", bettle ich. Bradley lacht daraufhin nur und beruhigt mich: "Natürlich darfst du mitkommen. Du störst doch nicht, im Gegenteil." Was auch immer das jetzt heisst. Schnell packe ich meine

Tasche und setze mich dann im Auto auf die Rückbank, wo ich zwischen Brad und Connor lande. James fährt und Tristan hat den Beifahrersitz in Be-
schlag genommen. Im Studio warten schon Joe der
Manager, James Reynolds der Songs mixt und Jacob
und Justin, zwei Songwriter. Nachdem die Jungs sich
begrüsst haben, stellt Brad mich vor: "Das ist Amy,
eine Freundin von uns. Sie wohnt für eine Woche bei
uns." Es ist mir etwas peinlich, deshalb winke ich
kurz in die Runde, dann beginnen die anderen zu reden. Kurz stupse ich James an und frage, ob ich mich
einfach auf der Couch ausbreiten darf. "Ausbreiten
ist gut. Du musst dir deinen Platz sichern!", zwinkert
er mir zu. Zuerst beobachte ich, wie geschrieben, geredet und probehalber Akkorde gespielt werden,
aber schnell wird es langweilig. Für immer kann ich
ja nicht Bradleys Muskeln beim Bewegen zusehen,
wenn seine Finger gekonnt einen Akkord aus den Gi-
tarrensaiten locken. Also ziehe ich meinen Block aus
meiner Tasche und schreibe weiter. Schreibe weiter
an meinem Text und lasse meinen Gedanken freien
Lauf. Ich überlege nicht viel, denn mein Ziel ist es
nicht, ein Lied zu schreiben. Ich schreibe nur meine
Gefühle und Gedanken in Liedtextform nieder. Ich
weiss selber nicht, wie ich darauf gekommen bin,
wahrscheinlich beeinflussen zwei Songwriter im
Haus einen schon. Meine Texte nenne ich *Lura* eine
Mischung aus Luna, meinem zweiten Vornamen
und Lyrik, weil es Songtexte ohne Musik sind. Schon
bald habe ich die erste Strophe und den Prechorus:

STROPHE 1
How? How do people fall in love?
Is it physical attraction?
Because I really like your eyes and
my body has a special reaction
every time you are next to me
I want to touch your face
lay my head on your chest
I imagine your arms as the safest place
A kiss from your lips must be the best

PRECHORUS
Oh, I want to tell you so bad
But, oh, I can't, because it would get worse
I can't have you it makes me mad
It's only a matter of time, I curse
the distance between us, but I'll fix this
(I promise)

"Wo gibt es hier eine Toilette?", erkundige ich mich dann höflich, weil ich aufhören muss. Ich habe eine kleine Schreibblockade, da brauche ich meist nur eine kurze Pause und dann geht's wieder. "Ich bringe dich hin, es ist zu kompliziert zum Erklären.", bietet Connor mir an. Den Vorfall mit der Dusche scheinen er und James vergessen zu haben, oder ihnen ist es längst nicht so peinlich wie mir. Bradley legt seinen Block weg: "Nein, ich mach das. Du hast fast etwas Gutes. Mach du nur da weiter."

"Aber ich könnte auch eine Pause gebrauchen.", protestiert Con, aber Brad hat schon meinen Arm genommen und zieht mich nach draussen auf den Flur. Schweigend folge ich ihm durch die Gänge, wobei wir so oft abbiegen müssen, dass ich mich garantiert verlaufen würde allein. "Ihr Briten! Könnt nicht einmal in einem so riesigen Gebäude zwei Toiletten machen, damit es nicht eine halbe Weltreise dahin ist.", schüttle ich den Kopf, um das Schweigen zu brechen. Das bringt Brad zum Grinsen: "Stimmt. Aber wenn du mal ein eigenes Haus hast, kannst du es ja selbst designen wie du willst und dir fünf Klos einbauen." Er drückt den Knopf zum Lift und wir steigen in die verspiegelte Kabine ein. "Woher soll ich das Geld nehmen, bitteschön?" Darauf bekomme ich keine Antwort. Als ich sein Spiegelbild ansehe, sehe ich bloss sein Profil, denn er schaut mich an. Dass ich ihn beobachte, wie er mich beobachtet hat er nicht gemerkt, denn er studiert immer noch mein Gesicht. Das bringt mich zum Lächeln und für einen Moment verfangen sich unsere Blicke ineinander.

Mittlerweile ist es schon sehr spät am Abend und ich bin todmüde, also rolle ich mich auf der Couch zusammen und schliesse meine Augen. "Amy? Sind wir dir zu langweilig?", reisst mich James Stimme aus dem Schlaf. Ich setze mich seufzend auf und hoffe, dass ich nicht gesabbert habe oder so: "Nein auf keinen Fall! Ich bin bloss müde, ich weiss auch nicht wieso ich immer einschlafe. Mir fehlt wohl ein bisschen Energie die letzten Tage." James nickt zufrieden und ich stöhne auf: "Aber etwas bequemere Couches könntet ihr schon kaufen. Mein Nacken ist

ganz verspannt! Obwohl, ihr schlaft ja nicht im Studio. Habt ihr schon was?" Bradley steht auf und kommt zu mir. Seine Hände kitzeln, als er sie unter meine Haare schiebt. Meine Haut fühlt sich sofort heiss an, dort wo er mich berührt. "Gut so?", fragt er und ich nicke nur und geniesse die Massage. Keine Ahnung was mein Hirn plappern würde, wenn ich jetzt den Mund aufmachte. Währenddessen spielt Rey, wie sie ihn nennen, eine Demo ab. Sie ist gut. Sehr gut, aber eben nur eine Demo und sie muss definitiv noch verarbeitet werden. Es ist nur ein Schlagzeugbeat, ein simpler Bass und eine Gitarre, welche den Hook spielt. Nach ein paar Takten setzt ein Keyboard ein. Es klingt gesynthisized und spielt einen Akkord und Melodie gleichzeitig. Gesang gibt es noch nicht, wahrscheinlich existiert noch kein Text. "Das wird gut. Aber ihr spürt das auch, man muss noch viel dran arbeiten." Alle nicken mit konzentrierter Miene, Tristan fährt sich müde durch die Haare. "Wer spielt das Klavier? Spiel das mal.", sage ich. Bradleys Hände lösen sich von meinem Nacken und er setzt sich ans Keyboard, ich stelle mich daneben. Nach dem kurzen Stück schweigen wieder alle. Nur ich halte mich nicht an mein Versprechen, nicht zu stören, und frage neugierig: "Wieso muss es denn so viel sein?"
"Um Spannung aufzubauen und den Refrain gross erschienen zu lassen.", erklärt James müde und blättert in seinem Block. Die Jungs scheinen nicht weiter zu kommen und müde zu sein, aber mein Powernap

hat mich aufgeweckt und ich bin voller Tatendrang: "Weniger ist mehr. Lass mal die Melodie oben weg. Spiele den Akkord hier unten mit der linken Hand und oben nur die Grundtöne. Also einfach genau umgekehrt als üblich. Die Stimme kommt ja auch noch dazu, wenn es nicht gross genug ist, kann man ja eine Mehrstimmigkeit beim Gesang einbauen." Alle schauen mich etwas perplex an und schnell senke ich den Kopf und gehe zurück zu meiner Couch: "Tut mir leid. Ich wollte eigentlich ja nicht stören. Ich bin wieder still." Kaum sitze ich, erklingen von Klavier zarte Töne, genauso wie ich es mir vor- gestellt habe und sie schwellen schnell an. Es wirkt gross und mächtig, weil der Akkord in den tiefen Tö- nen gespielt wird. Es gefällt mir, aber für ein Lied ist es wahrscheinlich totaler Quark. Brad dreht sich zu den anderen um und meint: "Das ist es! Was denkt ihr?" Rey nickt mir zu: "Stimmt, das ist gut. Es gefällt mir. Manchmal braucht man jemanden, der keine Ahnung hat und einem aus dem Grübeln holt. Gut gemacht." Errötend ziehe ich die Knie an und lege das Kinn drauf, während Bewegung in die Jungs kommt. Sie arbeiten weiter und nehmen eine weitere Demo auf. Plötzlich ruft Bradley: "Ist das hier aus der Sicht eines Jungen oder eines Mädchens? Brauchen wir dafür ein Feature?"
"Was meinst du?", fragt James.
"Dein Text. Er ist richtig gut. Ich fühle darin mit.", meint Brad. Er hat meinen Block in der Hand. Mein Block! Er hat meinen Text gelesen! Den Text von

vorhin. Ich melde mich zu Wort: "Aus der Sicht eines Mädchens. Ich habe das geschrieben."
"Du hast das geschrieben?", ungläubig gucken die zwei mich an und James nimmt Brad den Block aus der Hand und liest es ebenfalls. Ich zucke die Schultern: "Ja. Vorhin. Und es ist ziemlich persönlich. Ich habe mir nichts dabei überlegt, sondern bin einfach ehrlich mit mir gewesen." Wenn ich ehrlich bin, könnte der Text vielleicht über jemanden in diesem Raum sein. Vielleicht ein klitzekleines bisschen, aber das ist bloss eine Träumerei. Ich bin nicht in Bradley verknallt oder gar verliebt. Wir sind bloss Freunde. Ich habe einen Freund. Bradleys Augen halten meinen Blick fest und ich bilde mir ein, darin so etwas wie Sehnsucht zu sehen. "Du solltest dir überlegen, dich mal mit Justin und Jacob zusammenzutun. Du schreibst gut.", meint James und bringt mir meinen Block zurück. Später im Auto ist es wieder viel zu eng. Mein Bein ist viel zu nah an Brads und mein Arm glüht, wo er seinen berührt. Noch im Bett spüre ich die Hitze. Brad wird wohl einfach eine hohe Körpertemperatur haben, beruhige ich mich. Ich darf nicht mein Leben auf den Kopf stellen, wegen eines anderen Jungen, mit dem ich nur befreundet bin. Vor allem nicht, weil wir garantiert nie und nimmer, selbst wenn ich es wollte, was ich nicht tue, mehr werden als Freunde. Aber wenn ich darüber nachdenke, steht mein Leben schon einen Viertel auf dem Kopf. Es liegt quasi horizontal da.

Kapitel 10

Cleo

Nachdem wir so viel wie möglich von Rom erkundet haben, sitzen Shawn und ich nun im Zug Richtung Siena. Wir haben den ganzen Wagon fast für uns allein. Nur am anderen Ende sitzen zwei ältere Damen. Ich sitze gegenüber von Shawn und wir spielen Jass. In Österreich haben Amy und ich Cam und Shawn das traditionelle Kartenspiel aus der Schweiz beigebracht. Zu zweit ist es zwar weniger lustig als zu viert, aber es ist trotzdem eine gute Beschäftigung. Mir fehlt nur noch ein Zug, dann habe ich Shawn besiegt. In meinen Händen liegen die richtigen Karten. Genau jetzt klingelt mein Telefon. Muss Amy gerade jetzt anrufen?

«Danke Amy!», sagt Shawn und lacht. Ich gehe ran: «Mann, Amy. Fast hätte ich Shawn besiegt?»

«Was?», fragt sie lachend.

«Wir jassen und mir fehlen nur noch zwanzig Punkte.»

«Na ja, du kannst ihn ja auch noch in einer Viertelstunde besiegen.» Ich nehme kurz das Telefon von meinem Ohr und wende mich an Shawn: «Du kannst Musik hören. Ich glaube, es dauert länger.» Amy hat mich ghört und lacht. Shawn steckt ohne etwas zu sagen seine Kopfhörer in die Ohren.

«So, jetzt bin ich ganz bei dir», sage ich zu Amy. Sie fragt mich zuerst, wo ich gerade bin und was ich mache und erzählt mir, dass sie heute mit der Band im Studio war.

«Gute neue Musik am Start?», frage ich.

«Als ob irgendetwas, was die Jungs machen, nicht gut wäre.»

«Stimmt. Und was macht ihr sonst so? Abgesehen von Musik?»

«Was man halt so macht in England. Tee trinken, fernsehen und uns unterhalten.»

«Das ist alles, was man in England macht.»

«Ja, neben guter Musik.»

«Ha ha.»

«Nein, ich telefoniere mit Cleo.», sagt Amy zu jemandem im Hintergrund, dann wendet sie sich wieder mir zu: «'Tschuldigung. Liebe Grüsse von Bradley. Er dachte du bist Cam.»

«Liebe Grüsse zurück. Wieso dachte er, ich sei Cam?»

«Keine Ahnung er dachte halt, dass ich…», sie räuspert sich, «mit meinem Freund telefoniere.»

«Wann hast du denn das letzte Mal mit ihm telefoniert?», frage ich neugierig. Amy hüstelt: «Vor fünf Tagen.»

«Dann bist du doch erst angekommen?»

«Ich habe ihm auch nur gesagt, dass ich gut angekommen bin.»

«Danach hat er nicht mehr angerufen?»

«Nein, ich ja auch nicht. Aber ich möchte jetzt auch wirklich nicht über Cam reden», sie stoppt kurz, dann fährt sie euphorisch fort, «Ich muss dir was erzählen!»

Ich grinse. Obwohl mich ihr Themenwechsel leicht beunruhigt, kann ich nicht behaupten, dass es mich verwundert, dass die beiden sich nicht mehr gesprochen haben. Die Cam-Situation ist ja schon länger…verzwickt. Amys Aufenthalt in England mit dem Jungen, mit dem sie besoffen im Pool geknutscht hat, vereinfacht die Umstände auch nicht gerade, muss ich zu Cams Verteidigung sagen.

«Erzähl!»

«Also das Haus, in dem wir wohnen, hat ja nur ein Badezimmer mit Dusche.»

«Ja…»

«Gestern Abend habe ich auf meinem Bett gelesen, während Brad daneben lag und an seinem Handy rumspielte.»

«Ihr habt zusammen im Bett gelegen?», frage ich erstaunt.

«Ja, aber das tut jetzt nichts zur Sache. Während wir also im Zimmer waren, dachte ich, dass alle anderen im Wohnzimmer fernsehen. Dann sagte ich zu Bradley, dass ich duschen gehe.»

«Oh nein! Ich sehe es kommen.»

«Ich *sehe* es auch, glaub mir», meint Amy und der Ton in ihrer Stimme bringt mich zum Lachen.

«Also weiter!», fordere ich sie auf.

«Ich habe meine Sachen genommen und bin zum Badezimmer gegangen. Weil ich ja gedacht habe, dass alle im Wohnzimmer sind, habe ich nicht darauf geachtet, dass drinnen Licht brennt.»

«Welcher war es?», frage ich.

«James *und* Connor!»

«Was? Das musst du mir jetzt genauer erklären. Die beiden haben zusammen geduscht?»

«Ihhh! Ich habe die Tür aufgemacht. James ist gerade nackt aus der Dusche gekommen und Connor stand nackt daneben. Wahrscheinlich wollte er gerade rein und hat nur auf James gewartet.» Scheisse, ich lache. Ich glaube, ich lache mich tot. Shawn schaut mich schon fragend an und zieht die Stöpsel raus.

«Hör auf zu lachen!»

«Sorry, aber ich stell mir dich nur gerade vor, wie du…», dann verfalle ich wieder im Lachen.

«Das Beste kommt erst noch.»

«Das ist noch nicht alles?»

«Als ich die beiden gesehen habe, stand ich so unter Schock.»

«Welcher hat dich denn so schockiert?», ich lache immer noch, obwohl ich versuche, mich zurück zu nehmen. Ist echt schwierig.

«Cleo!»

«'Tschuldigung.»

«Die Situation hat mich so überfordert, dass ich vergessen habe die Tür wieder zu schliessen und rauszugehen. Ich bin dagestanden wie ein doofes Huhn.

Und dann habe ich einfach gesagt: 'Schöner Arsch'
und bin rausgegangen.»
«Das hast du nicht gesagt?!»
«Doch.»
«Oh mein Gott. Das muss ich Shawn erzählen!»
«Untersteh dich!» Wir reden noch ein bisschen weiter, hauptsächlich über Bradley, bevor wir uns verabschieden und ich mein Handy wieder in die Tasche stecke. Shawn tut mir gleich und fragt: "Was
musst du mir erzählen?", und natürlich erzähle ich es
ihm. Sorry Amy, aber du wusstest sowieso, dass er
es erfahren wird. Anschliessend lege ich endlich
meine Matchkarten und besiege meinen Mann. Gerade hören wir die Durchsage, die uns mitteilt, dass
wir in einer halben Stunde in Siena ankommen. Unsere Hände liegen auf dem Tisch zwischen uns und
Shawn spielt mit meinen Ringen. Ich trage nämlich
immer noch beide. Irgendwann ziehe ich meinen
Verlobungsring vielleicht aus, aber im Moment finde
ich es schön, etwas zu tragen, dass neben dem
schlichten Ehering - der mir natürlich auch gefällt -
noch etwas Glanz gibt. Ich sehe, dass jemand im anderen Wagen das Fenster geöffnet hat. "Shawn! Man
kann das Fenster öffnen." Dann stehe ich schon auf
und öffne es. Wieso verdammt habe ich nur mein
Haar zusammengebunden? Die würden jetzt so
schön im Wind flattern. Na ja, der Fahrtwind ist
trotzdem angenehm. Als wir an einer Haltestelle ankommen, schliesse ich das Fenster wieder und lasse

mich auf den Sitz plumpsen. "Wo sind wir?", frage ich.

"Keine Ahnung", sagt Shawn, dann schliesst er seine Augen.

"Was schon müde?", frage ich aufgedreht.

"Ich werde doch nicht müde, wenn ich mit meiner Frau unterwegs bin." Grinsend setze ich mich neben ihn und umschlinge seinen Arm. Als er sich mit den Fingern die Schläfen massiert frage ich: „Kopfschmerzen? Schon wieder?"

„Ist nicht so schlimm."

Ich schaue ihn mit hochgezogenen Augenbrauen an: "Nimm doch eine Schmerztablette."

„Ich habe keine mehr", sagt er schuldbewusst.

„Shawn…"

„Das legt sich wieder. Das habe ich ab und zu. Es ist wirklich nicht so schlimm." Na gut. Er muss es ja selbst wissen.

Kurze Zeit später erreichen wir Siena. Der Bahnhof ist ziemlich alt und klein aber übersichtlich. Auf jeden Fall entdecken wir sofort das Taxi, das schon auf uns wartet. Die Fahrt zum Hotel dauert nochmal zwanzig Minuten, aber als wir ankommen, muss ich zugeben: Sie hat sich definitiv gelohnt.

„Shawn! Ich dachte wirklich, das Hotel in Rom sei nicht mehr zu übertrumpfen."

Er grinst: „Ich habe dir doch gesagt, dass es noch besser wird."

„Ich will das Zimmer sehen!" Shawn bezahlt den Taxichauffeur und wir gehen diesmal zusammen zur

Rezeption. Beide erhalten wir einen Badge, mit dem wir so ziemlich überall Zutritt haben. Also mit überall meine ich zu jedem nur auszudenkenden Wellnessbereich und natürlich zu unserem Zimmer. Wir gehen einen langen Korridor entlang bis zu Zimmer Nummer 245. Ich öffne das Schloss und schiebe die Tür nur einen Spaltweit auf.

„Eins, zwei, drei!", sagt Shawn. Ich lache uns stosse die Tür ganz auf.

„Was ist denn das?", sage ich als erstes. Denn hinter der Zimmertür liegt ein Raum, indem gerade mal unsere Koffer reinpassen. Rechts hat es einen eingebauten Wandschrank, links ein altes Gemälde und direkt gegenüber der Eingangstür steht eine weitere Tür.

„Mach die Tür auf!", fordert mich Shawn auf. Ich öffne die Tür und dahinter steht eine fette Couch in einem riesigen Wohnzimmer. Daneben steht wahrscheinlich der neuste Fernseher, den es momentan gibt. Wie kann das sein? Das ganze Hotel inklusive des Eingangs im Zimmer sehen aus, wie aus dem zwanzigsten Jahrhundert, aber sobald man die magische Tür öffnet, ist man in der Zukunft. Bin ich in einem Film gelandet?

„Cleo?", fragt Shawn und holt mich aus meinen Gedanken zurück.

„Hm?"

„Gefällt's dir?"

„Obs mir gefällt? Das ist der absolute Oberwahnsinn." Ich umklammere Shawn und er hebt mich hoch. Wie ein Mama-Affe trägt mich Shawn vom

Badezimmer, zum Schlafzimmer und wieder zurück ins Wohnzimmer. Wenn ich früher in die Ferien gefahren bin, hatte ich einfach ein Zimmer im Hotel mit Badezimmer. Hier haben wir eine ganze Wohnung! Nachdem wir uns ausgebreitet haben, will ich die Hotelanlage erkunden, aber Shawn ist zu müde, deshalb bestellen wir uns Essen aufs Zimmer und machen es uns in Trainerhosen gemütlich. Shawn liegt auf der Couch und erkundet die Sender und Programme vom Fernseher, während ich daneben sitze und lese. Man könnte meinen wir seien ein altes Ehepaar, dabei sind wir doch in den Flitterwochen. Als Shawn einen Musiksender, etwas Ähnliches wie MTV, gefunden hat, macht er sich breit und schliesst die Augen. Als ich kurze Zeit später wieder von meinem Buch aufschaue, könnte ich schwören, dass er eingeschlafen ist.

Amy

Es klopft an der Badezimmertür. Schnell trockne ich mich ab und wickle ein grosses Badetuch um meinen Körper, dann rufe ich: "Du kannst reinkommen!" Die Tür öffnet sich und es schiebt sich eine hübsche Blondine in das Badezimmer. Kaum erblickt sie mich, erklärt sie: "Hi! Tut mir leid, ich will nicht stören, aber ich muss unbedingt aufs Klo, könntest du wohl kurz…?"

"Oh, ja, klar kann ich!", beeile ich mich zu sagen und gehe zur Tür raus, um draussen zu warten, bis sie fertig ist. Das ist Kirstie Brittain, die Freundin von James. Unten höre ich eine andere weibliche Stimme, das muss in diesem Fall Anastasia sein, die Frau von Tristan. Eine Viertelstunde später sind wir alle bereit für unseren Ausflug in die Stadt. Anastasia hat mir versichert, dass ich einen Jupe anziehen kann und selbst auch eines aus ihrem Koffer gezogen. Je nachdem was wir vorhaben sind Röcke ja vielleicht ungeeignet. Ihrer ist knalleng und betont ihre Kurven, während ich einen leichten, luftigen Jupe angezogen habe. Nicht weit von unserem Haus entfernt befindet sich eine Busstation. Connor und ich lösen beim Fahrer ein Billet für alle, während die anderen schon hinten einsteigen. Der Bus ist schon ziemlich voll, also stehen wir und halten uns an den roten Stangen fest, um nicht umzufallen. Angeregt diskutieren wir über Tattoos, weil sich Kirsties Kollegin eines hat machen lassen und anscheinend ein bisschen allergisch darauf reagiert. Plötzlich piept mein Handy; eine neue Nachricht von Cleo. Neugierig warte ich, bis das Bild geladen wird und schnappe dann nach Luft. Ein Tattoo ist auf der noch ein bisschen gereizten Haut unter ihrem linken Handgelenk zu sehen. "Hope…Wie schön!", seufze ich auf und sofort gucken mich die andern fragend an. "Guckt mal! Cleo hat sich ein Tattoo stechen lassen. Das hat sie sich früher immer mit Eyeliner aufgemalt!" Anastasia nimmt mir das Handy aus der Hand und guckt sich das Bild mit Tristan genauer an, dann reicht sie es an Connor weiter. Plötzlich macht der Bus eine Vollbremsung. Ich Depp habe natürlich die Haltestange losgelassen und werde nun wie alle anderen Fahrgäste nach vorne geschleudert. Ich sehe wie in Zeitlupe. Auch Kirstie und Anastasia werden herumgeworfen, aber ihre Freunde halten sie an der Hüfte fest, damit sie nicht umfallen. Ich dagegen rudere nach der Haltestange und greife daneben. Gerade als ich denke, dass ich gleich auf dem Po lande und dem ganzen Bus meine Unterwäsche präsentiere, spüre ich eine Hand um meine Taille. Bradley zieht mich zu sich und drückt mich an seinen Körper. Endlich findet meine Hand die Haltestange. "Danke!", sage ich erleichtert zu Bradley während die anderen Passagiere noch über den Fahrer fluchen. Er lächelt mich an, seine Hand liegt immer noch um meine Taille. In diesem Moment komme ich mir irgendwie besoffen vor, denn ich will nicht, dass er loslässt. Ich will meinen Kopf an seine Schulter legen, mit meinen

Händen durch seine Locken fahren und dann seine perfekten Lippen küssen. Ich muss Cameron ja wirklich krass vermissen, wenn ich schon solche Fantasien mit einem Kollegen habe. Brads braune Augen schauen mich immer noch an und ich fühle immer noch seine Finger, sogar seinen Fingerring in meinem Rücken. James holt mich aus meinem Zeitlupe-Besoffen-Verrückt-Zustand: "Das war ja knapp! Ich glaube, wir hätten fast einen Radfahrer aufgegabelt! Alles okay Amy?" Ein kühler Luftzug streicht über mein Shirt als Brad seine Hand wegzieht und etwas Abstand zwischen uns bringt. Ich nicke stumm. Unauffällig lasse ich meine Hand zwei Zentimeter an der Stange herunter gleiten, bis ich Brads berühre. Als hätte ich die zufällige Berührung nicht bemerkt grinse ich Connor an, der fast eine Dame mittleren Alters umgerissen hätte. Wie in einer Liebeskomödie, diese Szene.

Wir bummeln ein bisschen durch die Stadt und setzen uns dann in ein kleines süsses Café. Jeder will ein Bild von unseren hübsch hergerichteten Kuchenstücken und Getränken machen. Spätestens jetzt wissen wohl die Fans, dass ich bei The Vamps bin. Vermutungen gibt es schon lange, aber es ist uns egal. Draussen beginnt es zu regnen. "Wollen wir uns die Bibliothek ansehen? Dann werden wir nicht nass vom Regen.", fragt Brad. "So eine richtig grosse Bibliothek? Mit Regalen bis zur Decke?", frage ich aufgeregt. Obwohl wir James und Kirstie, die händchenhaltend vorausgehen, unter den Lauben der Läden

folgen, sind wir schnell nass. Und ich habe ein weisses Shirt an! "Sieht man meinen BH?", flüstere ich Connor zu. Ihn kann ich das fragen, wir sind in der Zeit wirklich gute Freunde geworden. Sein Blick zuckt kurz zu meiner Brust runter, dann grinst er und nickt. Schnell verschränke ich meine Arme, um mich zu verstecken. Zehn Sekunden später trage ich Connors dunkelblaues Langarmshirt und er nur noch sein Trägershirt. Ich sagte doch, wir sind gute Freunde. Bradley guckt uns skeptisch an und lacht mich dann aus: "Hast du nicht mit Regen gerechnet?" "Nein! Ich will schliesslich nicht, dass alle meinen BH und später meine Brüste sehen. Also danke Connor!" Die Bibliothek ist atemberaubend. Sie ist riesig und hat wirklich Bücherregale bis zu Decke. Sofort verteilen wir uns in alle Richtungen. Zielstrebig eile ich zur Fantasy-Abteilung. Die Buchcovers sind alle wunderschön gestaltet, die Geschichten alle verschieden und spannend, am liebsten möchte ich alle lesen. "Hast du Harry Potter gelesen?", fragt mich eine leise Stimme. Ein Junge im Rollstuhl, vielleicht siebzehnjährig, steht hinter mir und deutet auf das Buch in meiner Hand. Beschämt erkläre ich: "Nein, leider nicht. Du schon?"
"Ja, das ist ja wohl Allgemeinbildung!"
"Ich weiss. Shawn zieht mich auch immer damit auf. Ich habe wohl den Zeitpunkt dafür verpasst. Die Bücher jetzt noch zu lesen wäre ein bisschen komisch." verteidige ich mich. Der Junge schaut mich an und fragt dann: "Wer ist Shawn?"

"Oh, das ist der Mann meiner besten Freundin und mein Mitbewohner." Geschickt manövriert er seinen Rollstuhl neben mich und nimmt selbst ein Band in die Hand. "Es ist nie zu spät, etwas zu tun, was man wirklich tun will. Manchmal muss man sich nur selbst überwinden. ", nickt er dann weise, wobei seine Brille ein bisschen runterrutscht. Redet er jetzt noch von Büchern? Wieso sagt er so tiefgründige Sachen? Da huscht ein Lächeln über sein Gesicht: "Ich rede nicht nur von Büchern. Aber du solltest jetzt gehen. Dort hinten wartet schon dein Freund auf dich." Cameron? Ich drehe mich um. Da steht Brad an ein Regal gelehnt und studiert ebenfalls ein Buch. *Seelenverwandte,* kann ich die Schrift auf dem Cover entziffern. Ich lege das Buch zurück und wende mich wieder dem Jungen zu: "Ich verspreche dir, wenn ich wieder zuhause bin, lese ich alle Harry-Potter-Bücher! Und das dort hinten ist nicht *mein* Freund, sondern bloss *ein* Freund von mir. Mein Freund ist in Amerika und ich vermisse ihn." Schon wieder guckt er mich so komisch an und meint dann langsam: "Wieso bist du dann hier?" Gute Frage.
"Ich sollte jetzt wirklich gehen, du bringst mich durcheinander. Machs gut!", lächle ich und winke. Er winkt ebenfalls lächelnd und rollt dann davon, während ich zu Brad gehe. Nach und nach versammeln wir uns wieder beim Ausgang. Im Bus ist es proppenvoll und ich bin zwischen Connor, einem kleinen Mädchen und einem etwa vierzigjährigen Typen eingeklemmt. Der Typ riecht nach Zigaretten und Bier

und ich muss mich fast übergeben. Connor ist mein Retter, mein Held des Tages! Er schiebt mich vor sich und grenzt mich so von diesem komischen Kerl ab. Wieder im Haus ziehen sich unsere beiden Pärchen in ihre Zimmer zurück, im Wohnzimmer bleiben nur Brad, Connor und ich. "Wir sind die Single-Opfer!", seufze ich. "Aber du hast doch einen Freund, Amy!", ruft Con empört. Ach ja, stimmt! Ich habe einen Freund. Der mich gerade via FaceTime anruft. Die zwei Jungs gehen in die Küche und ich nehme an:
"Hi!"
"Hi. Wie geht's dir?", fragt Cam. Er ist unrasiert und sieht gerade alles andere als gut aus finde ich, verbiete mir aber diesen Gedanken gerade wieder.
"Gut. Dir auch?"
"Ja. Wann kommst du nachhause?"
"Am Donnerstag."
"Okay." Dann ist es still. Hat er was getrunken? Dann schreit Cameron los: "Was macht denn dieser Idiot da?" Wütend starrt er neben mir durch. Ich drehe mich um. Bradley. Oben ohne. Nur in ein Badetuch gewickelt. Er winkt mit dem Handy in der Hand und schleicht dann davon. "Spinnst du? Er wohnt hier!", antworte ich aufgebracht.
"Ja, aber deshalb muss der Arsch doch nicht nackt in ein Badetuch gewickelt in deinem Zimmer herumlaufen! Was habt ihr getrieben?"
"Gar nichts. Ganz nebenbei bin ich im Wohnzimmer und er hat nur sein Handy geholt um duschen zu

gehen. Wenn du mir nicht traust bist du der Arsch aber ganz sicher nicht Bradley."
"Sorry. Ich freue mich auf Donnerstag.", entschuldigt Cam sich zerknirscht, aber es klingt nicht echt. Ich erkundige mich noch kurz nach den Katzen, dann muss ich gehen. "Tschüss! Ich liebe dich!", sagt Cameron. Können Worte leer klingen? Gelogen? "Ich dich auch. Bye!", antworte ich leise. Später entschuldige ich mich bei Brad für Cameron. Er presst die Lippen zusammen und sagt dann: "Ich kann ihn verstehen. Ich wäre an seiner Stelle auch eifersüchtig. Mach dir keinen Kopf, bald bist du ja wieder bei ihm." Gespielt fröhlich nicke ich. Am Abend im Bett schaue ich durch das Fenster zum Mond hoch und denke an Cleo, Nayeli, Shawn und meine Familie. Wenn alles den Bach heruntergehen sollte, habe ich immer noch sie. Sie sind mein Auffangnetz im Balanceakt des Lebens. "Ich sollte wirklich Poetin werden.", denke ich grinsend, bevor ich einschlafe.

Cleo

Siena war wirklich sehr schön, aber seit gestern Abend sind Shawn und ich schon in Verona. Darauf habe ich mich natürlich am allermeisten an den Flitterwochen gefreut. Schon als ich zum ersten Mal den Film *Briefe an Julia* gesehen habe, war es mein Traum hier meine Flitterwochen zu verbringen. Und jetzt bin ich wirklich hier!
«Wie lange brauchst du noch?», ruft Shawn.

«Zwei Minuten. Ich hab's gleich.» Wir haben im Hotel gefrühstückt und wollen uns nun das Städtchen ansehen.

«Shawn?»

«Ja?»

«Meinst du ich brauche eine Jacke?»

«Nein, sicher nicht! Es ist dreissig Grad und die Sonne scheint.» Ich ziehe meine Turnschuhe an und nehme meinen Turnbeutel.

«Wollen wir?», fragt Shawn und streckt mir seine Hand hin. Wir geben unsere Zimmerschlüssel an der Rezeption ab und gehen raus. Kaum sind wir draussen, habe ich das Gefühl in der Sonne zu verglühen. «Scheisse ist das heiss!»

«Ich hab's dir ja gesagt.» Lachend gehen wir in irgendeine Richtung. Wir haben beide keinen Plan, wohin wir steuern.

«Shawn? Gib mir mal dein Handy!»

Er nimmt es aus seiner Hosentasche und gibt es mir: «Was willst du machen?»

«Schauen, in welche Richtung wir laufen.»

«Ich weiss schon, wohin wir gehen. Denkst du ich laufe ohne Plan durch eine fremde Stadt?»

Ich schaue ihn schräg an: «Ja…Und wohin geht's?»

«Na, dorthin, wo du schon seit ewig hinwillst.»

«Julias Haus?», frage ich breit grinsend. Shawn schaut geheimnisvoll und antwortet nicht. Ha! Wir gehen sowieso zu ihrem Haus.

«Aber erwarte nicht zu viel», meint Shawn, «Ich habe gelesen, es soll gar nicht so spektakulär sein.»

Ich zucke mit den Schultern: «Ich will es einfach nur gesehen haben."

Zwei Hausecken später sind wir auch schon am Ziel, aber Shawn hatte Recht. Es ist schon toll zu sehen, wo die Filme spielen, aber es hat viel zu viele Touristen. Anschliessend laufen wir über die bekannte Brücke Ponte Pietra und auf einen Hügel. Oben setzen wir uns auf eine Steinmauer und schauen Verona von oben an. Wir gehen noch ein bisschen weiter, bis wir zu einem Weingut kommen. Eine schätzungsweise achtzigjährige Frau sitzt auf einer Steinmauer und pflückt die Trauben, die sie von der Mauer aus erreichen kann. Während Shawn und ich Hand in Hand an ihr vorbeilaufen, spricht sie uns auf Italienisch an. Schade nur, dass wir beide kein Italienisch reden. Leider spricht sie sehr undeutlich und ich kann nicht mal erahnen, was sie sagen möchte. «Do you speak english?», probiert es Shawn. Ich boxe ihm in dem Oberarm: «Shawn!»

«Was?»

«Was sollen die von uns denken? Wir sprechen Englisch, also müssen sie sich uns anpassen?»

«Englisch ist eine Weltsprache.»

«Ja, schon, aber…»

«Nichts aber.»

Die liebenswürdige Frau versteht aber auch kein Englisch. Sie pflückt zwei Trauben und streckt sie uns hin. Ihr Lächeln ist breiter als die Sonne. Ich glaube ich verliebe mich gerade erneut! In eine alte Frau!

«Grazie», sagen Shawn und ich und verabschieden uns mit Händen und Füssen von meiner neuen Lieblingsoma. Anhand einer Kirchenuhr stellen wir erstaunt fest, dass es schon nach Sechs ist. Wir machen uns auf den Rückweg. Wir essen im Hotel und erkunden danach den bescheidenen Wellnessbereich. Wir sitzen zu zweit im Whirlpool und Shawn küsst mich am Hals. Er weiss ganz genau welche Stellen bei mir welche Reaktion auslösen. Und die Stelle am Hals über dem Schlüsselbein bedeutet eindeutig Gänsehaut. Er küsst mich weiter. Vom Ohrläppchen über die Backe, bis er schliesslich bei meinen Lippen ankommt. Und da ist es um mich geschehen. Ich knie mich rücklings über ihn, umfasse sein Kinn und gebe mich ihm hin. «Shawn, wir sind hier in einem öffentlichen Bereich», bemerke ich plötzlich.

«Dann lass uns aufs Zimmer gehen!», fordert Shawn auf, wie ein hungriger Löwe! Gott!

«Okay, lass uns gehen.» Wir steigen aus dem Wasser, ziehen unsere Bademäntel über schlüpfen in die Latschen. Im Fahrstuhl lehne ich mich an die Wand und Shawn stüzt sich neben mir ab. Wir küssen uns weiter bis die Tür sich öffnet. «Shawn!», ich stosse ihn weg, «Raus!» Shawn nimmt den Schlüssel und kaum ist die Tür offen, drückt mich Shawn wieder an die Wand. Gott, was ist denn mit uns los?!

«Tür! Tür…», meint Shawn und schliesst ab, bevor er mich hochhebt und ins Bett trägt. Die Bademäntel liegen schon lange am Boden inklusive meinem Bikinioberteil. Während wir uns liegend küssen, versuche

ich Shawns Badehose auszuziehen, nur leider macht
er das selbst besser. Während er seine Hose auszieht,
ziehe ich meine aus. Loyalität gegenüber dem Partner, oder? «Warte!», sagt Shawn und zieht ein Kondom aus der Schublade.

«Nein!», sage ich demonstrativ.

«Willst du keinen Sex?»

«Doch.»

«Na, dann», er macht sich daran, die Verpackung zu
öffnen.

«Shawn!»

«Was?»

«Ohne…», was sage ich da? Er schaut mich fragend
an.

«Ich will ohne Kondom Sex haben.»

«Nein! Nein, nein, nein.»

«Komm schon, Shawn! Es passiert nichts. Ich nehme
die Pille.»

Er schaut immer noch kritisch, was mich zum Lachen
bringt. Ich küsse ihn: «Komm schon!» Ich küsse ihn
wieder: «Es passiert nichts.» Und nochmal: «Shawn!»

«Ach, was solls!», gibt er endlich nach und erwidert
meine Küsse. Danach liegen wir atemlos nebeneinander.

«Das war nicht durchgedacht», sagt Shawn.

«Ich weiss.» Und dann lachen wir beide. Wir lachen
einfach.

«Ich geh duschen», sage ich.

Nachdem ich mich nur kurz abgeduscht habe und
zurück ins Zimmer komme, hat Shawn die Augen

geschlossen und schläft. In dem Moment denke ich einfach nur daran, wie sehr ich diesen Mann liebe und lege mich neben ihn.

Wir haben vergessen den Wecker zu stellen und verbringen denn nächsten Morgen bis um halb Zwölf im Bett. Ich löse mich aus Shawns Armen und gehe mich frisch machen. Ich schaue mich im Spiegel an und frage mich: Mit Eyeliner oder ohne? Während ich ihn zwischen meinen Fingern drehe, erinnere ich mich daran, dass ich mir früher, mit Fünfzehn, Sechzehn Jahren, immer mit Eyeliner auf das linke Handgelenk geschrieben habe. Ich nehme den Stift und schreibe in Schnürchenschrift *hope* auf mein Gelenk. Ich schminke mich und binde gerade meine Haare hoch, als Shawn ins Bad kommt. "Gut geschlafen?" Er reibt sich die Augen.

"Sag mir bitte, dass ich letzte Nacht nicht einfach weggepennt bin."

"Du bist einfach weggepennt", lache ich.

Er gibt mir einen Kuss, nimmt mir das Haargummi aus der Hand und macht sich an meinen Haaren zu schaffen.

"Sorry", sagt er.

"Kein Ding!" Ich grinse, als ich sehe, wie Shawn versucht einen Pferdeschwanz aus meinen Haaren zu machen.

"Ehm, Shawn? Nichts gegen deine Fähigkeiten als Friseur, aber ich glaube, ich mache das besser selber." Er gibt mir das Gummi zurück und sieht meine Handgelenkbeschriftung.

"Wann hast du denn das gemacht?"

"Vorhin."

"Das sieht spitze aus, aber das ist nicht gesund."

"Das ist Eyeliner", lache ich, "Nicht Edding oder so."

"Na dann. Du solltest es dir stechen lassen", sagt er ganz beiläufig.

"Als Tattoo? Ja, das will ich irgendwann. Genau diesen Schriftzug habe ich früher schon immer genau an der Stelle hingeschrieben. Keine Ahnung wieso ich damit aufgehört habe. Ich wollte es mir immer stechen lassen, wenn ich achtzehn bin."

"Jetzt bist du achtzehn. Mach es einfach! Wenn du so lange schon willst, wirst du es nicht bereuen."

"Meinst du?", frage ich.

"Ich weiss es."

"Dann mache ich es, sobald wir zurück sind."

"Cool! Ach und Cleo, wir gehen heute noch nicht zurück."

"Was?", ich bin verwirrt, "Heute Abend geht doch unser Flug?"

"Nein, der geht erst in drei Tagen. Wir verlängern unsere Flitterwochen."

"Aber Shawn, ich muss zurück."

"Nein, musst du nicht. Alle wissen, dass wir erst am Samstag kommen. Alle ausser dir. Überraschung!", sagt er lachend.

"Wir bleiben noch drei Tage hier?"

"Nein, wir gehen noch weiter."

"Wohin?

"Venedig."

"Veräppelst du mich gerade?"
"Nein, wirklich", lacht Shawn.
"Geil!", er nimmt mich in den Arm, "und dann suchen wir uns den besten Tätowierer aus Venedig."
"Shawn, es eilt wirklich nicht."
«Du bist doch die, die immer sagt: Was man heute kann besorgen, das verschiebe nicht auf morgen.»
«Ja, schon…»
«Gut. Dann höre ich mich um», sagt Shawn entschlossen. Und wenn Shawn sich etwas in den Kopf setzt, auch wenn es mich betrifft, dann setzt er das auch durch. Also sitzen wir zwei Tage später tatsächlich im Wartezimmer eines Tätowierers, der angeblich super sein soll. Ich weiss nicht, wie mein Mann wieder an diese Informationen gekommen ist, aber ich vertraue ihm einfach. Shawn hält meine zitternde Hand fest. Ich weiss gar nicht, wieso ich so nervös bin, denn ich je länger ich mich damit beschäftige, umso mehr will ich es. Wahrscheinlich habe ich nur Angst vor den Schmerzen, aber wer schön sein will, muss leiden. Als ich kurz darauf auf dem Stuhl sitze, hält Shawn noch immer meine Hand, während ich Pedro erkläre, was ich mir vorstelle. Nachdem alles klar ist und die Nadel vorbereitet ist, strecke ich ihm meine Hand hin und schaue einfach weg. Ich schaue einfach nur Shawn an. Scheiss, tut das weh! Cleo! Schau Shawn an! Konzentrier dich auf seine Augen…auf seine Lippen…seine Haare…seine Narbe. Verdammt!
«Geht's?», fragt Shawn.

«Mhm», ich nicke mit schmerzverzogenem Gesicht.

«Es ist gleich vorbei», sagt Pedro.

«Gott sei Dank!» Ich habe die ganze Zeit nicht darauf geachtet, was Pedro macht.

«Fertig!», sagt er schliesslich, «Sieh's dir an!»

Ich schaue auf mein Handgelenk: «Oh mein Gott! Das ist ja geil.»

«Gefällts dir?», fragen beide gleichzeitig.

«Das ist der Hammer!» Pedro schützt mein frisch gestochenes, erstes Tattoo mit einer Folie. Als wir den Laden verlassen, gebe ich Shawn einen Kuss: «Danke, dass du mich dazu überredet hast.»

«Tja, ich weiss halt, was gut für meine Frau ist» grinst er mich an.

«Genau dafür liebe ich dich.»

Amy

"Liegt sonst noch wo etwas von mir herum?", schreie ich die Treppe runter und balanciere dann meinen Kulturbeutel mitsamt Shampoo und Duschgel in mein Zimmer. Mein Koffer ist schon halb voll und es liegt immer noch viel Zeugs auf meinem Prinzessinnenbett, das rein muss. Ohne System werfe ich meine Kleidung in den Koffer. Neben meinem Bett finde ich noch einen Spitzen-BH von Victorias Secret. Ich habe einige Werbegeschenke bekommen, ja. Hinter mir schiebt sich die Tür auf und Brad betritt das Zimmer. Er bringt noch mein Handyladekabel, mein Buch und meinen Notizblock: "Kommt das auch in den

Koffer?" Ich deute zu meinem Rucksack hinüber: "Nein, ins Handgepäck bitte. Ach, ich will nicht schon gehen!" Brad fährt sich mit der Hand durch die Haare: "Du kannst noch bleiben, wenn du willst…Es würde mich freuen!"
Mein Koffer ist zu voll! Verdammt noch mal! Seufzend setze ich mich darauf um den Reissverschluss zuziehen zu können. Ich antworte ihm: "Mich auch. Aber ich kann nicht ewig hier bleiben. Ausserdem habe ich in zwei Tagen das Shooting und das Interview für die amerikanische Vogue." Jetzt seufzt Brad: "Ich weiss. Kommst du nachher runter? Es gibt extra früh essen." Ich nicke und folge ihm dann die Treppe herunter in die Küche, wo schon alle andern warten. Nur Tristan und Anastasia fehlen. "Sind die zwei noch beschäftigt?", fragt Connor mit einem neckischen Grinsen. "Lass sie doch, nicht alle sind Single wie du!", verteidige ich die zwei Turteltäubchen, die im nächsten Moment die Treppe herunterkommen. Eineinhalb Stunden später verabschiede ich mich im Eingang von meinen Freunden. Ich bin wirklich traurig, dass ich gehen muss. In diesen paar Tagen sind wir sehr gute Freunde geworden und meine Jungs sind mir ans Herz gewachsen. Ich mochte es, ihnen zuzuschauen, wie sie Musik machen, wie sie sich gegenseitig aufziehen und was für eine tolle Beziehung sie alle zusammen haben. Ich bedanke mich artig bei ihnen, dass ich bei ihnen sein durfte, dann verabschiede ich mich zuerst von Kirstie und Anastasia, welche mich schnell in ihre gegenseitige

Freundschaft aufgenommen haben. Tristan und James drücken mich beide an sich und wünschen mir einen guten Flug, Connor umarmt mich ebenfalls und flüstert mir ins Ohr: "Meinen Pullover darfst du behalten. Ich habe ihn in deinen Koffer geschmuggelt." Das bringt mich zum Lächeln, aber es rührt mich auch zutiefst. Dann kommt der schwierigste Teil. Eine Sekunde lang ist es komisch, weil Bradley und ich beide nicht wissen, was wir jetzt sollen. Dann umarme ich ihn fest und schmiege mich an seine breite Brust. Seine Arme drücken mich an sich und meine Augen füllen sich mit Tränen. Ich weiss auch nicht genau wieso. Wahrscheinlich, weil ich wieder in mein altes gewöhnliches Alltagsleben zurückmuss. Das Leben ohne die Jungs hier, ohne Brad. Sanft wischt er meine Tränen weg und fragt dann leise: "Wieso weinst du?" Ebenso leise antworte ich: "Ich werde euch alle vermissen! Wann sehen wir beide uns wieder?"
"Ich weiss nicht. Irgendwann. Bald. Ich verspreche es dir!" Eine letzte Umarmung, dann gehe ich mit meinem Koffer hinaus zum Taxi, das mich zum Flughafen bringt.
In Orlando wieder gelandet, nehme ich mir ein Taxi nachhause. Schnell schreibe ich Cleo, dass ich gut gelandet bin, dann schalte ich das Handy aus. Ich bin hundemüde und muss aufs Klo. Vor unserer Garage hilft mir der Taxifahrer, den Koffer auszuladen und trägt ihn mir vor die Haustür. Es ist schon späterer Nachmittag und der Himmel ist ein bisschen

wolkenverhangen. Leise schliesse ich die Tür auf und gehe hinein. Es ist still im Haus, nur von der oberen Etage ertönt Elektro-Musik, Cams nervtötendes Lieblingsgenre. Trotz allem freue ich mich doch nun ein bisschen auf Cameron. Ich hoffe, der Abstand hat uns geholfen und wir bringen alles wieder auf die Reihe. Leise schleiche ich mich die Treppe hoch und bleibe vor unserer Zimmertür stehen. Habe ich da gerade eine Frauenstimme gehört? Doch, da war doch ein Stöhnen. Eklig, was heutzutage als Musik und Kunst gilt! Da quietscht das Bett auf Camerons Seite, wo es schon ewig quietscht, wenn man sich bewegt. Hat er mich doch gehört und will mich begrüssen? Dabei wollte ich ihn doch überraschen! Nichts geschieht, also schiebe ich die Tür einen Spaltbreit auf. Mein Herz setzt einen Schlag aus. Nicht im positiven Sinne. Schnell schaue ich die Tür an, dann nochmals das Bett. Neben dem Bett liegen ein feuerrotes Kleid und ein schwarzes Spitzendessous. Definitiv nicht meine Kleider. Wieder ertönt ein Stöhnen und ich schaue zum Bett. Eine nackte Frau liegt darauf, die High Heels noch an. Über ihr Cameron, mein Freund. Es gibt keine Zweifel daran, was hier geschieht. Mein Herz fühlt sich an wie eingefroren. Vielleicht besser so, sonst würde es wohl zerbrechen. Gegen meinen Willen zwinge ich mich, hinzusehen. Unbemerkt schaue ich zu, wie die beiden Körper sich aneinander reiben, Camerons Kopf sich zwischen die grossen Brüste senkt und die Hände der Frau durch seine Haare fahren. Immer schneller und schneller bewegen sie sich aufeinander, dann in kurzen tiefen Stössen. Wieder stöhnt die Frau: "Oh! Gibs mir! Tiefer. Ah!" Ich sehe aus diesem Winkel, wie Cameron den harten Nippel der Frau in den Mund nimmt und daran saugt, dann grummelt er und wird wieder schneller. Ich will das nicht sehen! Aber ich fühle mich auf groteske Art dazu gezwungen. Ich muss es sehen, damit ich es glaube, damit die ganze entsetzliche Wahrheit bis zu meinem naiven Verstand vordringt. Nun stöhnt auch Cameron, dann graben sich die Nägel der Frau in seinen Rücken und hinterlassen Kratzer auf seiner Haut. Keuchend halten sie sich still, dann zieht Cam seine gottverdammten sechzehnkommadrei Zentimeter aus der gottverdammten Vagina und spritzt gottverdammtes Sperma über die gottverdammte Frau. Sie lutscht auch noch an seinem besten Stück. Und sie schluckt. Ich weiss zwar nicht, wie Pornos aussehen, aber genau so stelle ich mir einen vor. Nur schaue ich mir das hier nicht zum Vergnügen an. Es ist die Hölle. Ich muss hier weg! Leise schleiche ich mich davon, wuchte meinen Koffer in den Aston Martin, atme einmal tief durch und fahre dann los. Ich fahre zum Stall, in Cams Auto, wahrscheinlich absichtlich im teuersten Auto in den Staub und Dreck. Im Stall renne ich zu Nayelis Box und breche am Hals meiner Stute in Tränen aus.

Kapitel 11

Cleo

Morgen sind unsere Flitterwochen schon vorbei. Es ging so schnell. Die vier Tage, die wir nun noch in Venedig verbringen, geben den Wochen noch den krönenden Abschluss. Gestern haben wir uns viele alte Gebäude angeschaut. Ich glaube Shawn hat langsam genug von der ganzen Antike, deshalb gehen wir heute Bootfahren. In Venedig ist es ja völlig normal, jeden Tag Boot zu fahren, so wie wir Bus oder U-Bahn fahren, aber heute wollen wir raus aus der Stadt. Am Steg treffen wir auf Alberto, bei dem wir den heutigen Ausflug gebucht haben. Alberto fährt eine sogenannte Gondel, aber er hat sie aufgemotzt, so dass sie mit Motor fahren kann. Da wir den ganzen Tag auf offenem Wasser verbringen wollen, steht in der Mitte des kleinen Bootes ein Sonnenschirm. Die Lagune von Venedig ist wunderschön und der Blick auf die Stadt atemberaubend. Wir fahren an einer Küste an Land, damit wir uns im Meer abkühlen können. Danach gehen wir direkt wieder aufs Boot. Die Sonne trocknet uns superschnell. Ich setze mich zwischen Shawns Beine und lehne mich an seinen Oberkörper. «Du weisst schon, dass ich so nicht mehr braun werden kann?»

«Musst du auch nicht. Du gefällst mir auch so.» Er küsst mich von hinten am Hals: «Das will ich doch schwer hoffen.» Er legt seine Arme um mich: «Ich könnte ewig hierbleiben. Wieso müssen wir morgen schon wieder nachhause?», fragt er wehmütig. «Wieso fragst du das mich?», frage ich zurück. Er seufzt: «Aber Cleo? Unser Leben in Orlando ist ja auch ganz schön.»

«Es ist super! Vor allem, weil ich jetzt überall angeben kann, dass ich mit dir verheiratet bin.»

«Du gibst mit mir an?»

«Klar! Was denkst du denn?», lache ich. Gegen Fünf fährt uns Alberto wieder zurück zum Steg und wir verabschieden uns von ihm. Als wir zurück im Hotel sind geht Shawn duschen und ich packe meinen Koffer zusammen. Da wir immer wieder in verschiedenen Hotels waren und wir gar nie richtig ausgepackt haben, gibt es auch nicht so viel zu tun. Shawn kommt in Boxershorts ins Schlafzimmer und wuschelt sich mit dem Badetuch durch die nassen Haare: «Schon eine Idee, wo wir unseren letzten Abend verbringen wollen?»

«Nein, aber du hast ja jetzt Zeit ein Restaurant zu suchen. Ich gehe duschen.»

«Was willst du essen?»

«Ich lasse mich überraschen.» Mit diesen Worten gehe ich ins Bad und springe unter die Dusche. Shawn macht sich gerade die Haare: «Ich habe ein schönes, italienisches Restaurant am Wasser gefunden. Ist bereits reserviert.»

«Super! Ich bin gleich soweit.»

Das Restaurant ist zum Glück nicht weit vom Hotel entfernt, so dass wir hinlaufen können. Wir kriegen einen Tisch direkt am Wasser. Für italienische Verhältnisse sind wir noch sehr früh, deshalb hat es auch fast keine anderen Leute hier. Die Frau, die uns bedient ist noch sehr jung, aber sehr professionell. Ich merke, wie sie Shawn immer wieder nachdenklich ansieht und sage zu ihm: «Sie kennt dich.»

«Ich weiss, aber sie hat sich nicht dafür etwas zu sagen.» Es kommt ja häufiger vor, dass die Leute Shawn erkennen. Wir machen uns immer ein Spiel daraus, wer sich outet, ihn zu kennen und wer nur schräg schaut.

«Sagst du etwas?», frage ich ihn.

«Soll ich?» Ich grinse frech und nicke. Als die Frau wiederkommt, um die Bezahlung entgegen zu nehmen, fragt Shawn sie ganz direkt: «Wollen wir ein Foto machen?» Oh nein, die Frau wird rot im Gesicht. Es ist ihr sichtlich unangenehm, aber dann grinst sie und fragt: «Habe ich mich auffällig verhalten?»

«Ein bisschen, aber das macht doch nichts», sagt Shawn.

«Also, wenn das so ist, würde ich mich schon über ein Foto freuen», sagt sie verlegen. Die beiden machen ein Bild zusammen und danach gehen wir auf direktem Weg zurück ins Hotel. Wir sind früh im Bett, da wir morgen schon um Sieben Richtung Flughafen aufbrechen müssen.

Am nächsten Morgen um halb neun haben Shawn und ich unsere Koffer bereits abgegeben und sind auch schon durch den Zoll gekommen. Ich stehe gerade am Schalter um zwei Kaffee zu bestellen und sage zu Shawn: «Wie viel Zeit haben wir noch?»

«Weiss nicht. Mein Handy ist in deiner Tasche und die Uhr im Koffer.»

«Hinter dir ist eine Anzeigetafel.» Ich muss gerade bezahlen und kann deshalb nicht selbst draufschauen.

«Als ob ich das lesen könnte», meint Shawn.

«Grazie», ich nehme die Becher und stelle mich neben Shawn.

«Eine Viertelstunde. Kannst du das echt nicht lesen?»

«Nein», sagt er und stellt sich näher an die Tafel.

«Jetzt schon. Wenn ich mich anstrenge.» Ich schaue mich um und sehe ein Werbeplakat. «Kannst du lesen, was auf dem roten Plakat steht?», frage ich. Er konzentriert sich und macht die Augen weit auf. Ich lache.

«Keine Ahnung», er lacht zum Glück auch.

«Shawn, vielleicht solltest du mal zum Augenarzt.»

«Wieso? Ich muss das nicht lesen können.»

Ich ziehe die Augenbrauen hoch.

«Vielleicht hängen deine Kopfschmerzen auch damit zusammen.»

«Nein, das glaube ich nicht. Ich merke ja kaum, dass ich auf diese Distanz nichts lesen kann.»

«Unbewusst vielleicht? Vielleicht strengst du dich mehr an, etwas zu lesen, ohne dass du es merkst. Ich würde einen Sehtest machen.»

«Ich weiss nicht…», sagt Shawn zweifelnd.

«Das geht nicht lange und danach weisst du Bescheid.»

«Okay.»

«Du machst es?»

«Ja, ich mache es. Sobald wir zuhause sind.»

«Gut.»

Wir trinken unseren Kaffee und machen uns auf den Weg zum Gate.

Amy

Zum wiederholten Mal klingelt mein Handy. Genervt rolle ich mich im Bett herum und gucke aufs Display. Cameron. Ich lasse es weiterklingeln und drehe mich wieder um. Gestern hat Abend hat mich Sam in Nayelis Box gefunden. Meine Stute hat sich neben uns hingelegt und ich habe den beiden erzählt was ich zuhause vorgefunden habe. Sam hat sofort gehandelt. Sie hat Stephen, den Freund ihrer Cousine aus dem Gästezimmer verscheucht und mich dort einquartiert. Stephen schläft jetzt bei ihrer Cousine Liz im Zimmer, welche hier ihre Ferien verbringt, bevor sie aufs College geht. Gegen Abend hat Cameron angerufen, aber ich habe ihn weggedrückt. Dann hat er per WhatsApp gefragt, wann ich nachhause komme und ich habe nur geantwortet: "Da war ich schon. Mein Bett war besetzt." Er hat es verstanden und seitdem ruft er mich immer wieder an, aber ich will nicht mit ihm reden. Ich bleibe bis morgen hier. Morgen früh gehe ich zurück, bevor Cleo und Shawn aus den Flitterwochen zurückkehren, aber alleine kann ich nicht zu ihm. Ich habe schlecht geschlafen und sehr lange wachgelegen. Jetzt weiss ich auch wieder, wer das war. Hailey. Ebenfalls Model, sehr bekannt. Spätestens jetzt steht mein Leben komplett Kopf und ist so durcheinander wie nach einem Schleudergang in der Waschmaschine. Ich fürchte mich nur davor, das schöne Leben vor Cleown ebenfalls durcheinander zu bringen. Aber etwas muss sich ändern, denn ich kann so nicht mehr. Später mache ich mit Nayeli einen langen Spaziergang durch den Wald, um meine Gedanken zu ordnen.

Meine Hände zittern nervös und ich will am liebsten wieder umdrehen, als ich die Tür zuhause aufschliesse. Cameron sitzt im Wohnzimmer auf der Couch und ist am Handy. Er schaut auf und ich spüre seine Blicke im Rücken, als ich meinen Koffer in mein Zimmer hochtrage. Oben atme ich einmal tief durch und gehe wieder Richtung Treppe. Ich kann nicht! Schnell renne ich wieder in mein Zimmer. Zuerst Koffer auspacken, das ist eine gute Idee. Plötzlich fällt mir Connors Pullover in die Hände und ich ziehe ihn mir schnell an. Er riecht vertraut und beruhigend. Wie in England drüben. Plötzlich kommt mir der Gedanke, dass es mir gar nicht so schlecht geht. Hätte ich Cameron wirklich noch geliebt, wäre ich jetzt nicht hier, sondern in meinem selbsternannten Grab. Cams Betrug hat mich nicht so getroffen, wie er hätte können. Mein Herz ist nicht in tausend Einzelteile zerbrochen. Cameron konnte es gar nicht zerbrechen. Denn eine Person hatte mein Herz von Cam weggenommen und bewahrt es nun gut beschützt bei sich auf. Nur weiss es diese Person nicht, aber eins nach dem anderen. Cameron hat lediglich den kleinen Teil meines Herzens kaputtgemacht, der noch bei ihm war. Etwas beruhigt und klarer im Kopf starte ich erneut und gehe die Treppe runter. Unter Camerons Blick setze ich mich ihm gegenüber aufs Sofa. Eine Weile schaut er mich nur an, ich schaue auf den Boden. Endlich schaffe ich es, den Blick zu heben: "Wieso?" Cameron seufzt und reibt sich das unrasierte Gesicht: "Ich kann es nicht erklären. Ich weiss es selber nicht. Ich habe dich betrogen und mit einer anderen Frau geschlafen. Aber es ging mir nicht um die Frau, nur um den Sex. Wahrscheinlich konnte ich den Gedanken nicht ertragen, betrogen zu werden." Nicht weinen! Sachlich bleiben! Amaya, du schaffst das!

"Von wem? Mir?"

"Ja."

"Du meinst wegen Bradley?"

"Ja. Erzähl mir nicht, dort drüben in diesem scheiss Birmingham ist nichts passiert!"

"Es ist nichts passiert drüben in Birmingham und auch sonst nirgends. Wir haben nicht getan! Lass

Bradley aus dem Spiel. Fakt ist; Du hast mich mit Hailey betrogen."

"Ich glaube dir nicht! Ihr seid doch beide scharf aufeinander!" Das ignoriere ich einfach und fahre mit erstickter Stimme weiter: "Wir müssen das wie Erwachsene regeln, Cameron Alexander Dallas! Bist du einverstanden?"

"Also gut. Ich fange an: Es tut mir leid."

Ich schüttle traurig den Kopf: "So funktioniert das nicht. Das reicht mir nicht." Aufgebracht wirft Cam die Hände in die Luft: "Ich habe dir auch verziehen!"

"Ich weiss. Aber ich war betrunken. Du nicht. Ich habe nur fremdgeknutscht. Du fremdgefickt. Und wieso hast du mir damals verziehen?" Mir zusammengepressten Lippen, damit ich nicht weine, schaue ich ihn an. Es tut weh, dieses Gespräch zu führen. Aber es muss sein und ich spüre, dass ich es leiten muss, denn Cam versteht es nicht von selbst. Er seufzt wieder: "Ich habe dir damals verziehen, weil ich dich liebte. Ich wollte dich nicht verlieren, ich hätte es nicht verkraftet."

"Und jetzt? Du hast etwas getan, obwohl du mich deswegen verlieren könntest. Cameron, du spürst das auch. Wir sind nicht mehr wie früher. Ich weiss nicht, wann und warum es sich verändert hat, aber zwischen uns ist es nicht mehr dasselbe.", Cameron schliesst die Augen, entgegnet aber nichts, also rede ich weiter: "Wir verlieren einander. Seien wir ehrlich zueinander. Liebst du mich noch?" Das ist zu viel für mich. Ganz ruhig! Amy, du bist stark, du musst dadurch und es wird alles gut! Cameron holt Luft, öffnet den Mund und schliesst ihn wieder. Dann endlich scheint er seinen erwachsenen Verstand einzuschalten: "Ja, ich spüre das auch. Ich dachte immer, das sei eine Phase. Ich dachte, das gibt sich wieder, das bekommen wir in den Griff. Jede Beziehung hat schwere Zeiten. Aber die dauert einfach schon zu lange an. Lass mich ehrlich sein; Ich glaube nicht, dass ich dich noch liebe!" Es tut gar nicht so weh. Danke an mein Herz, das gar nicht hier ist, um zu zerbrechen. "Du glaubst? Ich liebe dich nicht mehr. Ich habe dich geliebt. Wirklich. Aber jetzt nicht mehr und daran ist nicht nur vorgestern Schuld. Ich denke es ist besser für uns beide, diese Beziehung zu beenden."

"Ich…Ich bin mir auch sicher. Es ist wirklich das Beste. Es raubt sonst nur Nerven und Energie." Jetzt laufen wir trotzdem Tränen die Wangen herunter, aber Cameron hat es glaube ich schlimmer getroffen. Er weint richtig. Flüsternd frage ich: "Dann haben wir uns jetzt getrennt?" Mein Freund nickt nur, womit er nun offiziell mein Ex-Freund ist. Mit zittrigen Beinen stehe ich auf und hole mir ein Taschentuch aus der Küche. Cameron werfe ich ebenfalls eines zu, dann gehe ich hoch und dusche mit heissem Wasser. Kaum bin ich fertig angezogen, fährt ein Auto vor und ich höre Cleown diskutierend aussteigen. Gleichzeitig kommen wir im Eingang an. Ich falle Cleo um den Hals und ignoriere ihr Keuchen. Das brauche ich einfach gerade. Mein Auffangnetz funktioniert hervorragend.

Cleo

Amy fällt mir um den Hals und fängt an zu schluchzen.

"Hey, was ist denn los?", frage ich. Auf meine Frage reagiert sie mit nur noch lauterem Weinen.

"Hey! Beruhig dich, Amy. Was ist denn los?", sie löst sich von mir und wischt sich die Tränen weg.

"Tschuldigung, so wollte ich euch nicht begrüssen." Sie drückt mich nochmal und auch Shawn und beruhigt sich wieder.

"Was ist denn los?", fragt Shawn.

"Wir haben uns getrennt."

"Was? Cam und du habt euch getrennt?", frage ich vielleicht ein bisschen zu hart. Sie nickt und ich nehme sie in den Arm.

"Hey. Ihr könnt das doch sicher noch hinbiegen", muntere ich sie auf.

"Nein! Das will ich gar nicht", sagt Amy.

"Hast du mit ihm...?", frage ich vorsichtig. War anscheinend keine gute Frage, denn sie beginnt wieder zu weinen.

"Ich lasse euch mal alleine", meint Shawn und geht die Treppe hoch. Ich vermute, was er vorhat. Wir Mädels sitzen uns auf die Couch.

"Willst du mir erzählen, was passiert ist?", frage ich. Sie nickt und sagt direkt: "Er hat Hailey gebumst."

"Er hat was gemacht?!"

"Mich betrogen. Mit Hailey", Amy sagt es, ohne nur eine einzige Miene zu verziehen. Ihre Gelassenheit macht mich sprachlos.

"Es hat mich verletzt, aber nicht zerbrochen", fährt sie ungerührt weiter. Ich sehe sie immer noch fragend an.

"Als ich nachhause gekommen bin, fand ich Cam fickend im Bett auf. Danach bin ich weggerannt. Ich habe ihm aber geschrieben, das sich ihn gesehen habe. Nachdem er mich gefühlte tausend Male angerufen hat, bin ich vorhin zurückgekommen und wir haben uns darauf geeinigt, dass zwischen uns...", sie atmet tief aus, "halt einfach nichts mehr ist."

"Sag etwas!", meint sie, als ich sie einfach nur so anschaue.

"Wieso erzählst du das so einfach und vorhin hast du so geweint?", das ist die einzige Frage, die mir auf der Zunge liegt.

"Es ist halt", sie schluckt und redet weiter, "nur so eine lange Zeit. Und ich habe Angst was jetzt mit uns passiert", dann weint sie wieder, "mit dir, mit Shawn, mit dem Haus, mit meinem Leben, unserem Leben. Das Ganze existiert doch nur wegen diesem Fremdficker."

Okay, es hat sie trotzdem getroffen, dass er mit einer anderen rumgemacht hat.

"Hey", ich nehme sie in den Arm, "Das stimmt nicht. Schau mal Shawn und mich an. Wir funktionieren ganz gut ohne Cameron. Und du auch! Er ist vielleicht mit der Grund, wieso wir hier sind, aber er hindert uns nicht daran, so weiter zu leben."

"Aber er finanziert mein Leben!"

"Amy, bitte! Du trägst mittlerweile sehr viel zu deiner Finanzierung bei. Definitiv mehr als ich", ich grinse.

"Ja, das stimmt. Du nützt Shawn nur aus!", sie grinst. Sie grinst! Ich hab's geschafft. Ich bin echt kacke im Trösten, aber ich hab's geschafft. Den Rest des Tages sitzen wir einfach nur auf dem Sofa und schauen uns romantische Komödien an. Shawn und Cameron bekommen wir nicht zu Gesicht, aber ich kann mir vorstellen, dass sie sich ähnlich beschäftigen, wie wir. Nur halt mit der X-Box zur Hilfe.

Am nächsten Tag zieht Amy ins Gästezimmer um. Eine Woche lang können sich Amy und Cam kaum in die Augen sehen, aber wir leben unser Leben genauso weiter. Shawn musste genau in dieser Woche nach New York, um zwei, drei Gigs zu spielen. Er hat sich entschuldigt und gemeint, er wäre gerade jetzt viel lieber bei uns, vor allem bei Amy und Cam. Wir haben ihm natürlich alle versichert, dass uns in dieser Situation, in diesem Moment auch nicht weiterbringt, dass er seinen Job vernachlässigt und vor allem seine Fans enttäuscht. Als ich Ende Woche von der Arbeit nachhause komme, sitzen Amy und Cam zusammen auf der Couch. Jeder auf seiner Seite, aber sie sehen sich sogar dasselbe an. Mit verwirrtem Blick mustere ich die beiden. Sie grinsen zurück. "Wir haben uns unterhalten", sagt Cam.

"Fast den ganzen Tag", ergänzt Amy.

"Und?", frage ich.

"Ich glaube, wir haben alles geklärt", meint Amy.

"Und wir können im Guten abschliessen."

Amy stimmt Cams Aussage nickend zu. Ich weiss nicht, was ich sagen soll. Soll ich mich freuen? Ist das ein Grund, sich zu freuen? Wahrscheinlich schon. Aber kann ich das auch aussprechen? Ich lasse es lieber bleiben und gehe mich umziehen. Ich schlüpfe in meinen Badeanzug und schwimme ein paar Runden im Pool.

Als Shawn am nächsten Morgen zur Tür reinkommt, freue ich mich wie verrückt. Ich freue mich jedes Mal, wenn er wieder nachhause kommt. Und ich habe das Gefühl, jedes Mal, wenn er durch diese Tür kommt, verliebe ich mich ein bisschen mehr in ihn. Ich umarme ihn stürmisch: "Ich habe dich vermisst."

"Ich habe dich auch vermisst, aber ich muss leider gleich wieder los. Wie geht's unseren Mitbewohnern?"

Ich gebe ihm ein kurzes Update bezüglich Cam und Amy. Das meiste habe ich ihm natürlich schon telefonisch mitgeteilt.

"Wo willst du denn schon wieder hin?", frage ich.

"Zum Augenarzt."

Ich ziehe meine Augenbrauen hoch.

"Ich habe dir versprochen hinzugehen."

Wer hätte gedacht, dass er in einem solchen Fall auf mich hören würde.

"Na dann. Das dauert ja nicht ewig."

Er gibt mir einen Kuss: "Sicher nicht! Und danach gehöre ich ganz dir." Er nimmt den Autoschlüssel und geht schon wieder. Und ich? Was soll ich jetzt machen? Ich beschliesse spontan, Shawns Koffer nach oben zu tragen und auszupacken. Wie langweilig muss mein Leben sein, dass ich freiwillig den Koffer meines Mannes ausräume? Eigentlich überhaupt nicht! Ich habe das Beste von allen und auf jeden Fall kein langweiliges Leben. Manchmal muss man halt auch etwas Langweiliges wie Kofferauspacken machen. Eine Stunde später klingelt das Telefon: «Ich bin jetzt fertig.»

«Was hat er gesagt?»

«Er hat einen Test gemacht und es ist so, wie du gesagt hast.»

«Siehst du.»

«Er meinte, er könne eine schwache Korrektur vornehmen. Es sei aber nicht zwingend nötig.»

«Und?»

«Ich probier's mal aus. Ich kann ja nichts verlieren», meint Shawn.

«Genau.»

«Was gibt's heute zum Abendessen? Ich könnte noch kurz einkaufen gehen.», bietet er an. Ich versichere ihm, dass wir alles dahaben. Ich war heute Morgen schon im Supermarkt und habe eingekauft, damit wir später grillen können. Cam will uns etwas mitteilen. Später stehen beide Männer am Grill, während Amy und ich die Küche unsicher machen.

«Ist es nicht komisch für dich? Mit Cam so zu tun, als wäre nichts gewesen?»

«Manchmal schon, aber es ist viel einfacher, als ich gedacht habe, seit wir uns ausgesprochen haben.»

«Und weisst du, was er uns jetzt sagen will?»

«Wahrscheinlich, wie's jetzt weiter gehen soll.»

«Uns allen?»

«Klar, das geht euch genauso viel an, wie mich.»

Als wir am Tisch sitzen, sagt Shawn zuerst, um die Situation aufzulockern: «Ich brauche übrigens eine Brille.»

«Du? Eine korrigierte?», fragt Amy und Shawn nickt. «Och nein.»

«Was oh nein? Das ist voll heiss!», sage ich. Shawn schielt fragend zu mir rüber. Das bringt mich zum Lachen.

«Ich habe nur laut gedacht.» Jetzt lachen wir alle.

«Aber Cleo, ich werde die nicht die ganze Zeit tragen.»

«Ja, du bist ja auch ohne ganz süss.» Darauf schüttelt er lachend den Kopf und ich gebe ihm einen kleinen Schmatzer.

«Der perfekte kanadische Schwiegersohn kriegt eine Brille. Gibt es eine Steigerungsform von perfekt?», ist Cams Kommentar. Wir diskutieren über die Steigerungsform von perfekt und anschliessend frage ich:

«Cam, was wolltest du uns eigentlich sagen?»

«Ah ja», sagt er und wird ernst.

«Ich. ehm, ich habe darüber nachgedacht, wie es jetzt weitergeht und ich würde gerne wieder zurück nach

LA ziehen.» Keiner von uns sagt etwas. Wir schauen ihn einfach nur an.

«Nächste Woche.»

«Nächste Woche schon?», fragt Shawn.

«Und das Haus?», fragt Amy.

«Das Haus ist abbezahlt. Oder Shawn?», fragt Cam.

«Mit dem Haus ist alles geklärt.»

«Gut. Dann ist ja alles klar. Ich fange morgen an zu packen und nächste Woche bin ich weg.» Cams Entschluss scheint fest zu stehen. Nach dieser Aussage steht Amy auf und geht ohne etwas zu sagen vom Tisch.

«Amy?», fragt Cam.

«Lass sie! Ich denke, sie braucht kurz etwas Zeit allein. Deine Mitteilung kam etwas unerwartet.»

«Tut mir leid. Ich denke einfach, so ist es am besten für uns alle.

«Ja.»

«Ja, ich denke auch, es ist gut, wenn du zurückgehst», spricht Shawn es ehrlich und direkt aus.

Kapitel 12

Amy

Mittlerweile ist es anfangs Juli und es ist heiss. So heiss, dass ich mit Nayeli nach dem Reiten immer noch in den Bach im nahen Wald gehe. Cameron und ich haben uns zwar ausgesprochen und ich bin daran, mit dickem, wasserfestem Filzstift einen Schlussstrich zu ziehen, aber das ist ziemlich schwer, wenn wir uns immer wieder über den Weg laufen. Deshalb bin ich meistens im Stall, wenn Shawn und Cleo nicht zuhause sind. Auch das Shooting für die Vogue habe ich überstanden. Es hat richtig viel Spass gemacht und ich bin mächtig stolz auf mich! Nayeli stürzt sich ins kühle Nass und schlägt mit dem Vorderhuf aufs Wasser, dass es richtig herumspritzt. So, dass ich auf ihrem Rücken klitschnass werde. Lachend kraule ich meine vierbeinige Freundin und steige dann ab, um sie ebenfalls nass zu spritzen. Einige Bilder von meiner wunderschönen Stute im glitzernden Bach zwischen sattgrünen Büschen und goldenem Sonnenlicht dürfen natürlich auch nicht fehlen. "Nayeli! Selfie!", rufe ich. Sie liebt Selfies, sie streckt dann immer die Zunge raus oder küsst meine Wange, was ich superlustig finde. Dazu muss ich nur "Selfie!" rufen. Das Bild wird natürlich gepostet. Den ganzen Nachmittag bin ich im Stall und helfe Sam,

die zwei Einstellpferde bewegen muss, weil die Besitzer in den Ferien sind. Auf einem Pferdehof gibt es immer etwas zu tun und so komme ich erst am frühen Abend nach Hause. Schmutzig, aber gut gelaunt. Morgen gegen Mittag fliegt Cam. Es gibt kein Abschiedsessen oder so, deshalb decke ich den Tisch auf der Veranda für die Reste der Lasagne von gestern. Es klingelt an der Tür. Schnell renne ich hin, weil da jemand sehr ungeduldig ist und Sturm klingelt. "Hey! Sorry ich habe den Schlüssel stecken gelassen.", begrüsse ich Cleo.
"Ich habe es gemerkt! Ist es wirklich so schwer den Schlüssel ans Schlüsselbrett zu hängen, dass du, wenn ich dich daran erinnern darf, extra gekauft hast?", entgegnet sie genervt. Hola? Was hat sie denn jetzt? "Tut mir leid. Ich bin ja gerannt, du musstest ja gar nicht so lange warten, Schätzchen.", entschuldige ich mich nochmals. Sie verdreht die Augen und ich frage verwirrt: "Hattest du Stress im Büro?" Jetzt lacht sie plötzlich wieder: "Nein! Ich weiss auch nicht was los ist. Tut mir leid, ich wollte dich nicht anmotzen!" Sie folgt mir in die Küche. Cameron holt sich ein Bier aus dem Kühlschrank und geht dann wieder hoch, wahrscheinlich fertig packen. Uns schenke ich beiden ein Glas Mineralwasser ein: "Macht doch nichts! Ich glaube, wir sind alle ein bisschen gereizt momentan, aber das gibt sich bald." Jetzt hat sie plötzlich feuchte Augen und murmelt leise irgendetwas von Scheissveränderung, alleine sein, Angst oder so. Leicht überfordert nehme ich sie in den Arm.

Eine Umarmung beruhigt doch, oder? Da kommt Shawn zur Tür herein und Cleo wischt sich schnell die Tränen weg. Fragend guckt Shawn uns an und ich zucke die Schultern: "Zuerst war sie wütend, dann hat sie gelacht, dann geweint und jetzt ist alles wieder gut." Shawn zieht Cleo in seine Arme und die beiden küssen sich lange zur Begrüssung, dann fragt er sie: "Was ist los?" Sofort plappert sie los: "Keine Ahnung, ist doch egal! Ziehst du für mich deine Brille an? Damit siehst du nämlich sehr heiss aus! Bitte?" Was ist das denn bitteschön für eine Gefühlsachterbahn bei Cleo gerade? Streng gucke ich Shawn an: "Shawn! Hast du sie geschwängert?" Cleo lacht laut los und Shawn guckt überrascht. Dann weiten sich seine Augen und er starrt Cleo an, die nur noch lauter lacht und ruft: "Nein hast du nicht! Ich bin einfach durcheinander, wegen der ganzen Situation! Und jetzt habe ich Hunger." Jetzt lache auch ich ab Shawns Blick und trage die Auflaufform hinaus zum Verandatisch.

Am nächsten Morgen stehen unten im Eingang Cams Sachen und er packt fleissig noch seine letzten Habseligkeiten ein. Für elf Uhr hat er ein Taxi bestellt, jetzt ist es halb elf. In einem unbemerkten Moment stecke ich den Ring in eine der Taschen. Den Ring, den Cameron mir vor drei Jahren an Weihnachten in der Schweiz geschenkt hat. Er ist zwar wunderschön, aber er gehört zu sehr zum Kapitel *Cameron* in meinem Leben und genau das schliesse ich nun ab, deshalb gebe ich ihn zurück. Beherrscht bewegen wir uns alle umeinander herum. Cleo ist immer noch ein bisschen gereizt, wahrscheinlich, weil das hier wo etwas wie der Gipfel der Situation ist. Um fünf vor elf Uhr fährt das Taxi vor. Shawn, Cameron und der Taxifahrer tragen gemeinsam Cams Sachen nach draussen und verstauen alles im Kofferraum. Cleo umarmt Cam schnell, dann ich, ebenso beherrscht und ruhig wie sie. Shawn und Cam klatschen sich ab und umarmen sich ebenfalls kumpelhaft, dann steigt Cam ins Auto und lässt die Tür zuknallen. Als das gelbe Auto verschwunden ist, hebe ich Mohino hoch und laufe mit ihm nach oben in mein Zimmer. Schnell wähle ich eine Nummer und erkläre Maren eine Minute später, dass ich ab jetzt mehr arbeiten will. Sie verspricht mir, Aufträge zu angeln. Dann kuschle ich mich unter meine Bettdecke und kraule Mo. Von unten höre ich Shawn und Cleo leise diskutieren, dann schalten sie den Fernseher an.

Cleo

Als ich von der Arbeit zurückkomme, liegt Amy eingekuschelt in der Decke in ihrem Bett. Ich ziehe mich um, nehme das Essen, das ich auf dem Heimweg gekauft habe, und gehe ohne anzuklopfen ins Zimmer. Ich gebe ihr einen Wangenkuss und begrüsse sie.
"Wie geht's?", bevor sie antworten kann, schaue ich auf den Fernseher und sehe Harry Styles.

"Was schaust du dir da an?", frage ich erstaunt.

"Der Dokumentarfilm von One Direction.»

Ich lache: «Ist er gut?»

«Ja, schaust du mit?»

«Klar!» Ich kuschle mich zu ihr unter die Decke.

«Hast du Essen mitgebracht?»

„Ja, aber wollen wir noch auf Shawn warten? Er kommt gleich.“

„Klar.“

Kurz danach, hören wir Shawn im Treppenhaus und fünf Minuten später springt er ebenfalls in Trainerhose bei uns unter die Decke. Er begrüsst uns, schiebt uns auseinander und legt sich zwischen uns in die Mitte. So sitzen wir den ganzen Abend zu dritt im Bett, essen Reistaschen und zappen durch die Sender.

Als wir am nächsten Morgen aufwachen, liegen wir immer noch alle zusammen in Amys Bett. Es ist Samstag. Ich gehe die Treppe runter und mache Frühstück. Als ich den Tisch fertig gedeckt habe, setze ich mich mit meinem Handy auf die Couch. Kurz darauf kommt Shawn verschlafen die Treppe runter und gibt mir einen Kuss: „Gut geschlafen?“

„Du auch?“ Er nickt. Direkt hinter ihm kommt Amy und begrüsst mich: „Ich glaube ich gehe gleich nach dem Frühstück in den Stall.“ Ich nicke. Während wir zu dritt an Tisch sitzen, meint Amy: „Eigentlich war ich schon lange nicht mehr verliebt.“ Shawn und ich schauen sie erstaunt an und sie erzählt weiter: „Dank euch fällt es mir leichter über ihn wegzukommen. Ihr seid verliebt und das sieht man. Genau deshalb weiss ich, dass ich es schon lange nicht mehr bin." Ich lächle und weiss ganz ehrlich nicht, was ich sagen soll. Dann sagt Amy laut: „Scheisse hat das gut getan, das zu sagen!" Sie lacht und Shawn und ich lachen mit. Amy macht die Küche und geht sich umziehen, bevor sie sich verabschiedet und mit dem Fiat zu Nayeli fährt.

„Und was machst du heute?", frage ich Shawn.

„Ich treffe mich gleich noch mit Andrew um einige Termine zu festigen und dann gehöre ich ganz dir. Was wollen wir tun?"

„Wir könnten schwimmen gehen. Ich war schon ewig nicht mehr schwimmen", sage ich und wir verabreden, dass er mich um halb Drei zuhause abholen kommt. Den Morgen verbringe ich hauptsächlich in der Waschküche. Dann, als ich meine und Shawns Badetasche einpacke, bemerke ich plötzlich, dass ich meine Tage schon lange nicht mehr hatte. Nicht, dass ich heute im Schwimmbad noch ein rotes Wunder erlebe. Ich schaue im Kalender nach und zähle die Wochen seit meinem letzten Mal. Wir waren drei Wochen in den Flitterwochen…Erdbeerwoche war ganz sicher vorher. Das sind schon vier Wochen. Ja, nach der Hochzeit. Das sind dann fast sieben Wochen seit dem letzten Mal. Dann auf einmal überrollt mich dieses komische Gefühl im ganzen Körper. Bin ich…nein, das kann nicht sein. Dann kommt mir das eine Mal in den Sinn, als Shawn und ich kein Kondom benutzt haben. Aber deshalb kann ich doch nicht schwanger sein. Ich nehme doch die Pille. Es gibt sicher einen anderen Grund, dass ich in Verzug bin. Es muss! Trotzdem lässt mich dieses komische Gefühl nicht los. Auch der Kommentar, den Amy vor kurzem abgegeben hat, macht diese Situation gerade nicht besser. Ich schaue auf die Uhr. Bis ich mich mit Shawn treffe, bleiben mir noch zwei Stunden. Ich beschliesse noch kurz an einem Automaten vorbeizufahren. Ich habe Angst, dass, falls ich in eine Apotheke gehe, mich jemand erkennen könnte. Amy hat das eine Auto genommen, Shawn das andere. Cams ist momentan noch da, er will in der nächsten Zeit einen Roadtrip machen und so seinen Schlitten nach Kalifornien bringen. Aber jetzt erlaube ich mir, ihn zu borgen. Ich fühle mich zwar nie wohl dabei, dieses Sportauto zu fahren, aber gerade bleibt mir nichts anderes übrig. Ich nehme meine Tasche und fahre erstmal zur Bank. Die ganze Fahrt über sage ich mich: «Cleo, du bist nicht schwanger! Konzentrier dich auf die Strasse! Und falls doch? Falls doch, hast du immer noch Zeit dich mit dem Gedanken zu befassen. Jetzt, konzentrier dich auf die Strasse!» Nachdem ich genug Münzen gewechselt habe, fahre ich zum Bahnhof. Das ist der einzige Ort, an dem ich mir einen Automaten mit Schwangerschaftstesten vorstellen kann. Ich parke kurz auf den Abholstellplätzen und irre durch die Station, bis ich einen Automaten finde. Ich schaue mich um. Hoffentlich sieht mich niemand. Bitte! Sobald der Test ausgegeben wird, packe ich ihn in die Tasche. Zuerst nachhause fahren.

Einfach nachhause fahren. Ich mach mich noch verrückt! Ich fahre vorsichtig in die Garage und parkiere Cams Auto. Überlebt! Dann gehe ich auf direktem Weg ins Schlafzimmer. Ich setze mich aufs Bett und lese die Bedienungsanleitung durch. Also nur bis zu dem Teil, der sagt, was ich machen muss. Drauf pinkeln und einige Minuten warten. Genau das mache ich auch. Während der Wartezeit lese ich die Anleitung weiter durch. Zehn Minuten später wage ich den Blick auf das Display. Ich bin so nervös, wie noch nie in meinem ganzen Leben. Ich schaue die Linien an…und die Farbe. Dann lese ich noch einmal die Beschreibung. Fuck. Fuck! Fuck, fuck fuck. Das Resultat ist eindeutig. Und dann bricht alles aus mir raus. Ich werfe diesen scheiss Test aufs Bett und heule. Und ich heule. Und ich mache nichts anderes als heulen.
«Cleo?» Ich schaue auf und auf einmal steht Shawn in der Tür. Ich habe gar nicht gehört, wie er rein oder rauf gekommen ist. Er setzt sich neben mich und drückt mich an sich. Er sagt nichts. Gar nichts. Er lässt mich einfach heulen. «Shawn?», bringe ich schliesslich heraus.
«Ich weiss. Der Test liegt neben dir.» Ich fange wieder an zu schluchzen: «Es tut mir so leid!»
«Hey! Hey, Cleo», er stösst mich leicht weg, so dass er mir in die Augen sehen kann, «Sag das nicht! Das muss dir nicht leidtun. Das darf dir nicht leidtun. Okay?» Ich nicke und sehe auch in Shawns Augen eine Träne durchdrängen. Ich beuge mich zu ihm und küsse ihn. Wir küssen uns und weinen dazu.

Beide. Bis jetzt wusste ich gar nicht, dass das möglich ist. Dann legen wir uns hin und ich platziere meinen Kopf auf seiner Brust.

«Shawn, ich bin schwanger», sage ich, als ob er das nicht wüsste.

«Ich weiss.»

«Was machen wir jetzt?»

«Ich habe keine Ahnung.»

Amy

Gerade parke ich den Fiat auf dem Kiesparkplatz beim Stall. Nachdem ich Nayeli draussen in der Sonne angebunden habe, hole ich aus der Sattelkammer meine Putzkiste mit den Bürsten und so weiter. Jimmy, der alte Stallkater schaut mich vorwurfvoll an, weil plötzlich mein Handy klingelt. Ein Streicheln über seinen Kopf besänftigt ihn aber wieder und ich nehme den Videoanruf an. Nicht ohne vorher im Spiegel ober dem Wasserhahn zum Trensenwaschen zu überprüfen, dass ich kein dreckiges Gesicht oder Heu im Haar habe. Auf der anderen Seite winkt Bradley mir entgegen, er ist wahrscheinlich im Garten: "Hallo Amy! Störe ich?" Unwillkürlich muss ich lächeln. Er hat einfach diesen Effekt bei mir…
"Hey! Nein sicher nicht. Wie geht es…" Oh nein! Meine Nase kitzelt, wegen dem hellen Licht im Gegensatz zur dunklen Sattelkammer. Nicht Niesen. Reiss dich zusammen! Zu spät: "Hatschi! Sorry…Ah, ich hasse Niesen!"

Das bringt Brad zum Lachen: "Gesundheit. Ich hasse Niesen auch."

"Danke. Das sage ich immer, wenn ich niesen muss. Hat sich irgendwie so entwickelt, weil Cleo sich früher immer genervt hat, wenn ich es jedes Mal gesagt habe. Ich meinte, wie geht es dir?" Wir reden ein bisschen über dieses und jenes. Mein Handy habe ich auf der Anbinde-Vorrichtung positioniert, damit ich gleichzeitig mit Brad reden und Nayeli putzen kann. Nayeli macht immer Grimassen in die Kamera, weil sie wohl denkt, es sei ein Selfie. Lachend erkläre ich dem ebenfalls lachenden Bradley: "Das macht sie immer. Sie liebt Selfies. Mein Baby hier muss noch ein bisschen was lernen."

"Du hast da ein süsses Baby. Wie alt ist es denn?"
Ich spiele mit: "Dankeschön. Schon bald sechs. War gegen Ende der Schwangerschaft schon ein bisschen schwer mit ihren paar hundert Kilo..."

"Ich dachte, du willst nicht schwanger werden?", fragt er grinsend nach.

"Dazu besteht ja jetzt keine Möglichkeit mehr...", falle ich aus meiner Rolle. Auch Brad wird ernst: "Hat Cameron sich sterilisieren lassen?" Ohne zu wollen, muss ich loslachen, werde aber schnell wieder ernst und erkläre emotionslos: "Nein. Er ist wieder nach Los Angeles gezogen. Wir haben uns getrennt." Genauso emotionslos reagiert Bradley: "Das tut mir leid."

Mit den Fingern entknote ich Nayelis Mähne und antworte: "Mir nicht. Wir hätten es schon lange tun sollen, aber wir haben es erst realisiert, als ich ihn beim Fremdvögeln erwischt habe." Nun spüre ich doch einen kleinen Stich im Herzen. Nach einer Pause meint Brad: "*Das* tut mir leid. In flagranti?" Ich nicke und er redet weiter: "Tja, du scheinst aber nicht komplett am Boden zerstört wie…naja nach der Party bei euch."

"Bin ich auch nicht. Es war schon länger nichts mehr zwischen uns, deshalb ist es nicht ganz so schlimm. Ich habe ja meine Familie und Freunde und mein Baby hier, nicht wahr Nayeli?". Ich gebe ihr einen Klaps und sie schnaubt. Bradley lacht: "Dein Baby…Stell dir vor wirklich fast ein Jahr so ein Babypferd herumzuschleppen."

"Das heisst Fohlen. Ja, das wäre ja noch viel schlimmer als eine normale Schwangerschaft!", empöre ich mich.

"So schlimm wird es schon nicht sein. Du wirst es überleben.", beschwichtigt er.

"Du wärst ja auch nicht schwanger!", gebe ich zurück. Fuck! Das klingt jetzt wie "Es bin ja dann auch ich schwanger und nicht du…" Schnell schiebe ich hinterher: "Also, ich meine, der Mann ist ja nicht schwanger. Alles muss die Frau machen!"

Verärgert merke ich, wie ich knallrot werde nachdem Bradley mich nur angrinst. Bedächtig antwortet er dann, dass er als Mann seine Frau oder Freundin auf jeden Fall unterstützen würde, wo er nur könnte und dass er alles tun würde, um es ihr angenehm zu machen. Dann lacht er, dazu müsse sie nicht einmal schwanger sein. Seine Freundin, wenn er denn eine hätte, würde er auf Händen tragen. Das löst in mir ein komisches Gefühl aus, seine braunen Augen, die meine festhalten und sein Mund, auf dem ein Anflug von Lächeln liegt. Ich muss mit Cleo reden. Ich habe möglicherweise ein Problem. Nayeli unterbricht uns, wie wir schweigend einander anschauen, weil niemand weiss was sagen, auf so etwas Tiefgründiges wie Beziehungsphilosophien. Sie stupst mich an und verteilt Sabber auf meinem Shirt. Ungeduldig stampft sie mit einem Huf auf, deshalb verabschiede ich mich von Bradley. Schnell sattle ich mein Pferd und galoppiere kurze Zeit später so schnell wir können den Waldweg entlang, um den Kopf durchzulüften.

Kapitel 13

Cleo

Shawn und ich liegen den ganzen Nachmittag im Bett und reden. Dass wir schwimmen gehen wollten, haben wir ganz vergessen.

„Rufst du deinen Frauenarzt an?", fragt Shawn.

„Ja, muss ich wohl."

„Machst du das so schnell als möglich?"

„Ich mach's jetzt gleich", sage ich und suche die Nummer in meinen Kontakten. Ich war zum Glück schon zwei-drei Mal bei Sue, meiner Gynäkologin. Sie ist sehr vertrauenswürdig und ich bin super froh, sie gefunden zu haben. Ich schildere ihr meine Situation per Telefon und sie kann mich für morgen dazwischenschieben.

„Shawn, kannst du mitkommen?", frage ich, nachdem ich aufgelegt habe.

„Klar komme ich mit. Ich lass dich doch nicht alleine."

„Danke!" Er drückt mich an sich und streichelt mir über den Kopf.

„Cleo?", fragt Shawn nach einiger Zeit Stille.

„Denkst du, ich kann ein guter Vater sein?"

„Shawn!", ich setze mich auf, „Das weiss ich! Ich habe da eher Zweifel an mir."

„Ich glaube nicht, dass du deinem eigenen Kind eine schlechte Mutter sein wirst. Du kannst super mit Kindern und wenn es dein eigenes ist…Dann wirst du die beste Mama von allen sein." Okay. Ich weine. Wieder.

„Hey, nicht weinen."

„Shawn. Ich kann das nicht. Ich kann nicht schwanger sein. Ich bin erst achtzehn. Ich bin viel zu jung, um Mutter zu werden. Was ist, wenn das Baby krank ist? Oder behindert?"

„Das wird es nicht, Cleo. Ganz bestimmt nicht."

„Und wenn doch?"

„Dann werden wir es trotzdem lieben. Es wird unser Baby. Unser Kind!" Und da ist ein Lächeln auf Shawns Gesicht zu sehen. Und dann lacht er immer breiter. Und ich? Ich weine wieder. Aber dieses Mal nicht aus Frust und nicht aus Angst, sondern aus Freude.

„Cleo, kann ich dir eine Geschichte erzählen?" Ich nicke verwirrt.

„Okay, stell dir vor: Du und ich. Wir sind genau wie wir, nur älter. Dreissig oder Dreiunddreissig. Vor zwei Monaten haben wir geheiratet und jetzt bist du schwanger. Freust du dich nicht? Es ist nur unser Alter, das uns daran hindert, uns über unser Kind zu freuen."

Er hat Recht. Ich ergänze: „Und der Zeitpunkt. Wenn wir jetzt Eltern werden, war's das mit jung bleiben. Dann müssen wir reif und erwachsen sein."

„Nein, das müssen wir nicht. Wir müssen einfach wir selbst sein und der Rest kommt von alleine."

„Bist du sicher?", frage ich schmunzelnd.

„Nein!", Shawn lacht, „aber das werden wir rausfinden." Und dann lachen wir. Wir lachen einfach. Und wir freuen uns. Ich verstehe selber nicht ganz wieso, aber ich werde *Mama*!

Wir hören Amy im Treppenhaus. „Was sagen wir ihr?", frage ich.

„Ich würde noch nichts sagen", meint Shawn.

„Gar nichts?"

„Erst morgen. Nach dem Arzt."

„Ich weiss nicht, ob ich das kann", befürchte ich.

„Der Termin ist morgen um halb Zehn. Jetzt ist bereits halb Sechs. Ich bin mir sicher, du schaffst das."

„Okay."

Ich glaube, ich verhalte mich merkwürdig während dem Abendessen, aber was soll ich machen? Ich bin schwanger und darf es meiner besten Freundin nicht erzählen.

Am nächsten Morgen um Neun treffen wir pünktlich bei der Praxis ein. Ich bin ein reines Nervenbündel, aber auch Shawn wirkt ziemlich nervös. Wir müssen nur fünf Minuten warten, bis Sue ins Zimmer kommt. Sie begrüsst zuerst mich und dann Shawn: „Es freut mich sehr, dass ihr zusammen hier seid. Setzt euch doch", sie weist uns auf zwei Stühle vis-a-vis von ihrem Bürosessel.

„Also, meine Assistentin hat mir mitgeteilt", sie schaut auf ihre Notizen, „du hättest gestern einen Schwangerschaftstest gemacht und der sei positiv?"

„Genau", nicke ich.

„Du weisst ja, diese Tests sind nicht immer 100% sicher. Hattest du denn noch andere Anzeichen, die auf eine Schwangerschaft hindeuten könnten?" Sie zählt mir einige mögliche Symptome auf und ich muss gestehen, dass einige von denen bei mir in letzter Zeit auch vorkamen.

"Wollen wir direkt einen Ultraschall machen?", fragt sie.

"Ehm, ja." Shawn hält meine Hand.

"Wann hast du das letzte Mal etwas getrunken?"

"Heute Morgen...vor zwei Stunden."

"Warst du danach nochmal auf dem Klo?"

"Ja, schon. Was hat das für einen Einfluss?", frage ich leicht beunruhigt.

"Es gibt zwei Arten, wie wir den Ultraschall machen können. Entweder durch die Bauchdecke, diese Option setzt aber voraus, dass deine Blase reichlich voll ist, damit das Ergebnis eindeutig ist."

"Und die andere Option?", fragt Shawn an meiner Stelle.

"Vaginal. Über die Scheide. Das kann jedoch ziemlich unangenehm werden, dafür haben wir ein eindeutiges Resultat. Der Entscheid liegt ganz bei dir.", sagt Sue zu mir. Ich schaue fragend meinen Mann ein, aber Shawn hebt nur die Schultern.

"Dann möchte ich lieber auf Nummer sicher gehen."

"Dann machen wir es vaginal. Ich hätte mich auch dafür entschieden." Ich lege mich hin und Sue schirmt mich etwas ab. Es ist echt nicht gerade angenehm. Shawn hat angeboten draussen zu warten, aber egal wie unangenehm das gerade ist, er soll hierbleiben. Er ist ja auch auf der komfortablen Seite der Abschirmung und muss sich das nicht ansehen.
"Okay, es sollte eigentlich nicht weh tun und wenn doch nicht sehr stark", sagt Sue und beginnt. Sie schaut auf den Bildschirm und ich versuche etwas an ihrem Blick abzulesen. Ich schaue zu ihr, zum Bildschirm, wieder zu ihr, zum Bildschirm…dann sagt sie: „Schaut mal hier! Seht ihr das? Da schlägt das Herz eures Kindes. Ich gratuliere euch herzlich!"
Ich sehe es. Ich sehe das Herz schlagen. Das Herz meines Kindes, unseres Kindes, schlägt in meinem Bauch. Die Emotionen überrollen mich wieder einmal, aber das ist ja in letzter Zeit nichts Neues. Shawn schaut mich ebenfalls mit nassen Augen an und gibt mir einen Kuss. Dieses Gefühl kann man nicht beschreiben. Zum einen fühle ich mich total überfordert und gestresst, aber zum anderem bin ich einfach nur überglücklich. Darf ich das überhaupt sein? Ich meine, ich bin erst achtzehn. Mit achtzehn wird man eigentlich nicht Mutter.
„Du bist schon ziemlich weit", sagt Sue schliesslich, „Wann hattest du zum letzten Mal deine Regelblutungen?"
Ich überlege: „Das ist schon eine Weile her. Wie weit bin ich denn?"

„Etwa Mitte des zweiten Monats. Du kannst dich wieder anziehen. Wir schauen alles Weitere an meinem Schreibtisch an." Anhand des Kalenders versuche ich mich zu erinnern, an welchem Tag genau meine letzten Blutungen begannen und Sue rechnet anhand dieses Tages bereits meinen Geburtstermin aus: «Die Berechnungen ergeben den 18. Februar, aber du weisst ja sicher, dass man einem Baby nicht vorschreiben kann, wann es das Licht der Welt erblicken soll. Und das bedeutet: Am nächsten Mittwoch wechselst du bereits in die achte Schwangerschaftswoche.»

Ich atme tief aus und umklammere Shawns Hand. Wir besprechen weiter, ob es irgendwelche Vorerkrankungen gibt, die die Schwangerschaft beeinflussen könnten, was bei mir zum Glück nicht der Fall ist. Ausserdem gibt Sue mir eine Erstinformation zur Ernährung, zur allgemeinen Belastung und gibt mir Tipps für Geburtsvorbereitungskurse. Ich nehme die ganzen Informationen zwar auf, aber ich glaube so richtig bewusst, was gerade passiert, ist es mir noch nicht. Dann machen wir noch einige körperliche Untersuchungen und schlussendlich vereinbaren wir einen nächsten Kontrolltermin in vier Wochen.

Als Shawn und ich schliesslich im Auto sitzen, schauen wir einander an und atmen gleichzeitig tief aus, was uns zum Lachen bringt.

«Ich realisiere das Ganze gar nicht. Du bist schwanger. Das heisst, ich werde Vater. Und das schon im Februar. Es scheint so unecht», meint Shawn.

«Ich weiss. Mir geht es auch so.» Shawn fährt los und ich schaue meinen Bauch an. Ich fahre mit meiner Hand darüber und mir wird bewusst: «Da drin ist unser Kind. Shawn, da drin wächst ein Kind.»

Amy

Am Morgen sind Cleo und Shawn bereits weg, als ich nach unten in die Küche komme. Ich habe versucht, so lange wie möglich zu schlafen, um hinauszuzögern, was jetzt gleich kommt. Abschlussprüfung in Chemie. Das ist meine letzte Prüfung, dann habe ich alle Abschlussprüfungen durch. Bei allen habe ich ein mehr oder weniger gutes Gefühl, nur Chemie macht mir Angst. Aber da muss ich mich durchquälen. Nach dem Mittag kommen die zwei endlich nachhause und ich habe noch fünf Minuten, dann muss ich "abgeben". Also den Test online abschicken. So schnell ich kann schreibe ich den letzten Tropfen Wissen aus meinem Hirn ins Dokument und klicke auf Senden. Dann atme ich erleichtert aus. Nun kann ich nichts mehr ändern, jetzt ist es vorbei. Jetzt muss ich nur noch auf Antwort warten und wenn alles gut geht, habe ich schon bald meine Matura. Dann habe ich vier Jahre lang mühsame Arbeit und viele Ich-habe-keinen-Bock-mehr-Momente hinter mir. Irgendwie ist es auch traurig. Ich habe keine Arbeit mehr, nichts mehr zu tun, was meinen Tag strukturiert. Keine regelmässige Beschäftigung, nicht einmal mehr einen Freund. Mir bleiben noch

Cleown, Nayeli und das Modeln. Was soll ich bloss mit mir anfangen? Damit beschäftige ich mich später, beschliesse ich, zuerst gibt es was zu essen!

Eine Viertelstunde später sitzen wir zu dritt draussen am Terrassentisch und essen zu Mittag. "Amy?", fragt Cleo dann zögernd. "Soll ich dir nachschenken?", frage ich. Sie schüttelt leicht lächelnd den Kopf und antwortet dann: "Wir müssen dir etwas sagen. Das ist jetzt eine Familiensitzung." Es fühlt sich komisch an. Ich sitze gegenüber den beiden. Wir sind jetzt eine Dreierfamilie. Ich fühle mich ein bisschen als Aussenseiterin, denn wenn sie mir jetzt etwas mitteilen, dann eben nur mir. Also sie führen ihr leben als Ehepaar und ich werde dann über Sachen informiert, die sie alleine entschieden haben oder so. Wir haben zwar schon darüber gesprochen, aber auf einmal bekomme ich Angst, dass sie mich loswerden wollen. Also nicht loswerden im Sinne des Wortes, aber dass sie vielleicht zu zweit wohnen möchten. Als Paar, ohne ein drittes Rad am Fahrrad. Aber Cleo hat so einen merkwürdigen Gesichtsausdruck, als müsste sie immer ein Grinsen unterdrücken, dass ich den Gedanken schnell beiseiteschiebe. Vielleicht haben sie Ferien gebucht? "Spuck's schon aus!", fordere ich meine beste Freundin dann grinsend auf, nachdem sie weiterhin schweigt. Sie atmet einmal tief durch, Shawn nimmt ihre Hand und jetzt bekomme ich doch wieder Angst. "Wir sind schwanger!", sagt Cleo dann ganz schnell und beginnt sofort zu grinsen. Ich merke, wie die beiden mich beobachten, Cleo grinsend und Shawn abwartend. Was? Bitte WAS? Schwanger? Cleo? JETZT? Gut versucht, aber darauf falle ich nicht herein. Ich versuche abzuschätzen, ob sie mich verarschen, suche nach Zeichen, die sie verraten könnten, aber da ist nichts. "Ihr seid schwanger?", frage ich skeptisch nach. Jetzt lachen sie beide, was auch mich ansteckt. Das klingt doof! Dann nickt Shawn ernst: "Ja. Also Cleo ist schwanger." Erst jetzt glaube ich ihnen, jetzt realisiere ich, was das bedeutet. Ich kann nur ungläubig lachen und rufe dann: "Ihr seid echt schwanger! Cleo, du wirst Mama! Ach du Scheisse! Ich glaube es nicht!" Dann springe ich auf und drücke meine beste Freundin an mich. Meine schwangere beste Freundin. Natürlich bekommt auch Shawn eine Umarmung: "Ich gratuliere! Bin ich die erste, die es weiss?" Sie nicken lächelnd. Sie wirken so glücklich, ein bisschen verschämt und überrumpelt vielleicht, aber eindeutig glücklich. Jetzt gibt es kein Halten mehr, ich plappere alle Fragen aus, die durch mein Gehirn fliegen: "Seit wann wisst ihr das? Wie weit bist du schon? Weisst du, wann das Baby entstanden ist? Ich wette, in den Flitterwochen. Nur eins? Oder Zwillinge? Habt ihr schon Ultraschall-Bilder? Kann ich sie sehen?" Meine Ungestümheit bringt die werdenden Eltern wieder zum Lachen. "Mal langsam! Immer nur eine Frage auf einmal!", beruhigt mich Cleo. Also nochmal von vorne. Heute Morgen war der Arzttermin und gestern habe sie einen Schwangerschaftstest gemacht, erklären sie. "Am Mittwoch kommt sie schon in die achte Schwangerschaftswoche, was bedeutet es kann zum Beispiel die Hochzeitsnacht gewesen sein.", beantwortet Shawnie meine nächste Frage. Ich balle die Faust und rufe laut: "Yes! Das rote Spitzendessous! Mann, habe ich das gut gemacht!" Dann klopfe ich mir selbst auf die Schulter worauf Cleo mir zwischen die Rippen piekt, dass ich aufkreische. "Kann man in der achten Woche schon Ultraschallbilder machen? Das lernt man nämlich nicht am Gymnasium…", stelle ich sofort die nächste Frage. Vielleicht sollte ich Polizistin werden, ich wäre bestimmt gut im Verhören. Nur dass die zwei hier sehr gerne Auskunft geben, im Gegensatz zu Verbrechern. Cleo holt das Bild aus ihrer Handtasche und zeigt es mir. "Was soll das sein? Ist das da das Baby?", frage ich verwirrt und zeige auf einen dunklen Fleck. Cleo lacht laut los: "Das ist meine Blase!" "Ups! Sorry Baby, tut mir leid!" Shawn zeigt mir das richtige Baby. Man sieht nicht viel, es ist eigentlich bloss ein kleiner Fleck. Aber es ist süss, wie stolz die zwei baldigen Eltern mir alles erklären. "Hast du so Glibberzeugs auf den Bauch bekommen?", frage ich dann. Mann, ich benehme mich wie ein Kind. Die stellen pro Tag auch etwa vierhundert Fragen! Cleo wird rosa: "Nein. Sue hat den Ultraschall…naja, vaginal gemacht." Ich verziehe das Gesicht: "Iiih!" Sie belehren mich noch ein bisschen weiter über die Schwangerschaftswochen, wann man was sehen kann und so weiter. Eine kleine Neckerei kann ich mir schlussendlich aber nicht verkneifen: "Cleo wird fett! Lalala! Fett wie eine Robbe!" Lachend schubst diese mich in den Pool. Vollständig bekleidet! Kaum wieder aufgetaucht schiebe ich hinterher: "Freu dich doch! Du darfst dann dick sein! Du kannst so viel essen wie du willst und alle anmotzen und es hinterher auf die Hormone schieben. Ui, und die Paparazzi? Wann wächst der Bauch?" Schnell schwimme ich an den Rand und ergreife Cleos Hand, die mich herausziehen will. Stattdessen landet sie aber auch im Pool. Das hätte sie sich aber auch wirklich denken können! Shawn trinkt einen Schluck Wasser und schüttelt lachend über uns den Kopf: "Darum kümmern wir uns später…Jetzt wird gefeiert!" Dann springt er auch ins Wasser.

Am Abend grillieren wir draussen und Shawn und ich machen uns schon ein erstes Mal über Cleo lustig, weil sie kein Bier mit uns trinken darf. Später schickt Cleo Shawn hoch und wir bleiben zu zweit draussen sitzen. "Kann ich dich etwas fragen?", frage ich leise. "Immer! Ausser du redest nochmal über den Ultraschall."

"Nein, tue ich nicht.", lache ich und werde dann ernst, "Ich weiss auch nicht, was mit mir los ist. Kann es sein, dass ich Gefühle für jemanden habe? So schnell wieder? Nach Cam und der Trennung meine ich…" Wir haben beide die Knie angezogen und den Kopf darauf gestützt. Cleo dreht sich zu mir: "Wieso nicht? Du hast ja selbst gesagt, dass ihr schon länger nicht mehr verliebt wart. Wen meinst du denn?"

Die letzte Frage ignoriere ich: "Ich habe nur das Gefühl, es wäre komisch. Ich glaube, wenn ich ehrlich bin, habe ich diese Person schon gemocht, bevor Cam und ich Schluss gemacht haben." Cleo schweigt, also erzähle ich weiter: "Die Trennung ist wie eine Erlösung. Jetzt bin ich endlich frei, um jemanden neues kennenzulernen. Also, jetzt kann ich zu dieser Person gehen. Aber eben auch nicht, weil ich nicht sicher bin. Ich weiss auch nicht, ob es überhaupt möglich ist, dass er ebenfalls mich mag. Ach, was rede ich da?!" Jetzt grinst Cleo und ich flehe sie an: "Hilf mir! Ich verstehe es selbst nicht! Das ist frustrierend." Endlich sagt sie etwas: "Also; Seit wann denkst du denn, dass du diese Person magst?" Zum Glück fragt sie nicht, wer es ist. Aber irgendwie habe ich das Gefühl, dass sie es trotzdem weiss. Konzentriert gucke ich in den Himmel und sage schnell: "Seit den Grammys etwa." Cleo lacht los und ich kann einfach nicht ernst bleiben. "Also Bradley. Das klingt jetzt vielleicht blöd, aber es ist so. Sobald du weisst, dass du wirklich Gefühle für ihn hast, kanns losgehen mit flirten. Dann merkst du schnell, ob das was werden kann." Wir reden noch weiter und gehen erst spät ins Bett. Bevor ich einschlafe, denke ich, was heute alles passiert ist. Meine beste Freundin ist schwanger! Ich habe meine letzte Prüfung geschrieben. Und ich habe mir eingestanden, dass ich jemanden mag. Viele Leute dachten ja schon, dass Brad und ich ein Paar sind. Wieso bloss? Wirken wir so? Egal! Schlaf jetzt! Wie es weitergeht sehe ich morgen. Mo schmiegt sein

Köpfchen in meine Hand und schnurrt glücklich, Lazuli legt sich neben meine Beine und schnurrt ebenfalls.

Cleo

Ich bin schwanger. Ich kann es immer noch nicht realisieren. Ich glaube, ich realisiere es noch nicht, nachdem ich es mir eintausend Mal gesagt habe. Seit ich weiss, dass ich es bin, nehme ich die Veränderungen an meinem Körper viel stärker wahr. Meine Haut ist viel straffer, ich habe das Gefühl meine Brüste platzen und jede halbe Stunde muss ich aufs Klo. Es ist jetzt schon eineinhalb Wochen her, seit meinem Besuch beim Frauenarzt. Meiner Chefin habe ich noch nicht mittgeteilt, dass ich schwanger bin, aber ich glaube langsam wird es Zeit. Es wird immer auffälliger, dass irgendwas auf meine Blase drückt. Sue hat zwar gesagt, dass wird mich erwarten, aber ich dachte nicht, dass es so extrem sein wird. Jetzt wo ich all die Veränderungen wahrnehme, frage ich mich, wieso ich nicht früher etwas gemerkt habe. Ich bin bereits anfangs des dritten Monats...das geht alles so schnell. Mein Hirn kann gar nicht so schnell damit fertig werden, aber sieben Monate bleiben mir ja noch zur Vorbereitung. Und ich freue mich. Ich glaube wirklich, dass ich mich auf unser Kind freue. Mittlerweile weiss ich, dass mein ganzes Leben ein bisschen schneller verläuft, als ich es mir vorgestellt habe. Aber es passt. Es ist gut so. Ich habe Shawn, ich liebe Shawn und ich habe Amy, meine beste Freundin. Wer kann schon von sich sagen, dass sie mit ihrer allerbesten Freundin und ihrem Ehemann in einem wunderschönen, grossen Haus in Orlando wohnt? Tja, ich. Nachdem wir Amy sofort Bescheid gegeben haben, wissen nun auch Camila und Teddy, dass ich schwanger bin. Mehr wissen noch nicht Bescheid…glaube ich auf jeden Fall. Ich sitze an meinem Bürotisch und kann mich kaum konzentrieren. Ich weiss nicht, ob das die Hormone sind oder ob es daran liegt, dass ich nicht weiss, ob ich es meiner Chefin endlich erzählen sollte. Das Risiko einer Fehlgeburt geht zwar erst in drei Wochen deutlich zurück, aber ich bin zuversichtlich, dass in diesen drei Wochen nichts mehr passieren wird. Wenn ich es meiner Chefin aber erzähle, ist es offiziell, deshalb beschliesse ich, das zuerst mit Shawn zu besprechen. Er hat um Fünf noch einen Termin beim Optiker und kommt mich anschliessend abholen. Ich glaube, sobald Cam sein Auto endlich abgeholt hat, was er übrigens schon lange tun wollte, kaufe ich ein eigenes Auto. Oder Shawn kauft es. Um halb sechs klingelt mein Handy: «Ich warte vor dem Haupteingang», meldet sich Shawn.

«Bin schon unterwegs!» Ich verabschiede mich von den wenigen Mitarbeitern, die noch da sind, nehme meine Tasche und verlasse das Gebäude. Ich öffne die Beifahrertür und gebe Shawn einen Kuss.

«Wie war dein Tag?», fragt er und startet den Motor.

«Nichts Spezielles, ist immer dasselbe. Ich muss Clara sagen, dass ich schwanger bin. Meinst du, sie kann es für sich behalten?»
«Ich kenne sie nicht, aber wenn ich dich wäre, würde ich noch warten. Es eilt schliesslich nicht. Man sieht ja noch nicht mal etwas», sagt er und legt seine Hand auf meinen Bauch. Ich mag es, wenn er das tut. Obwohl man, wie er eben gesagt hat, noch gar nichts sieht. Wir spüren beide, dass da etwas ist, auch wenn wir uns das vielleicht nur einbilden.
«Hast du jetzt eigentlich deine Brille?», frage ich.
«Ja.»
«Zeig mal!»
«Ich fahre gerade», antwortet Shawn trocken.
«Wo ist sie?»
«Hinten.»
Ich drehe mich nach hinten um und sehe die Tasche. Ich komme aber leider nicht ran. Shawn lacht: «Wir sind gleich zuhause. Dann zeige ich sie dir. Hab ein bisschen Geduld.» Ich schmolle und drehe die Musik lauter. Shawns Handy ist verbunden. Normalerweise mag ich seine Musik, aber momentan hat er gerade wieder eine R&B-Phase vom Feinsten und darauf komme ich einfach nicht klar. Ich habe nichts gegen ein wenig R&B, aber ich habe etwas dagegen, nur Drake, Daniel Ceasar und The Weeknd zu hören. Bitte! Ich wähle eine andere Playlist aus und grinse breit, als Oasis' Wonderwall ertönt. Egal wie oft ich diesen Klassiker bereits gehört habe, ich finde ihn immer noch klasse.

Als wir die Tür öffnen, riecht es nach Essen: «Hast du gekocht?», rufe ich Amy zu, die in der Küche steht.
«Spaghetti Carbonara», antwortet sie und ich begrüsse sie.
«Keine Rohmilch?», frage ich.
«Die Sauce ist aufgekocht», lacht Amy.
«Ich will nur vorsichtig sein.»
Während der Schwangerschaft sind Rohmilchprodukte nämlich strikt verboten. Ich will mein Kind ja nicht gefährden.
«Zeig uns jetzt deine neue Brille Shawn!», fordere ich ihn auf. Er greift in die Tüte und zieht ein Etui raus. Dann setzt er die Brille auf. Ich grinse breit: «Gefällt mir!», und gebe ihm einen Kuss.
«Und wofür brauchst du die jetzt?», fragt Amy.
«Sie soll meine Augen entlasten. Mir wurde empfohlen die Brille, jetzt wo sie noch neu ist, so oft wie möglich zu tragen, damit ich mich daran gewöhne. Ich merke aber eigentlich keinen Unterschied», sagt er, setzt die Brille ab und wieder auf. «Vielleicht in der Weite», ergänzt er.
«Sieht nicht übel aus», findet auch Amy, «steht dir.»
«Danke, aber ich denke, wenn ich sie zum Autofahren und Fernsehen aufsetze, reicht das für Erste.»
Ich sehe ihn gekonnt böse an.
«Was?», fragt er lachend.
«Mir gefällt die Brille. Du siehst aus wie ein richtiger Daddy», sage ich und die beiden lachen.
«Ich sehe auch ohne Brille aus wie ein Daddy.»

Ich schüttle den Kopf und wir setzen uns lachend an den Tisch. Shawn will die Brille gleich wieder abnehmen, aber ich halte ihn auf: «Du hast selbst gesagt, du musst dich daran gewöhnen. Aufsetzen!» Als er macht, was ich befehle, grinse ich breit und Amy lacht nur blöd.

«Ich hoffe, du weisst das zu schätzen, *Mommy*», sagt Shawn und ich nicke immer noch breit grinsend. Als wir fertig sind mit Essen, räumt Shawn den Tisch ab und Amy und ich unterhalten uns weiter. Schliesslich geht Shawn rauf, Amys Telefon klingelt und ich bleibe alleine am Tisch zurück. Das einzige was noch vor mir steht, ist eine halbvolle Weinflasche. Das ist echt nicht fair!

«Hey, Connor», höre ich Amy ihrem Telefonpartner begrüssen. Ich konzentriere mich, nicht dem Gespräch zu lauschen, aber es ist echt unmöglich. Was Connor sagt, verstehe ich leider nicht, aber an Amys Reaktion erahne ich, um was es geht.

«Jetzt sag schon, was er gesagt hat!», fordert Amy Connor auf. Ich grinse in mich hinein.

«Connor!»

Dann verstehe ich wieder nichts mehr, von dem was er sagt.

«Echt?», sagt Amy dann. Mein Handy leuchtet auf und ich höre nicht mehr zu, was Amy und ihr englischer Kumpel zu besprechen haben. Meine Mutter hat geschrieben und fragt, wies mir so geht. In dem Moment realisiere ich, dass ich ja auch irgendwann mal meinen Eltern von meiner Schwangerschaft erzählen muss. Ich schiebe die Nachricht weg und warte, bis sich Amy breit grinsend wieder zu mir an den Tisch setzt. Ich lächle sie an: «In nächster Zeit haben wir nicht so viel vor, wir könnten sie ja einladen», schlage ich vor.

«Wen einladen?»

Ich ziehe die Augenbrauen hoch: «Deine vier *Freunde* aus England.»

«Ja, können wir», sagt sie so emotionslos, wies ihr gelingt (leider nicht sehr erfolgreich) und ich schüttle lachend den Kopf.

«Was?»

«Nichts», sage ich lachend, «Gar nichts.»

Kapitel 14

Amy

Zwei Tage nachdem ich von Cleos Schwangerschaft erfahren habe, muss ich arbeiten. Es ist lustig, dass Modeln nun meine Arbeit ist, aber meine Managerin hat ihr Versprechen gehalten. Aileen, meine neue Agentin, hat mir haufenweise neue Angebote besorgt und mir beim Aussuchen geholfen. Heute ist ein Fotoshooting für Versace angesagt, für den neuesten Katalog. Die Herbstkollektion muss fotografiert werden und Werbefilme gedreht. Dazu muss ich extra nach LA fliegen und bleibe dann gerade zwei Tage dort. Im Hotel kann ich nur kurz mein Gepäck aufs Zimmer bringe und auf die Toilette, dann holt mich Jamie, der Fahrer, ab und bringt mich ins Studio. Die Stunden danach ziehen sich in die Länge, gefüllt mit Makeup, Kamerablitzen, Herumgezupfe und Umziehen. Endlich habe ich eine Pause. Schnell ziehe ich mich aus und lasse mich dann von jemandem in einen flauschigen Bademantel wickeln. Kurz telefoniere ich mit meiner Familie in der Schweiz, dann muss ich schon wieder ins nächste Outfit. Am Ende des Shootings verspricht uns Dave, der Projektleiter: "Gute Arbeit, Leute! Morgen sind wir früher fertig, versprochen." Einige Models fahren heute schon wieder heim, weil sie dafür schon einige Tage vorher hier waren. Jamie lädt mich vor dem Hotel ab. Es hat vier Sterne und sieht aus wie *die* Promimetropole, aber es ist ein Hotel wie jedes andere hier in Los Angeles. Nach einer angenehm kühlen Dusche ziehe ich ein leicht zerknittertes, sommerliches Maxikleid an und flechte mir zwei kleine Zöpfe aus der oberen Haarpartie. Der dicke, rote Teppich kitzelt an meinen nackten Zehen, so tief sinke ich in meinen Sandaletten ein. Hier fühle ich mich wie ein richtiger Promi. Ich mag es, diese Rolle zu spielen und so zu tun, als wäre ich wirklich einer. Also ein wichtiger Promi. Einige der Papparazzi knipsen mich zwar, aber hier sind sie, wenn wir ehrlich sind, zum Beispiel wegen Gigi Hadid oder ähnlichen Stars. In einer so grossen Stadt bekommt man natürlich Lust auf Shopping, deshalb will ich den späten Nachmittag mit Flanieren verbringen. Die Sonne scheint und die Grossstadt brummt, überall sind so viele Leute. Zweimal hält mich jemand an für ein Foto, aber ansonsten erkennt mich niemand, oder ich bin einfach zu unwichtig. Hier läuft einem ja alle fünf Minuten ein Star über den Weg. Ich geniesse mein Abenteuer alleine in LA und kaufe mir alles, was mir beim Anziehen gefällt ohne jedes Mal die doofe Frage: "Wann ziehst du das denn wirklich an?", zu stellen. Irgendwann ziehe ich es dann an, es ergibt sich immer eine Gelegenheit. Schon zwei volle Tüten stehen neben mir in der fünften Umkleidekabine, aber ich muss diese Sachen hier unbedingt noch anprobieren. Eine Viertelstunde bin ich wieder drei Kleidungsstücke reicher, dafür ein paar Dollar ärmer, aber das macht nichts, heute gönne ich mir das.

Nach dem Abendessen im Hotel schaue ich mir meine Beute durch. Da wären ein Jeans-Overall im Used-Look, ein süsses Kleid, zwei Tops für die Sommerhitze, ein Minirock, neue Boyfriendjeans, weil meine alten kaputt sind, ein Hoodie und ein T-Shirt. Schnell ziehe ich alles Sachen noch einmal an, um sie zu betrachten und sicherzustellen, dass sie passen. Im Spiegel zeigt sich mir eine junge Frau. Diese junge Frau wirkt selbstbewusst, obwohl sie das oft gar nicht ist. Sie wirkt stark, auch wenn sie manchmal schwach ist. Sie wirkt glücklich im Moment, auch wenn sie schwere Zeiten durchgemacht hat und durchmachen wird. "Das bin ich!", sage ich laut zu mir selbst. Ich habe mich akzeptiert und ich liebe mich so, wie ich bin, nur deshalb halte ich so viel aus. Manchmal gönne ich mir unnötige Sachen, aber sie tun verdammt gut. Dann lache ich. Das T-Shirt ist ein bisschen oversized, dass man es als waghalsiges Kleid tragen kann. Auf dem schwarzen Stoff steht in gelber Schnürchenschrift quer über die Brust *Single* geschrieben. Immer noch lachend trete ich auf den Balkon und bewundere den Sonnenuntergang. Auf meinem Handy blinken Klatschmagazine auf, alle mit ähnlichen Titeln: "Kriselt es bei Cameron Dallas und Amaya Rivera?" Seit einigen Tagen gibt es diese Gerüchte und auch unsere Fans fragen sich, was los ist. Mein Shirt sagt alles. Der Sonnenuntergang ist der perfekte Hintergrund. Mit der Caption

"Statements in front of the LA sunset" poste ich das Bild auf Social Media. Da haben sie die Aufklärung. Am nächsten Tag werden wir wirklich früher fertig mit dem Shooting und ich bin zu früh am Flughafen. Mit leicht klopfenden Herzen warte ich, bis Bradley meinen Anruf annimmt. "Hättest du Lust uns einmal besuchen zu kommen in Orlando?", frage ich fünf Minuten später. Erstaunt fragt Brad zurück: "Wieso? Ein spezieller Anlass?"
"Nein. Ich wollte dich gerne mal wiedersehen. Also euch vier Jungs, bilde dir bloss nichts ein!" Mann, Amy! Wenn du alles gleich wieder so überspielst wird das nie was! Flirten ist echt schwer, wenn man es ernst meint. Im Flieger grinse ich, weil er zugesagt hat. Sie kommen mich besuchen, und zwar schon bald! Bis dahin werde ich mich beschäftigen können, vor allem weil jetzt Turniersaison und Nayeli in Top-form zum Starten ist. Ich komme später zuhause an und wir gehen bald schlafen. Ich schlafe nun in meinem Zimmer und nicht mehr in Cams und meinem alten Schlafzimmer. Ich kann einfach nicht. Es ist viel zu heiss, also öffne ich das Fenster und die Tür meines Zimmers, um Durchzug zu erzeugen. Ehepaar Mendes hat wohl eine ähnliche Idee gehabt, denn ich höre sie kichern. Irgendwann geht es in Geschmatze über. Bitte nicht! Ich will sie doch nicht herumknutschen hören! Ich will schlafen! Keine zehn Minuten später schmatzt es immer noch, dann quietscht das Bett und ich höre Gestöhne. Noch schlimmer als Geknutschte ist sie beim Sex zu hören! Ausserdem ist

Cleo schwanger! Das Bett quietscht wieder, die Bettdecke raschelt, wieder Geschmatze. "Sehr geehrte Mitbewohner, wäre es möglich, dass ich euch nicht beim Geschlechtsverkehr zuhören muss? Cleo ist schwanger, da wird es nicht so wild getrieben, dass das ganze Haus wackelt!", schreie ich im Schweizer Dialekt rüber. Stille, dann Lachen. Cleo schreit ebenfalls im Schweizer Dialekt zurück, so ungefähr auf Deutsch übersetzt: "Man kann auch schwanger bumsen!" Jetzt lache ich und sie schiebt wieder auf Englisch hinterher: "Lass mich solange ich noch kann. Mach doch deine Tür zu!" Ich protestiere: "Aber es ist heiss!" Diesmal antwortet Shawn: "Bei uns auch. Ja, zweideutig gemeint. Schlaf gut!" Kopfschüttelnd ergebe ich mich und schliesse die Tür.

Cleo

Ich stehe seitlich vor dem Spiegel und betrachte meinen Körper. Vor einer Woche ist mir aufgefallen, dass man bereits sieht, wie der Bauch wächst und wenn ich jetzt ein enges Shirt anziehe, sieht man es sogar ziemlich gut. Es ist natürlich noch kein typischer Babybauch, man könnte auch einfach meinen, ich habe ein bisschen viel Schokolade gegessen. Ich merke, dass Shawn hinter mir steht und drehe mich um. Er steht grinsend im Türrahmen und schaut mir zu, wie ich mich selbst betrachte. Er stellt sich dicht hinter mich, stützt sein Kinn auf meinen Kopf und streichelt meinen Bauch. Ich beobachte ihn im

Spiegel: Sein Lächeln ist einfach nur bezaubernd und ein Grund mehr, mich ein bisschen mehr in ihn zu verlieben. Eine Weile bleiben wir einfach so stehen, dann drehe ich mich zu ihm um und wir küssen uns. Wir sind ja jetzt schon eine richtige Familie. Unser Kind wird uns nur noch ergänzen, denn ein Familienleben führen wir bereits. Ich löse mich von Shawn und zeige auf meine Tasche: „Sue hat mir eine Menge Flyer mitgegeben, die wir uns durchlesen können." Ich war heute Morgen alleine beim Frauenarzt, da Shawn unbedingt noch ins Studio musste. Er greift in die Tasche und nimmt den Stapel raus. Er staunt nicht schlecht: „Wollen wir gleich die Nacht durchmachen?"

Lachend antworte ich: „Wir müssen ja nicht alles auf einmal lesen." Er nimmt sich einen der Flyer und springt aufs Bett. Ich nehme einen anderen, lehne mich daneben an die Wand und beginne zu lesen.

„Hey, da steht, du sollst mich so oft wie möglich massieren, damit ich keine Schwangerschaftsstreifen kriege", sage ich grinsend zu Shawn.

„Da habe ich nichts dagegen. Hier steht auch, dass die Stimmungsschwankungen in der 12. Woche aufhören. Gott sei Dank!"

Ich lache und widerspreche: „So schlimm war das bei mir gar nicht."

„Im Vergleich wahrscheinlich nicht, aber im Vergleich zur unschwangeren Cleo schon."

„Tja, ich bin aber nicht unschwanger."

„Ja und das ist auch gut so", sagt Shawn und ich
kann den Stolz in seiner Stimme hören, der in mir
tausend Glückshormone auslöst.

„Cleo, es wird immer wieder erwähnt, du sollst viel
Sport treiben."

„Ich hasse Sport!"

„Wir können ja zusammen schwimmen gehen",
schlägt Shawn vor, „Das wollten wir doch sowieso
machen."

„Okay, ja. Schwimmen geht in Ordnung." Wir lesen
noch weiter die ganzen Informationen und diskutieren darüber.

„Cleo?"

„Shawn?"

„Morgen sagen wir es unseren Eltern."

„Nein. Nein, ich will nicht", sage ich trotzig.

„Was wollen sie schon sagen? Sie werden damit klar-
kommen müssen. Wir können es nicht noch weiter
hinauszögern."

„Okay."

„Okay, wir sagen es ihnen morgen?", fragt Shawn.

„Okay, wir sagen es ihnen morgen."

Es ist Donnerstag und weil ich donnerstags nicht ar-
beite, bleiben wir fast bis am Mittag im Bett und
schauen Harry Potter. Um halb Zwölf streckt Amy
den Kopf ins Zimmer: „Kommt jemand mit einkaufen?"

„Bis ich geduscht habe, bist du wieder zurück", antworte ich.

„Wir haben ja keinen Stress."

„Ich komme mit!", sagt Shawn.

„Komm auch mit! Weisst du, wann wir das letzte Mal alle zusammen einkaufen waren?"

„Wir sind aber um zwei mit meinen Eltern zum Videochatten verabredet", sage ich.

„Ja, da haben wir ja locker Zeit."

„Und essen können wir ja auch in der Stadt", ergänzt Shawn.

„Okay, aber ich brauche noch eine Stunde im Bad."

„Wieso um alles in der Welt brauchst du eine Stunde? Wir gehen nur einkaufen."

„Eine Dreiviertelstunde?", gebe ich nach.

„Eine halbe Stunde", sagt Shawn.

„Shawn!"

„Was?", fragt er lachend, „wegen mir brauchst du gar nicht ins Bad zu gehen."

„Okay gut. Eine halbe Stunde."

„Geht doch", sagt Amy, „und jetzt los."

Vierzig Minuten später sitzen wir in Amys Auto. Ich habe die Rückbank beschlagnahmt und Shawn sitzt auf dem Beifahrersitz.

„Hast du dich schon dran gewöhnt?", fragt Amy ihn während wir aus der Ausfahrt fahren.

„Woran gewöhnt?"

„An deine Brille."

Er greift danach und wahrscheinlich fällt ihm gerade jetzt auf, dass er sie trägt.

„Ja, ich vergesse sogar, dass ich sie trage."

„Ganz zu meinem Vorteil", ergänze ich.

Amy lacht und Shawn meint: „Bis jetzt hatte ich noch keinen öffentlichen Termin oder Auftritt, da hätte ich sie sicher abgesetzt."

„Wieso?", fragt Amy verwirrt.

„Weil es einfach nicht passt."

Amy schaut verwirrt in den Rückspiegel.

„Ich verstehe ihn auch nicht", sage ich.

Das Parkhaus ist wie immer voll besetzt und wir fahren einige Runden.

„Da ist frei!", zeigt Shawn auf einen freien Platz.

„Das ist ein Behindertenparkplatz", sehe ich die Markierung.

„Ja, du bist doch schwanger. Das müssen wir ausnutzen."

Shawn lacht frech, deshalb haue ich ihm von hinten auf den Kopf.

„He!"

„Nicht behindert, nur schwanger."

„Komm schon. Nur für heute", sagt Amy.

„Ist doch jetzt auch egal. Parkier einfach hier, jeder Amerikaner macht das. Nur wir Schweizer sind so korrekt."

„Kanadier", ergänzt Shawn, der stolze Patriot.

„Jetzt parkier einfach!", sage ich.

Wir steigen aus und nehmen den Fahrstuhl bis ins Erdgeschoss zum Supermarkt. Es hat nicht viele Leute und wir können schnell unsere Runde drehen und den Einkaufswagen füllen.

"Calzedonia!", sage ich als wir mit unseren Einkaufs-
tüten durch das Einkaufszentrum an den anderen
Geschäften vorbeilaufen.
"Können wir da noch einen kurzen Abstecher ma-
chen?", frage ich.
"Du hast doch genug Unterwäsche", sagt Shawn ver-
nünftig.
"Ja Shawn, das habe ich. Aber langsam wird's ein
bisschen eng da drin", ich fasse mir unbeschämt an
die Brüste.
"Hör auf!", sagt Shawn und zieht meine Hände run-
ter. Amy prustet los: "Sie hat nur ihre Brüste ange-
fasst", und macht dasselbe bei ihr. Jetzt muss ich la-
chen.
"Gott, Frauen! Ich kratze mich hier auch nicht an den
Eiern." Amy und ich prusten noch lauter. Diese
Wortwahl ist ganz ungewohnt an Shawn.
"Geht einfach rein und kauft diesen BH!"
"Willst du nicht mitkommen?", fragt Amy.
"Doch, klar komme ich mit."
Ich probiere mehrere Modelle an und entscheide
mich schlussendlich für einen hautfarbigen, bequemen und einen schwarzen, schlichten BH, beide zwei
Nummern grösser, als ich es gewohnt bin. Anschlies-
send fahren wir wieder nachhause und sind rechtzei-
tig zum Treffen mit meinen Eltern zuhause. Shawn
und ich setzen uns aufs Bett schalten den Laptop ein.
„Wieso müssen wir es eigentlich zuerst meinen Eltern sagen?"

„Hallo Zeitverschiebung! Es spielt ja keine Rolle, irgendwann müssen wir es ihnen sagen. Meinen Eltern *und* deinen. Und irgendwann wird es sowieso die ganze Welt erfahren, also gewöhn dich schon mal dran."
Das grüne Signal leuchtet auf.
„Ich sag's ihnen", sage ich zu Shawn und atme tief aus. Er nickt und nimmt den Anruf an.
„Hallo, ihr zwei!", begrüsst uns meine Mutter. Sie und mein Vater sitzen auf der Terrasse an der Sonne.
„Seit wann trägst du denn eine Brille?", fragt mein Vater Shawn. Okay, Smalltalk. Das passt für mich. Wir reden übers Wetter, über die Pubertät, in der mein Bruder steckt und über Shawns neue Single die nächste Woche erscheinen wird. Als das Gespräch stoppt und es einen kurzen Moment Stille zwischen uns gibt, fragt mein Vater: „Gibt es eigentlich einen bestimmten Anlass, dass ihr uns so dringend sprechen wolltet?"
Shawn und ich schauen uns an und er drückt meine Hand.
„Scheiden lasst ihr euch ja hoffentlich nicht", meint mein Vater und ich staune über seine Direktheit.
„Nein, auf keinen Fall!", sagt Shawn geschockt, aber dann lacht er.
Dann sagt wieder keiner etwas. Jetzt muss ich es sagen. Cleo, sag es jetzt!
„Also", beginne ich.
„Bist du schwanger?", fragt mein Vater. Ich verschlucke mich und huste. Scheisse!

„Cleo? Bist du schwanger?", fragt meine Mutter dann vorwurfsvoll. Genau deshalb habe ich es rausgezögert, weil ich genau wusste, wie meine Eltern reagieren würden.

„Ja, Cleo ist schwanger. Wir erwarten ein Kind", redet Shawn an meiner Stelle und obwohl ich diejenige bin, die das hätte sagen sollen, bin ich ihm dankbar, dass er es getan hat.

„Bist du sicher?", fragt meine Mutter. Und dann werde ich sauer. Warum werde ich sauer?

„Ja, ich bin mir sicher. Ich würde es ja sonst nicht behaupten. Ich bin in der zwölften Woche und keine Angst; Ja, ich war beim Frauenarzt, zweimal schon."

„Ich habe ja gar nichts gesagt", meint meine Mutter.

„Doch, du hast mir nicht vertraut. Ich weiss es! Ich bin achtzehn und ich kann die Verantwortung tragen. Ich bin selbstständig!" Wow, warum bin ich so? Sie hat doch gar nichts gesagt. Dann fange ich an zu heulen. Warum um alles in der Welt heule ich jetzt? Ich dachte die Stimmungsschwankungen wären vorbei.

„Kann ich meine Tochter bitte mal alleine sprechen?", fragt meine Mam.

„Herzlichen Glückwunsch", sagt mein Vater gechillt und verschwindet vom Bildschirm. Shawn steht ebenfalls auf und steht zur Seite, aber er bleibt im Raum, nur meine Mutter kann ihn nicht mehr sehen.

„Ich weiss, dass du verantwortungsvoll bist. Ich wusste es schon, als ich dich mit sechszehn nach Amerika auswandern lies. Sonst hätte ich dich doch nie gehen lassen Cleo! Du bist verantwortungsbewusster und reifer als andere Mädchen in deinem Alter. Du bist erwachsen und verheiratet. Da ist völlig klar, dass das nächste, was kommt, ein Kind ist. Und du wirst eine gute Mutter sein, Cleo. Ich weiss es. Ich gratuliere euch einfach nur ganz herzlich."

„Danke", sagt Shawn und setzt sich wieder neben mich. Meine Mutter lacht und fragt auf Schweizerdeutsch: „Seit wann verstehst du Deutsch, Shawn?" Mein Mann sieht mich nur fragend an, denn das einzige, was er verstanden hat, ist *gratuliere* und *herzlich*. Denn Rest hat er sich zusammengereimt. Ich übersetze ihm die Frage.

„Ich kann kein Deutsch", sagt er.

„Und wir alle wissen das", ergänze ich. Mein Vater setzt sich auch wieder dazu und wir unterhalten uns ganz entspannt weiter. Am Ende entschuldige ich mich für meinen kleinen Ausraster und wir verabschieden uns.

Mit Shawns Eltern unterhalten wir uns nach dem Abendessen. Shawn sagt es den beiden und ich sitze nur lächelnd daneben. Ich dachte, vielleicht ist es besser, wenn ich gar nichts sage, dann kann ich nichts falsch machen. Und es funktioniert. Die beiden freuen sich unglaublich und gratulieren uns. Keine Zweifel, keine Bedenken, keine Vorwürfe. Einfach nur pure Freude. Aber sie sind ja auch Shawns Eltern und nicht meine. Und er ist immerhin schon fast zweiundzwanzig.

„Teilt ihr es Aaliyah selbst mit? Sie kommt in einer Stunde nachhause und ich bin mir sicher, sie wird sich unglaublich freuen", meint Manuel.

„Klar, wir rufen sie später an", sage ich. Wir verabschieden uns auch von Shawns Eltern, aber lassen das Laptop laufen. Shawn schreibt seiner Schwester, sie soll sich später bei uns melden und dann machen wir es uns gemütlich und schauen den Film zu Ende, den wir heute Morgen begonnen haben.

Amy

"Komm jetzt, so schwanger bist du noch nicht! Hilf einfach beim Abwaschen.", fordere ich Cleo auf und haue sie mit dem Abtrocknungstuch. Unsere Spülmaschine spinnt und der Techniker kommt erst morgen, also müssen wir von Hand abwaschen. Leider hat meine Freundin kapiert, dass "Ich bin schwanger!" manchmal als Ausrede hilft. Aber nicht beim Abwaschen! Da muss man sich ja nicht bewegen. Shawn grinst und Cleo ergibt sich murrend. In der Küche bin immer noch ich die Chefin, auch wenn ich manchmal bei anderen Abstimmungen in der Unterzahl bin. Musik im Wohnzimmer. Widerspruch hoffnungslos. Es wird Cleos oder Shawns Playlist gehört, meine hat keine Chance. Ich will doch nur Bruno und Ariana hören und dann bin ich glücklich! Nachdem wir die Küche aufgeräumt haben, eilen wir alle noch durchs Haus und machen ein bisschen Ordnung, denn heute kommen The Vamps. Dann gehe ich duschen und ziehe mir ein hübsches Sommerkleid an. Shawn und Cleo warten schon, als ich die Treppe herunterkomme. Cleo trägt ein lockeres Shirt und bequeme Hosen, Shawn ebenfalls. "Na? Fein herausgeputzt?", necken sie mich. "Lass mich! Sieht es gut aus, Shawn?", verteidige ich mich, kann aber ein verlegenes Grinsen nicht verkneifen. Cleo und Shawn bleiben zuhause, sonst haben wir zu wenig Platz im Auto. Ich darf Shawns Range Rover nehmen und fahre mit lauter Musik zum Flughafen.

Beim Flughafen herrscht wie immer ein grosses Durcheinander, deshalb beschliesse ich, draussen auf die Jungs zu warten. Schnell schreibe ich Brad, wo ich parkiert habe. Eine halbe Stunde später sehe ich sie von Weitem in meine Richtung kommen und steige aus. Winkend mache ich auf mich aufmerksam. Dann gibt es erst einmal eine grosse Begrüssung. Mein Herz schlägt höher, als meine Jungs endlich vor mir stehen. Noch ein bisschen schneller, als ich Bradley drücke. Lange. So schnell wie möglich fahren wir wieder nachhause, damit wir nicht in den Stau vor der Rushhour kommen, weil alle früher heimfahren, damit sie nicht in die Rushhour kommen. Kompliziert, aber eben Grossstadt. Wir wohnen ja zum Glück etwas abgelegener und nicht mitten im Getümmel, obwohl mir das auch gefiele. Wahrscheinlich einfach nicht so lange. Zuhause warten schon Cleo und Shawn. Cleos Haare sind noch nass und sie hat sich umgezogen. Jetzt trägt sie ein enges Trägershirt und man sieht ihr süsses

Bäuchlein. Es ist immer noch kein richtiges Bäuchlein, aber man sieht, dass etwas wächst. Alle begrüssen sich gegenseitig und wir tragen schon mal das Gepäck in den Flur. Shawn wird immer mehr zur fürsorglichen Mutter. Er massiert Cleo jeden Abend gegen Dehnungsstreifen, hat sie mir erzählt. Bei dem Gedanken muss ich grinsen. Jetzt steht Shawn hinter seiner Frau und hat die Hände auf ihren Bauch gelegt, das Kinn auf ihren Kopf gestützt. James bemerkt es als erstes: "Wow, ihr sorgt ja für einigen Gesprächsstoff hier!" Diese Bemerkung lässt er einfach mal so im Raum stehen und niemand sagt etwas, bis ich schliesslich kurzerhand meine: "Kann sein. Wollt ihr zuerst eure Zimmer sehen oder was essen?" Cleo zwinkert mir zu und die Jungs einigen sich darauf, zuerst die Zimmer zu beziehen. Also macht Cleo in der Küche ein paar Snacks bereit und Shawn und ich zeigen unserem Besuch unterdessen die Zimmer. "Also, hier ist Cleos und Shawns Zimmer. Daneben ist das ehemalige Schlafzimmer von mir und Cam, da drin können James und Connor schlafen." Bradley hakt sofort nach: "Wieso darf ich nicht da schlafen?" Gute Frage. Ich will nicht, dass er in Cams Bett schläft. Das wäre…komisch. Ich weiss es selber nicht so ganz: "Einfach so. Du kannst im Gästezimmer schlafen. Connor und James tragen ihre Koffer in mein ehemaliges Zimmer. Shawn trägt Brads Koffer ins Gästezimmer, dieser ist aber in meinem Zimmer verschwunden. Ich eile ihm hinterher: "Habe ich dir etwa erlaubt in meinen privaten Gemächern

herumzuschnüffeln, elender Stalker?" Das bringt ihn zum Lachen: "Nein, ehrwürdige Majestät!" Dann lässt er seinen Blick über meinen Schreibtisch gleiten. Am Harry-Potter-Buch bleibt sein Blick hängen: "Ist das deins?" Ich nehme es in die Hand. "Nein, es ist aus der Bibliothek."
Amüsiert nimmt er mir das Buch wieder ab: "Wieso? Willst du Englisch lernen?" Dafür bekommt er einen kleinen Schubser, aber ich lache: "Nochmals nein! Ich habe die Bücher nie gelesen und die Filme nie geschaut."
"Und jetzt willst du das nachholen?"
"Ja. Erinnerst du dich an den Jungen in der Bibliothek in England?" Brad nickt und stützt sich auf dem Schreibtisch ab. Ich fahre fort: "Dieser Junge hat mich gefragt, ob ich sie gelesen habe und er war ganz entsetzt, als ich verneinte. Dann habe ich mich verteidigt und gesagt, es wäre komisch die Bücher jetzt noch zu lesen. Ich erinnere mich noch ganz genau an seine Antwort. *Es ist nie zu spät, etwas zu tun, was man wirklich tun will. Manchmal muss man sich nur selbst überwinden,* hat er gesagt."
"Klingt ganz schön weise, für einen so jungen Mann."
"Kann sein. Dann hat er hinterhergeschoben, er meine nicht nur Bücher. Jetzt fühle ich mich ihm gegenüber schuldig, die Bücher zu lesen. Aber sie sind wirklich gut!" Plötzlich klopft es an der Tür und Cleo kommt herein: "Unten gibt es Snacks und wir schauen uns ein Fussballspiel an. Kommt ihr auch?" Ich nicke und sie wirft mir einen Blick zu, der mich

irgendwie rot werden lässt. Wir haben ja gar nichts getan! Nur möchte ich gerne etwas tun. Etwas, womit Cleo mich aufziehen könnte. Aber Brad wäre glaube ich, nicht so begeistert. Ich brauche bloss Geduld.

Zum Abendessen grillieren wir. Das Wetter ist wunderbar und wir essen draussen auf der Terrasse. Cleo und Shawn erzählen den drei Jungs von ihrem Baby und werden sofort mit Glückwünschen überhäuft. Auf Connors Frage, ob es denn ein Mädchen oder ein Junge gäbe, antwortet Cleo grinsend: "Wir wissen es noch nicht. Es spielt aber keine Rolle, unser Kind wird unser Kind und wir werden es lieben. Aber wenn wir es dann wissen, werden wir es niemandem sagen." Das löst Protest aus, aber die zwei küssen sich einfach und ignorieren uns.

Kapitel 15

Cleo

„Willst du kündigen?", fragt mich Clara. Ich sitze bei meiner Chefin im Büro und bin so weit, sie zu informieren.

„Nein", ich lache, „ich bin schwanger."

„Du bist schwanger", sagt sie erleichtert. Ihre Reaktion ehrt mich, das bedeutet schliesslich, sie möchte nicht, dass ich gehe.

„Ich gratuliere dir. Und Shawn auch. Wann ist der Termin?"

„Danke. Ende Februar."

Wir reden über meine Pläne bis dahin, ob ich vorhabe danach gleich viel zu arbeiten, oder ob ich das Pensum reduzieren will. Ich muss aber zugeben, darüber habe ich bis jetzt noch nicht nachgedacht.

„Wie offiziell ist es schon?"

"Noch gar nicht", lache ich, "Unsere Eltern wissen es seit einer Woche und ein paar wenige unserer Freunde wissen es, aber es wäre gut, wenn du den Ball noch eine Weile flach halten könntest."

"Klar, das ist nicht meine Sache."

Sie wünscht mir alles Gute und ich gehe wieder zurück in mein Büro meine Sachen holen. Ich habe mir heute Nachmittag frei genommen, schliesslich sind Connor, Bradley und James da. Und ausserdem haben wir eine Party vorzubereiten. Wir haben nämlich für morgen einige Freunde eingeladen. Wir dachten, es wäre cool, wenn wir ihnen persönlich sagen können, dass wir ein Kind kriegen. Eingeladen haben wir ungefähr fünfzehn Freunde, zugesagt haben bis jetzt acht. Ich habe nicht viele eigene Freunde hier gefunden. Manchmal treffe ich mich mit einer Arbeitskollegin, aber sonst lebe ich unter dem Motto: Shawns Freunde sind auch meine Freunde und Amy kann sowieso niemand toppen. Meine Freunde aus der Schweiz habe ich gar nicht erst eingeladen. Schliesslich geht es um einen einzigen Abend und dafür fliegt man nicht freiwillig zehn Stunden…denke ich. Ich finde es auch erstaunlich, dass diese acht kommen werden. Sie halten sich zum grössten Teil in Toronto auf, aber es freut mich natürlich sehr. Ich bin heute mit Amys Auto unterwegs. Sie selbst hält sich zuhause mit Bradley und James auf, Connor ist mit Shawn unterwegs. Die drei sind übrigens alle ohne Begleitung aus England gekommen. Ich steige ins Auto und verbinde mein Handy, damit ich Amy mittels Freisprechanlage anrufen kann.

„Hallloooooo", begrüsst sie mich gutgelaunt.

„Hallo. Seid ihr bereit zum Aufbruch?", frage ich.

„Wir sind bereit, sobald du uns abholen kommst. Wann kommst du?"

„In einer Viertelstunde, wenn der Verkehr nicht allzu schlimm ist. Wartet ihr draussen?"

„Klar. In einer Viertelstunde auf dem Parkplatz."

„Bis dann", ich lege auf und schalte Musik an.
"I hopped off the plane at LAX with a dream and my cardigan", singe ich laut mit. Als ich um die Ecke biege, sehe ich die drei bereits auf dem Boden sitzen und warten. Sie steigen ein und wir fahren zum Hard Rock Cafe, wo wir Mittagessen wollen. Die Connor und Shawn sitzen bereits am Tisch und warten auf uns. Wir essen und danach gehen wir alle zusammen einkaufen. Wir kommen uns vor wie eine riesige Grossfamilie, aber wir haben ziemlich viel Spass. Auf dem Rückweg fährt Amy und ich sitze hinten bei James. *«We're all in this together once we know that we are, we're all stars and we see that we're all in this together."*
"Camila ruft an", rechtfertige ich meinen Highschool Musical Klingelton.
«Ciao Bella!», begrüsst sie mich, «Wie geht's? Wo steckst du?»
«Im Auto, wir sind gerade auf dem Heimweg.»
«Gut, ich warte», sagt Camila.
«Auf was wartest du?», frage ich lachend.
«Auf euch. Ich sitze vor eurer Haustür und keiner ist da.»
«Wieso sitzt du vor unserer Haustür?»
«Ich wollte auch zur Party kommen.»
«Ich dachte, du kannst nicht», sage ich verwirrt.
«Dachte ich auch, aber jetzt bin ich trotzdem hier. Ich war in Miami und ein Chauffeur hat mich gerade drei Stunden hergefahren.»
Ich lache über ihre Spontanität.

«Wir sind in zehn Minuten da», sage ich noch und lege das Handy wieder in die Tasche. Als wir in die Garage fahren, sehen wir Camila tatsächlich auf der Fussmatte sitzen. Dieser Anblick bringt mich wieder zum Lachen.

„Was machst denn du da?", fragt Shawn erstaunt, als er aus dem Auto steigt und umarmt seine Freundin. Wir gehen ins Haus und Shawn meint zu mir: „James hat vorhin angerufen. Er hält sich ja momentan in LA auf und kommt in vier Stunden an. Ich habe angeboten ihn am Flughafen abzuholen."

„James?"

„TW"

„Ach so, es gibt einfach zu viele James' auf diesem Planeten", ich wende meinen Blich an James McVey.

„Wieso kommt er denn schon heute?", frage ich.

„Keine Ahnung. Er hatte nichts Besseres zu tun, nehme ich an", lacht Shawn. Amy und Camila kochen und ich decke den Tisch. Wir sitzen lange am Tisch und quatschen.

„Ich geh dann mal los Richtung Flughafen. Will jemand mitkommen?", fragt Shawn.

„Mist! Ich habe das Bett noch nicht frisch bezogen. Ich mach's gleich", bemerke ich. Das Gästezimmer und das alte Zimmer von Amy und Cam belegen die drei Jungs. Mein Zimmer ist noch frei. In dem Fall muss ich noch die Luftmatratze aufpumpen.

„Hilft mir jemand mit der Matratze?"

„Camila, du kannst gerne bei mir im Zimmer übernachten, wenn es dir nichts ausmacht. Das Bett ist grossgenug", bietet Amy an.

„Ja, klar", ist kein Problem.

„Super, dann kann James in mein Zimmer und die Matratze bleibt im Keller." Shawn hat mittlerweile die Schuhe angezogen und fragt erneut: „Kommt jemand mit?"

„Ich komme mit", sagt Connor und verlässt zusammen mit Shawn das Haus. Amy hilft mir mit dem Bett und schon bald kommen Shawn und Connor mit James und seinem Koffer zurück.

Am nächsten Morgen werden wir von Shawns Telefon geweckt.

„Wer will denn so früh schon was von mir?", sagt er verschlafen und nimmt das Telefon vom Nachttisch.

„Ja?", meldet er sich. Ich kuschle mich an ihn und lege meinen Kopf an seine Brust, während er weitertelefoniert.

„Oh nein, so schade! ...Ja, das freut uns natürlich. ...Klar! Dann kommt ihr beide?", fragt Shawn seinen Telefonpartner.

„Cool! Und nochmal sorry wegen der Show."

„Okay. Bis dann", er verabschiedet sich und ich sehe ihn fragend an.

„Wegen der Location, in der Julia und Khalid heute spiele wollten, musste das Konzert für heute abgesagt werden. Sie streiken oder so. Auf jeden Fall kommen sie beide heute auch. Ihr Flug geht nach dem Mittag."

„Was? Sie streiken?"

„Nicht Julia und Khalid. Die Leute von der Halle, in der sie spielen wollten."

„Was? Wieso das?", frage ich erstaunt.

„Keine Ahnung. Sie werden es dir sicher erzählen."

Ich stehe voller Energie auf: „Wie viel Uhr ist es?"

„Halb Neun", sagt Shawn, gähnt und dreht sich.

„Ich geh schwimmen", sage ich voller Elan.

„Verarschst du mich gerade?"

„Nein! Ich bin voll motiviert. Kommst du mit?"

„Du kannst nicht schwimmen gehen!"

„Wieso nicht?"

„Du bist schwanger!"

Ich lache: „Wir haben beide gelesen, dass ich genau deshalb Sport machen sollte."

„Ich weiss", sagt er ruhig, „aber wenn du ins Schwimmbad gehst, dann trägst du einen Bikini oder einen Schwimmanzug und so leid es mir tut, ich möchte nicht, dass dann schon wieder gemunkelt wird."

Ich gebe ihm Recht. Manchmal ist es echt scheisse, uns zu sein. Egal was wir machen oder tun, alles wird analysiert, hundertmal verdreht und auf irgendeine Art der ganzen Welt mitgeteilt. Manchmal nervt es mich und Shawn weiss das. Er mag es auch nicht, wenn etwas so erzählt wird, wie es eben nicht ist, aber es gehört zu seinem Beruf und er nimmt es in Kauf. Ich habe ihn geheiratet und nun muss auch ich damit leben, aber ich liebe ihn ja, deshalb stecke ich das leicht weg.

„Dann gehe ich eben in den Pool, aber irgendwann möchte ich dann auch zu meinem Babybauch stehen dürfen", sage ich, es macht mich nämlich stolz, fett zu werden. Echt schräg, ich weiss. Shawn kniet aufs Bett und gibt mir einen Kuss: „Ja, ich weiss. Das möchte ich auch."

„Du möchtest auch zu deinem Babybauch stehen?", ziehe ich ihn auf.

„Halt den Mund", sagt er grinsend und küsst mich erneut.

„Ich geh jetzt schwimmen. Kommst du auch?"

„Ich befürchte, das Becken ist zu klein für uns beide", sagt Shawn.

„Gut rausgeredet."

„Nein, wirklich. Ich gehe gleich noch aufs Laufband, dann hast du genug Platz im Wasser."

Nachdem ich etwa eine halbe Stunde hin und her geschwommen bin, gehe ich duschen und mich frisch machen. Kaum fertig und in der Küche angekommen, klingelt es an der Tür. Mike, Zubin, Geoff, Ziggy, Brian und Ian kommen alle zusammen. Sie sind ja auch alle aus Toronto und mit demselben Flieger gereist. Alles Männer, ich weiss, aber wie gesagt: Shawns Freunde sind auch meine Freunde. Ich führe sie nach draussen und Shawn bietet ihnen etwas zu trinken an. Camila und James gehen auch nach draussen, die Jungs von The Vamps sind sowieso im Wasser und Amy und ich bereiten das Gratin und die Salate vor. Wir verweilen den Nachmittag am und im Pool. Wobei ich selbst darauf verzichte, nochmal ins Wasser zu gehen, nachdem ich heute Morgen schwimmen war. Ausserdem wollen wir ja gleich erzählen, dass ich schwanger bin und ich will nicht riskieren irgendwelche Sprüche kontern zu müssen. Deshalb trage ich auch ein weites Sommerkleid. Gegen Fünf klingelt es wieder an der Tür und John ist da. *John Mayer*…ich weiss, eigentlich ist er einfach nur ein Mensch und ein guter Freund meines Mannes, aber ich kann nicht verhindern, dass ich jedes Mal nervös werde, wenn er vor mir steht. Nur am Anfang natürlich, je länger wir einander sehen, umso mehr gewöhne ich mich an ihn in meinem Umfeld. Als ich aus dem Badezimmer komme, wo ich heute schon das gefühlte tausendste Mal war, stellt Amy gerade Knabberzeugs in den Garten und Shawn mariniert mit Bradleys Hilfe das Fleisch. Wenn ich mir die zwei so anschaue, muss ich zugeben; keine schlechte Kombination. Ich mustere Brad von oben bis unten, von seinen wuscheligen Haaren, über seinen, um es so neutral wie möglich auszudrücken, recht vorteilhaft geformten Hintern, bis zu seinen Füssen, die in roten Flipflops stecken. Ich muss zugeben; Amy ich verstehe dich. Von mir aus kannst du ihn dir angeln. Als Shawn gerade den Grill anmacht, kommen auch Julia und Khalid. Ich begrüsse sie: „Hey, das tut mir so leid mit der Konzertabsage, aber freut mich, dass ihr hier seid."

„Ja, ist echt scheisse gelaufen. Die Fans tun mir leid. Die, die extra für unsere Show nach Houston gekommen sind. Das ist echt scheisse…" Die beiden sind zusammen auf Nordamerikatour, wobei es eigentlich die Tour von Julia sein sollte und Khalid sie als ihr Support begleitet hätte. Da aber auch Khalid ein neues Album raugebracht hat und auch eine Headline Tour im Sinn hatte, haben sie sich zusammengeschlossen und die Set-Zeit 1:1 aufgeteilt. Das finde ich echt eine coole Idee von deren beiden Teams und Manager, wobei ich davon ausgehe, dass sie selbst auch die Finger im Spiel hatten. Wir setzen uns alle zusammen an den riesigen Gartentisch und Connor öffnet eine Flasche Wein. John nimmt sie ihm aus der Hand und giesst allen ein, inklusive mir. Shawn schaut mich streng an, aber ich grinse nur. Niemand hat gesagt, dass ich selbst aus meinem Glas trinke, aber das hindert mich nicht daran, mit meinen Freunden anzustossen. Julia hebt als erste das Glas.

„Moment!", sagt Shawn, „bevor wir anstossen, müssen wir euch etwas mitteilen", er steht auf.

„Dazu musst du nun wirklich nicht aufstehen", sage ich.

„Oh doch", er nimmt mein Glas und trinkt es in einem Zug leer.

„Alles klar bei dir?", fragt Brian.

„Aufstehen!", sagt er zu mir. Ich verdrehe die Augen, stehe aber ohne Widerspruch auf. Er drückt mir mein leeres Glas in die Hand.

„Ehm…Danke." Wieso kann er den Showman nicht einmal sein lassen?

„Also", sagt er und hebt das Glas, dabei sieht er mich auffordernd an.

„Bist du schwanger?", fragt Mike spontan.

„Ist ja ziemlich offensichtlich bei Shawns Vorspann, oder nicht?", frage ich grinsend und drücke meinen Mann.

„Ohne Scheiss?", fragt Ian. Wir lachen und Shawn erwidert: „Ohne Scheiss."

Dann werden wir kreuz und quer mit Glückwünschen überhäuft und irgendwo dazwischen sagt Bradley zu mir: „Jetzt kannst du endlich wieder dein enges Shirt anziehen."

Kapitel 16

Amy

Mittlerweile sind wir in der dreizehnten Schwangerschaftswoche. Lustig, ich sage wir, obwohl nur Cleo schwanger ist. Aber irgendwie denke ich, das Kind wird halt mehrere Eltern haben, also mich werden die Mendes' nicht mehr los. Ich hoffe, ich darf Gotte werden! Mir fallen schon tausende tolle Sachen ein, die ich mit dem Baby unternehmen könnte. Obwohl, einige sind eher für Mädchen und einige eher für Jungs, die müsste man dann halt anpassen. Zuerst kommt das Baby ja mal auf die Welt, dann erfahren wir, ob es ein Mädchen oder ein Junge ist. Dann liegt es viel herum und schreit und raubt allen die Nerven. Dann wird es grösser und man kann endlich Sachen unternehmen. Jedenfalls ist ab jetzt das Risiko einer Fehlgeburt sehr gering und das Baby gesund. Wir sagen einfach Baby, der Einfachheit halber. Ich weiss gar nicht, ob die Cleown schon Namen aussuchen. Ja, das Baby hat unseren Leben schon jetzt auf den Kopf gestellt. *Mein* Baby schnaubt gerade glücklich und stampft mit dem Huf auf dem Boden auf. Nach einem strengen Springtraining mit Samantha in der Reithalle kühle ich Nayeli mit dem Gartenschlauch ab. Nayeli mag es, wenn ich ihre Beine abspritze, im Gegensatz zu anderen Pferden. Eine Viertelstunde später winke ich meinem grasenden Pferd auf der Weide zu und steige dann in den Fiat. Zuhause bleibt nur kurz Zeit zum Blitzduschen und Umziehen, dann müssen wir schon wieder los. Es ist Freitag und Shawn hat uns Karten für ein American-Football-Spiel besorgt. James und Connor sind schon abgereist, aber Brad bleibt noch ein bisschen. Wieso? Keine Ahnung, aber ich freue mich. "Cleo! Kommst du?", rufe ich die Treppe hoch, denn wir drei anderen warten schon im Eingang. Oben hören wir Kleiderbügel klappern, dann schreit sie zurück, sie käme gleich. Shawn geht nach oben und ich setze mich seufzend auf den Boden. Brad folgt meinem Beispiel, nur muss er nicht sein Jupe drapieren wie ich, damit man nicht meine Unterwäsche sieht. Schweigend sitzen wir einander gegenüber. Endlich kommen die zwei anderen die Treppe runter und wir können los. Shawn fährt und Cleo belegt den Beifahrersitz, also rutschen Brad und ich auf die Rückbank. "You know I want you, it's not a secret I try to hide…" singt Zac Efron in *Rewrite the stars*, dem Soundtrack zu *The greatest Showman*. Cleo und ich singen sofort laut mit, Shawn schüttelt nur grinsend den Kopf ab uns und Brad mustert mich mit einem komischen Gesichtsausdruck. Hört er auch so auf den Text wie ich? Mitten im Refrain macht Cleo plötzlich komische Geräusche. "Alles in Ordnung da vorn?", erkundigt sich der höfliche Brite sofort. Cleo nickt: "Schluckauf!" Dann hickst sie schon wieder. Ich muss lachen: "In einer anderen Welt könnte man das vielleicht Schluckauf

nennen. Hier klingt es bloss, als würdest du nächstens ersticken. Und als wären deine Stimmbänder verrostet!" Das bringt alle zum Lachen, obwohl durch die High-Tech-Musikanlage Zendaya und Zac von verlorener und aussichtsloser Liebe singen.
Shawn parkt vor dem Stadion und dann mischen wir uns unter die Zuschauer, die in einer Schlange vor dem jeweiligen Sektor warten. Es spielen die Miami Dolphins und die Seattle Seahawks gegeneinander, es ist eines der ersten Spiele der NFL. Cleo und ich sind beide zum ersten Mal an einem American Football Spiel, aber kennen die Atmosphäre vom Fussball her. Das Spiel beginnt erst in einer halben Stunde. Jetzt läuft noch laute Musik durch die Lautsprecher, auf den grossen Bildschirmen laufen Werbespots und alle Zuschauer suchen ihre Plätze. Unsere Plätze sind etwas weiter oben, von wo aus wir einen guten Blick auf das Feld haben. Mir fällt auf, dass die meisten Zuschauer ein Shirt ihrer Favoritenmannschaft anhaben. Die weiblichen Fans haben es meist hochgeknotet oder ein paar Nummern zu gross gekauft und tragen es nun als Kleid. Sie sehen toll aus. Cleo in ihrer weiten Bluse und ich in meinem gelben Oberteil fallen ein bisschen auf zwischen den türkisenen Shirts der Dolphin-Fans und den grünen Shirts der Seahawks-Fans. Ich spreche die anderen auf die passend gekleideten Zuschauer an und Shawn meint: "Ihr seht doch auch so super aus! Cleo könnte ihr Shirt eh nicht hochknoten…" Dafür erntet er sich ein Augenverdrehen von Cleo und Brad lacht. "Beim

nächsten Mal stylen wir uns auch!", verspricht Cleo mir zu meiner Freude. "So richtig? Versprochen?" Sie verspricht es mir und ich gebe zufrieden Ruhe. Die Cheerleader zeigen ihre Show, dann beginnt das Spiel. Ich habe keine Ahnung von den Regeln. Shawn erklärt uns, was er weiss, aber auch das ist nicht so viel. Bradley weiss auch nur ein paar Sachen. Cleo und ich sitzen in der Mitte, neben ihr Shawn und neben mir Brad. Nach dem ersten Viertel haben wir kapiert, wie das Spiel funktioniert, nur so spezielle Regeln wie im Fussball das Abseits und so verstehen wir noch nicht so ganz. Wie in jedem Spiel in Amerika gibt es in der Pause etwas, das alle aufheitert. Die Kiss-Cam. Lustig, es heisst Kiss-Cam, aber Cam werde ich nicht mehr küssen. Während ich noch vor mich hin grinse, geben sich schon erste Auserkorene ein schnelles Küsschen. Das Schönste ist, dass auch lesbische und schwule Pärchen gezeigt werden und extra Applaus bekommen. Natürlich sind wir erkannt worden, einige Leute haben Handybilder gemacht, der Fotograf hat uns auch schon abgelichtet und offensichtlich sind auch die Kameraleute auf uns aufmerksam geworden. Das wird lustig, wenn die Sache durch die Medien geht und den Amy-Bradley-Gerüchten noch mehr Gesprächsstoff liefert. Plötzlich haut Cleo mich unauffällig in den Oberschenkel und guckt dann auf den Bildschirm. Das rosa Herzchen rahmt niemanden geringeres als uns vier ein. Es wird ein bisschen herumgezoomt und einige Sekunden später kann ich auf dem Bildschirm mitverfolgen, wie ich nervös grinsend auf den Bildschirm starre. Bradley sieht ähnlich aus wie ich und Cleo daneben grinst. Shawn ist halb abgeschnitten. Ich kann doch nicht Bradley küssen! Was mache ich jetzt? Das Publikum jubelt schon auffordernd. Cleo rettet mich. Lächelnd dreht sie sich zu Shawn um und die beiden küssen sich, dann zeigt der Bildschirm schon ein anderes Pärchen. Brad und ich grinsen uns verlegen an. "Ich hole was zu trinken! Kommt jemand mit?", fragt Brad dann. Ich gehe mit und wir lassen Cleown händchenhaltend und über die Musik diskutierend zurück. Nach dem zweiten Viertel haben die Seattle Seahawks die Führung übernommen, aber wir feuern die Miami Dolphins weiter mit den anderen Fans an. In der Pause kommt auch die Kiss Cam zurück. Diesmal ist unmissverständlich, dass Brad und ich gemeint sind. "Ah, come on!", rufe ich und Brad lacht. Das Publikum pfeift anzüglich und klatscht. Was jetzt? Das gute alte Wangenküsschen fällt mir ein. Ein Wangenküsschen!

Cleo

Schwanger zu sein, wenn es keiner erfahren soll, ist ein bisschen wie, wenn Frau einen kurzen Rock trägt. Sie hat Angst, man könnte zu viel sehen und zieht deshalb immer wieder am Saum rum. Genauso fühle ich mich. Ich habe etwa zwanzig Minuten zwischen meinen Kleidern verbracht. Nun trage ich eine helle Jeans, bei der ich den Knopf gerade noch

zuschliessen kann und dazu eine weite, steife, blau-
weiss-gestreifte Bluse. Eine Bluse, die ich schon vor
langer Zeit gekauft habe, aber bis jetzt noch nie getragen habe. Ich fühle mich dementsprechend un-
wohl und hoffe einfach es fällt nicht auf, dass ich fet-
ter bin als sonst. Ja gut, wie erwähnt, könnte ich auch
einfach viel Schokolade gegessen haben, aber wie die
Medien halt sind, können sie auch daraus eine
schwangere Geschichte machen - in diesem Fall sogar eine wahre. Auf jeden Fall schaue ich immer wieder runter um zu kontrollieren, dass die Bluse weit
genug ist. Shawn legt seinen Arm um mich. «Man
sieht nichts», beruhigt er mich, «ausser du verhältst
dich weiter so auffällig.»
«'Tschuldigung», sage ich schulterzuckend. Shawn
grinst nur. Die Stimmung im Stadion ist super, aber
vom Spiel verstehe ich nicht viel. Zum Glück wird
nicht so lange gespielt wie im Fussball. Gerade beginnt das vierte Viertel und die Seahawks konnten
ihre Führung halten. Die letzte Viertelstunde ist, soweit ich das beurteilen kann, nochmal sehr spannend. Ich selbst empfinde es nicht so, weil ich dieses
Spiel halt einfach nicht verstehen will und kann, aber
die Dolphins konnten das Spiel schlussendlich nicht
für sich entscheiden. Kurz bevor das Spiel zu Ende
ist, drängen sich plötzlich Wolken vor die Sonne und
verziehen sich nicht so schnell wieder. Ich würde
nicht behaupten, dass es kalt ist, aber es windet immer noch und dreissig Grad warm ist es bestimmt
nicht mehr. Die Fans verlassen das Stadion und wir

warten so lange noch auf unseren Plätzen, bis wir nicht in den ganzen Trubel kommen. Das Stadium ist ziemlich weit vom Stadtzentrum entfernt und wir müssen bestimmt noch eine Stunde Autofahren. Shawn hat die Schlüssel und will gerade einsteigen. «Ich fahre!», sage ich demonstrativ und nehme Shawn die Schlüssel aus der Hand.
«Ich bin die einzige, die keinen Schluck Alkohol getrunken hat.» Die drei geben sich mit meiner Begründung zufrieden und ich darf fahren. Ja, es ist definitiv dürfen. Ich liebe Autofahren.
«Ich habe Hunger», meldet sich Amy auf halber Strecke.
«Ja, ich auch», meint Bradley.
«Wollen wir auf dem Weg irgendwo essen gehen?», fragt Shawn. Wir stimmen alle zu. Shawn sucht im Navi nach Restaurants die auf unserer Strecke liegen.
«Wie lange haltet ihr's noch aus? In etwa einer Viertelstunde fahren wir an einer Pizzeria vorbei. Soll ich da mal anrufen?»
«Ja, mach mal! Ich habe voll Bock auf Pizza.»
Zwanzig Minuten später sitzen wir an einem Ecktisch im Restaurant und bestellen uns Getränke.
«Ich fahre. Trinkt, was immer ihr wollt.» Da Amy genau wie ich noch nicht volljährig ist, bestellt sie in solchen Fällen wie jetzt auch keinen Alkohol. Wenn Shawn oder Bradley die Getränke kaufen, sind wir nicht ganz so brav. Ich im Moment natürlich schon. Amy und ich teilen und eine Pizza und Bradley und Shawn essen je eine.

«Wann geht morgen dein Flug?», fragt Shawn Bradley.

«Um zehn oder so, glaube ich.»

«Blöd…Ich habe um Neun ein Skypemeeting. Kann jemand von euch Bradley zum Flughafen bringen?», fragt Shawn uns Mädels.

«Klar, ich fahre dich!», sagt Amy sofort und grinst Brad an. Ich grinse in mich rein. Dann muss ich die beiden ja nicht begleiten: «Super! Und ich schlafe bis zum Mittag!»

Amy

Zwei Tage nach dem Footballmatch essen wir zu dritt zu Mittag, denn Bradley ist gestern wieder nach England geflogen. Am Abend habe ich eineinhalb Harry-Potter-Bücher fertiggelesen, um mich abzulenken. Ich weiss nicht, wann ich ihn das nächste Mal sehe und das ist schwieriger, als wenn man die Tage zählen könnte. Mal ganz abgesehen davon, dass ich mir eingestanden habe, dass ich ihn mag, vermisse ich es, ihn einfach um mich zu haben. Weil heute Sonntag ist, arbeitet weder Cleo noch Shawn und wir planen gerade unseren Tag. Cleo und Shawn wollen zuhause bleiben und sich mal ein bisschen mit dem späteren Kinderzimmer, Babykleidern, Umstandsmode und so weiter auseinandersetzen. Momentan ist geplant, dass wir Cams und mein altes Zimmer räumen und später das Kinderzimmer dort entsteht. Aber zuerst schläft das Baby ja eh bei den Eltern und

bis dahin sind es auch noch sechseinhalb Monate, kein Grund zum Stress also. Am späten Nachmittag bin ich mit Sam zur Springstunde verabredet, ansonsten habe ich nichts geplant, also schliesse ich mich Cleo und Shawn an. Dann gebe ich meinen Senf auch noch dazu. Ausgerüstet mit Schreibblock, Stiften, Agenda und Laptop setzen wir uns aufs Sofa. Nebenbei läuft der Fernseher. Cleo zupft immer wieder an ihrem Hosenbund herum. "Wird's langsam eng?", necke ich sie. Sie nickt und knöpft schliesslich einfach die Jeans auf: "Ja, verdammt noch mal! Es sieht ja bloss aus, als hätte ich ein bisschen zugenommen, aber es drückt überall." Shawn grinst und meint: "Du kannst ja zuhause auch einfach Trainerhosen tragen!"
"Stimmt! Aber jetzt mag ich mich nicht umziehen gehen." Ich mische mich wieder ein: "Irgendwann ist es auch Zeit für Umstandsmode! Ab wann sagt man?" Cleo antwortet mir: "Bald. So ab der vierzehnten Woche, also eigentlich jetzt. Aber wir können schlecht jetzt Umstandsmode kaufen, dann ist es ja sonnenklar, dass ich schwanger bin!" Shawn hält dagegen: "Schon, aber ewig einengen kannst du das Baby auch nicht." Cleo will etwas erwidern, aber ich bin schneller: "Äh, Leute? Habt ihr mal ins Netz geguckt? Alles voll mit Bildern von Freitag. Und ich meine nicht, wegen Brads und meiner Vielleicht-Beziehung, die gar nicht existiert!" Als hätte ich es einstudiert, enden gerade die Nachrichten und ein Klatschbeitrag erscheint auf dem Bildschirm. Bilder von Cleo

flimmern über den Schirm. Auf den Bildern sind wir zu viert zu sehen, es windet. Cleos Bluse wird zurückgeweht und man erkennt eine kleine Rundung an ihrem Bauch. "Erwarten Cleo und Shawn Mendes etwa Nachwuchs?", stellt eine blonde Moderatorin dann die bedeutungsschwangere (Achtung: Wortwitz!) Frage und guckt mit grossen fragenden Augen in die Kamera. Cleo und Shawn starren den Fernseher an. Die Moderatorin zeigt uns nun "verdächtige Hinweise". Handyvideoaufnahmen von Cleo, die während dem Spiel immer wieder auf ihren Bauch schaut und an der Bluse herumzupft. Sogar ein Instagram Bild von mir haben sie analysiert. Das Bild ist entstanden, als Connor, James und Bradley zu Besuch waren und wir grilliert haben. Darauf sind wir zu sechst zu sehen, ich habe das Selfie gemacht, wir sitzen am Tisch. Und auf dem Tische steht Bier, fünf Flaschen. Vor jedem ausser Cleo steht eine und was bedeutet es, schwanger zu sein? Kein Alkohol zu trinken, genau! "Das ist also das zweite Zeichen. Ausserdem trägt Shawns Frau in letzter Zeit sehr häufig weite Oberteile. Bestätigt wurde die Schwangerschaft noch von niemandem, aber stellt euch vor, wie süss! Ein Baby für Shawn und Cleo. Wir hoffen auf jeden Fall, die Gerüchte stimmen!", erklärt die Blondine und erzählt uns dann vom Liebesurlaub bei Selena und Justin, die wieder eine On-Phase in ihrer ewigen On-Off-Beziehung haben. Obwohl diese On-Phase schon ziemlich lange dauert. Ich drehe mich um und werfe Cleo einen "Seht-ihr?"-Blick zu. Jetzt geht das grosse Diskutieren los. Die zwei stellen fest, dass sie es eh nicht mehr lange verheimlichen können und beschliessen, nächstens die Gerüchte zu bestätigen. Bald lasse ich die zwei alleine und mache mich auf in den Stall. Wie immer bin ich viel zu früh und putze Nayeli ausgiebig. Dann verwöhne ich sie mit einer neuen Massagebürste und montiere dann eine ebenfalls neue, weinrote Satteldecke an den Sattel. Wie immer ist auch Sam zu früh und wie immer fangen wir einfach zu früh an, statt uns daran zu stören. Nach dem Training lasse ich Nayeli kurz in der Halle stehen und bringe den Sattel in die Sattelkammer. Sam holt unterdessen Rubin von der Weide und zieht ihm bloss das Zaumzeug an, dann reiten wir beide ohne Sattel Richtung Wald. Auf der Galoppstrecke lassen wir die Pferde laufen. Der Fahrtwind ist angenehm kühl auf der Haut. Um die Kurve lenken wir die Pferde in den Bach und lassen sie plantschen.

Cleo

Wir haben Shawn dazu überredet, ihm und uns allen ein Postfach zu besorgen. Heute wollen wir es zum ersten Mal leeren gehen. Wir wissen nicht, was uns erwarten wird, aber wir sind gespannt. Die Adresse haben wir alle drei gepostet und ich denke bei Shawns vierzig Millionen Follower können wir schon etwas erwarten.

„Kommst du?", ruft Amy durchs Treppenhaus. Ja, ich bin wie immer die Letzte. Aber langsam bin ich echt überfordert mit meinem Kleidersortiment. Ich habe ja gewiss genug Hosen, aber ich habe alle angezogen und der Knopf geht noch bei genau drei Paar zu und bequem ist etwas ganz anderes. Deshalb ziehe ich sie auch wieder aus und ziehe ein Kleid an. Leggins wären jetzt super, aber das besitze ich schon lange nicht mehr. Ich frage mich wirklich wieso. Sie wären so bequem! Mein Kleid ist zwar eng, aber Jerseystoff lässt sich ja zum Glück gut dehnen. Ich komme die Treppe runter und fange Shawns und Amys kritische Blicke auf.

„Ich kann auch ein Pulli drüber anziehen, wenn ihr wollt, dass ich einen Hitzeschock kriege."

„Wieso nehmen wir sie überhaupt mit?", fragt Shawn Amy und erntet von mir einen Stups in die Rippe.

„Gehen wir jetzt?", frage ich.

„Wir haben nur noch auf dich gewartet."

Wir sitzen im Auto und auf dem Display der Mittelkonsole leuchtet der Name meines Handys auf.

„Tja, ich habe Bluetooth absichtlich schon vorher eingeschaltet. Jetzt müsst ihr halt meine Musik hören."

Shawn fährt und Amy sitzt hinten in der Mitte, was bedeutet, dass ich DJ sein darf und dazu brauche ich meine eigene Musik. Ich spiele meine Autoplaylist ab. Ja, ich habe für alles eine Playlist. Etwa fünfzig verschiedene, schliesslich soll man für jeden Moment die richtige Musik parat haben. „This ain't a song for the broken hearted", singe ich zu Bon Jovi. Beim Stadtzentrum, wo auch die Poststelle ist, fahren wir ins Parkhaus.

„Willst du jetzt wirklich im Auto warten?", fragt Amy.

„Wenn du mir einen grossen Pulli hast, komme ich mit."

Natürlich hat sie keinen. Wieso auch, es ist dreissig Grad warm draussen.

„Okay, wir sind gleich zurück", sagt Shawn, „Nicht wegfahren!"

„Keine Angst. Ich warte." Ich höre weiter meine Musik und singe mit, bis Amy und Shawn zehn Minuten mit zwei riesigen Trolleys zurückkommen. Ich steige aus und fange an zu lachen: „Wollt ihr in den Urlaub?"

„Die Frau am Schalter hat uns voll zusammengeschissen, weil das Fach viel zu klein ist für all die Pakete und wir mussten das Zweifache draufzahlen für die Lagerung."

„Das ist auch echt viel", sage ich.

„Das ist erst die Hälfte."

„Im Ernst?"

„Ja, wirklich. Ich glaube, wir müssen zweimal fahren." Die beiden laden die Pakete der beiden Wagen ins Auto und dieses ist anschliessend proppenvoll.

„Ich kann kurz nachhause fahren, dann könnt ihr schon mal die weiteren Sachen ins Parkhaus schieben", biete ich an.

„Und wie willst du die Sachen ganz alleine ausladen?", fragt Shawn.

„Ich nehme einfach das andere Auto und lasse dieses hier Auto beladen in der Garage."

„Klingt nach einem Plan", meint Amy.

„Natürlich! Ich bin *der* Pläneschmieder", sage ich.

„Ja, ja Pläneschmieder, dann fahr jetzt mal", sagt Shawn.

„Wollt ihr mich loswerden?", frage ich. Shawn schaut Amy gespielt verlegen an: „Jetzt hat sie's rausgefunden."

„Verdammt!", spielt Amy mit.

„Ich bin schon weg!"

Ich steige ins Auto und lasse die beiden lachend stehen. Zehn Minuten hin, zehn Minuten her und schon bin ich wieder auf demselben Parkplatz wie vorher. Wir beladen das zweite Auto und fahren alle wieder zurück nachhause, wo wir Karton für Karton ins Wohnzimmer auf den Teppich transportieren und stapeln. Ich lasse mich rücklings aufs Sofa fallen: „Ich bin kaputt!"

„Wir haben doch gar nichts gemacht", lacht Amy.

„Aber ich fühle mich wie ein aufgepusteter Luftballon." Shawn setzt sich unten auf die Couch und legt meine Füsse auf seinen Schoss. Amy geht in die

Küche: „Will jemand etwas trinken?" Ich strecke den Arm in die Luft und Shawn meint: „Ja gerne, wenn du gerade dabei bist."

„Meinst du das ist gut, was du da gemacht hast?", fragt Shawn und ich sehe ihn fragend an.

„Die ganzen Kiste zu transportieren."

„Sue hat gemeint, solang mein Körper schwer schleppen kann, kann ich schwer schleppen, aber wenn ich müde oder schlapp werde, soll ich sofort aufhören."

Shawn schaut mich mit grossen Augen an: „Und jetzt bist du schlapp!"

„Jetzt mache ich auch nichts mehr. Für heute ist fertig."

„Aber man sagt doch allgemein schwer tragen in der Schwangerschaft ist nicht gut", sagt Amy und bringt die Getränke.

„Ja, aber ich bin noch nicht mal in der Hälfte, da sollte es noch kein Problem sein."

Ich schliesse meine Augen und Amy und Shawn hangen an ihren Handys.

„Unser Baby ist jetzt schon so gross!", sagt Shawn stolz und macht eine Faust aus seiner linken Hand. Amy lacht und ich lächle: „Ich weiss." Ich drehe mich und platziere meinen Kopf seitlich auf Shawns Schoss, damit er mit meinen Haaren spielen kann. Immer wenn ich meinen Kopf auf seinen Schoss lege, spielt er mit meinen Haaren und ich liebe es!

„Wollen wir jetzt mal die Post anschauen?", fragt Amy. Wir nicken und setzen uns auf den Boden. „Moment!", sage ich, „zuerst brauchen wir System. Ich denke nicht, dass wir alles behalten können." Die beiden geben mir Recht und wir bestimmen drei verschiedene Plätze. An einen kommen alle Briefe, die können wir auf keinen Fall einfach so entsorgen, auf den zweiten kommen die Sachen, die wir behalten wollen und der dritte ist der Müllhaufen. Ausgestattet mit Scheren beginnen wir die Kartons und Couverts auszupacken und zu sortieren. Nach einer Stunde sind wir immer noch nicht fertig: „Gott! Wieso tun wir uns das an?", frage ich.

„Es ist lustig", sagt Amy.

„Ich schlage vor, wir löschen die Informationen auf unseren Social-Media-Kanälen, vielleicht mindert das die Post auch schon etwas. Und ich denke von Zeit zu Zeit wird es immer weniger", sagt Shawn. Wir bestätigen Shawns Idee und löschen unsere Posts.

„Wir könnten auch Treuhänder anstellen", sagt Amy.

„Die unsere Post sortieren?", frage ich lachend.

„Genau!"

Etwa eine halbe Stunde später haben wir alle Sachen sortiert und Shawn ist gerade dabei die Kisten zusammenzustellen, während ich wieder flachliege und Amy Essen bestellt. Ja, wir sind wieder mal zu faul, um selbst zu kochen. Nach dem Essen beginnen wir, die Sachen genauer anzuschauen und die Briefe zu lesen. Die meisten sind halt für Shawn, aber manche sind echt lustig und Amy und ich lesen sie auch. Andere sind immer gleich und da hören wir irgendwann auf mit Lesen und packen sie in eine Kiste. Die Kiste bewahren wir aber natürlich auf. Unter den anderen Gegenständen gibt es nichts, was es nicht gibt. Von Teddybären über Schokolade bis zu wunderschönen, selbstgemachten Kunstwerken lässt sich alles finden. Währenddem wir die Sachen anschauen, essen wir und schlussendlich haben wir alles an dem Ort, an dem wir es haben wollen und lassen den Tag zu dritt vor dem Fernseher ausklingen.

Kapitel 17

Amy

Ich hasse Fensterputzen! Lieber staubsauge ich. Leider habe ich beim Auslosen das falsche Los gezogen. Fensterputzen ist aber immer noch besser als das Badezimmer zu putzen, was Shawn heute machen muss. Cleo darf staubsaugen, was sie am liebsten macht, weil man dabei einfach Musik hören kann und herumtanzen. Ausserdem ist es am wenigsten anstrengend und sie ist ja schwanger, da muss sie sich schonen. Leider bringt sie diese Ausrede sehr oft, wenn es etwas zu tun gibt. Das Haus putzt sich halt nicht allein und es nicht zu putzen ist auch keine Option. Seufzend hole ich einen Stuhl und stelle mich darauf, um auch den oberen Teil der Fensterfront im Wohnbereich zu erreichen. Eine halbe Stunde später sind alle Fenster im Haus wieder blitzblank, dafür sehe ich ziemlich geschafft aus. Cleo ist immer noch mit Staubsaugen beschäftigt und Shawn muss noch beide Duschen reinigen, also koche ich das Mittagessen. Zum Glück habe ich schon nach dem Frühstück den Apfelkuchen vorbereitet, jetzt muss ich ihn nur noch in den Ofen schieben und als Hauptgang eine leichte Suppe wärmen. "Iss nur noch ein bisschen mehr!", necke ich Cleo später beim Essen. Sie guckt mich böse an, aber ich meine es ernst:

"Ich meine es ernst! Dann sieht dein Bauch noch ein bisschen schöner und grösser aus für später." Shawn lacht und Cleo nimmt sich wortlos noch einmal ein Stück Kuchen. Später wollen wir nämlich ein paar Bilder von dem Babybauch machen, damit wir das grosse Geheimnis endlich lüften können. Ich finde es süss, wie ich immer "Wir" sagen darf. Shawn und Cleo lassen mich wirklich an dem Abenteuer teilhaben und irgendwie wird es auch ein klitzekleines bisschen mein Baby werden, schliesslich sind Cleo und ich beste Freundinnen und Wohnungspartnerinnen. Hoffentlich darf ich Gotte sein! Nach dem Essen gehen wir zu dritt hoch in Cleos und Shawns Zimmer. "Was soll ich denn anziehen?", fragt Cleo und wühlt in ihrem Schrank herum. Shawn liegt entspannt auf dem Bett und guckt mich an, damit ich seine aufgeregte Frau beruhige. Ich sei schliesslich die Fashionista hier. Kann schon sein. "Also. Ich mache die Fotos, logisch. Dann müsst Shawn und du zueinander passen. Lass mal das Bäuchlein sehen." Es ist schon eine kleine, aber trotzdem eindeutige Wölbung, womit man hoffentlich süsse Bilder machen kann. Die Bilder wollen wir draussen im Garten machen. Da kommt mir eine Idee: "Zieh einfach einen Bikini an! Dann können wir im Pool fotografieren, stell dir vor wie cool die Bilder werden. Du kannst noch die Strandtunika von mir drüber anziehen und Shawn einfach passende Badeshorts." Die Idee steht und Cleo sucht sich ein Bikini aus, während ich drüben meine Tunika hole. Shawn hat sich mittlerweile auch umgezogen und wir können los. Es ist heiss draussen und die Sonne scheint, ein perfektes Ambiente also. Zuerst posiert Cleo alleine, dann mit Shawn am Poolrand. Ich bin zugleich Fotograf, Stylistin, Creative Director und Szenenbildner, was mir einen Riesenspass macht. Das Angenehme ist, dass ich bloss eine Anweisung geben musste, nämlich: "Zeigt mir, wie glücklich ihr seid!" Schon liefern Cleo und Shawn echt gutes Material für Bilder. Bald wechseln wir ins Wasser. Dank einer wasserfesten Hülle kann ich mit dem Handy untertauchen und Unterwasser fotografieren. Das ist viel schwieriger als man denkt. Ich muss abtauchen, nicht verwackeln, Cleo muss abtauchen und eine gute Pose finden. Dabei sollte sie auch noch einen guten Gesichtsausdruck haben und nicht mit zugekniffenen Augen und aufgeblasenen Wangen in die Kamera schauen. Plus der Babybauch muss in Szene gesetzt werden, schliesslich soll man sehen, dass Cleo schwanger und nicht bloss ein bisschen füllig geworden ist. Gegen drei Uhr haben wir viele schöne Bilder und beenden das Shooting. Cleo motzt halbernst ein bisschen herum: "Wie anstrengend! Ich bin schwanger, mich muss man schonen. Wieso machst du das freiwillig?" Ich muss lachen und reiche ihr ein Badetuch. Sie wickelt sich darin ein und Shawn hebt sie hoch. "Damit verdiene ich mein Geld, weil ich ja keinen Freund mit viel Geld mehr habe. Es macht Spass!", erkläre ich lachend. Ich habe die Trennung von Cameron definitiv verarbeitet und hinter mir gelassen. Es tut gut,

darüber Witze machen zu können. Es macht mir nicht einmal etwas aus, dass er anscheinend auf diversen Partys in LA mit verschiedenen Weibern flirtet und sie für die Nacht zu sich heimnimmt. Im Gegenteil, ich hoffe für ihn, dass er eine findet, mit der er es ernst meint. Cleo guckt skeptisch und legt den Kopf an Shawns Schulter: "Naja, es ist schon lustig, aber es dauert so lange!" Kopfschüttelnd widerspreche ich: "Das war überhaupt nicht lange. Es dauert manchmal viel länger." Shawn unterbricht uns: "Dafür haben wir jetzt schöne Bilder und ich trage dich hoch. Dann können wir duschen, okay?" Darauf grinst Cleo nur und ich stoppe Shawn, bevor er ins Haus kommt: "Was ihr oben macht ist mir egal, aber zuerst musst du dich abtrocknen. So tropfnass wie du bist, kommst du mir nicht ins Haus!"
"Zu Befehl, Chefin des Hauses!", zieht Shawn mich auf, aber er gehorcht. Die zwei verziehen sich also nach oben und ich gehe ebenfalls blitzduschen. Dann lade ich schon mal alle Bilder auf meinen Laptop und beginne, die unbrauchbaren zu löschen. Bei den guten probiere ich verschiedene Effekte aus und bearbeite sie, bis ich zufrieden bin. Meine Mitbewohner machen echt lange beim Duschen, ich höre das Wasser immer noch rauschen. Bei Gelegenheit mache ich ein paar Fotos vor dem Spiegel im Eingangsbereich. Dabei ziehe ich mein Single-T-Shirt, das ich sehr häufig trage, hoch und strecke den Bauch so weit wie möglich heraus. Ein paar seriöse Bilder müssen natürlich auch noch sein, dann kommen die zwei

endlich herunter. Zusammen schauen wir die Bilder durch und laden sie auf unsere Handys herüber. Cleo und Shawn entscheiden sich für ein Unterwasserbild. Die Poolbeleuchtung ist eingeschaltet und leuchtet in den Regenbogenfarben, so werden keine Spekulationen über das Geschlecht ausgelöst. Cleo ist seitlich zur Kamera gedreht, man sieht gut die kleine Rundung an ihrem Bauch. Shawn ist hinter ihr abgetaucht und umarmt sie von hinten, die verschränkten Hände der beiden liegen auf dem Babybauch. Shawn hat seinen Kopf an Cleos Halsbeuge vergraben und diese lächelt glücklich. Das Bild ist perfekt und macht mich sehr stolz, es geschossen zu haben und die Personen darauf meine besten Freunde nennen zu dürfen. Auf drei posten Cleo und Shawn das Bild kommentarlos auf allen Social-Media-Kanälen. Und ich? Meine Followers bekommen eines der Bilder von vorhin, wo ich den Bauch herausstrecke mit der Caption: "Ich bin schwanger! Nein, Spass, es ist bloss Dessert. Aber schaut euch Shawns und Cleos Profil an..." Dann legen wir die Handys weg und gucken uns einen Film an.

Cleo

Endlich ist es raus! Da nun die ganze Welt weiss, dass ich schwanger bin, kann ich ungehemmt neue Kleider shoppen gehen. Endlich! Amy hat sich für heute abgemeldet und ist zum Stall gefahren und

Shawn habe ich dazu verdonnert, mich zu begleiten. Deshalb fahren Shawn und ich heute in die Stadt.

"Wollen wir den Bus nehmen, damit wir keinen Parkplatz suchen müssen?", frage ich.

"Glaubst du nicht, dass wir einen Parkplatz finden werden?"

"Du willst einfach nicht Busfahren!"

"Nein!"

"Doch", lache ich.

"Okay, ja vielleicht. Also; nehmen wir das Auto?"

"Ja, von mir aus." Also fahren wir mit dem Auto in die Stadt. Ja, wir finden einen Parkplatz. Nachdem wir etwa zwanzig Minuten durchs Parkhaus gefahren sind, finden wir einen Platz.

"Nach was suchen wir jetzt eigentlich genau? Brauchst du solche Hosen, die mit Jerseystoff verlängert sind und deinen ganzen Bauch decken?"

Ich lache. "Wieso lachst du?"

"Mir gefällt die Art, wie du das gesagt hast. Und nein, ich denke so fett bin ich dann doch noch nicht."

"Was brauchst du dann?"

"Einfach ein, zwei paar Hosen, die oben etwas weiter sind. Nicht alle Schwangerschaftshosen gehen über den ganzen Bauch."

"Ja, ich habe noch nie Umstandsmode gekauft", rechtfertigt sich Shawn.

"Was nicht?", frage ich gespielt entsetzt.

Shawn lacht und fragt: "Und sonst? Was brauchst du sonst noch?"

«Blusen für die Arbeit, Leggins, die T-Shirts kann ich ja noch tragen, die weiten sich aus, ah und einen neuen BH.»

«Dann haben wir ja was zu tun», stellt Shawn fest.

«Und ein Kleid oder Rock brauche ich auch noch.»

«Auch noch?», lacht Shawn.

«Tja», sage ich nur.

«Das heisst, wir müssen nun wohin?»

«H&M als erste Anlaufstelle», sage ich. Die Florida Mall ist riesig, dafür findet man hier alles. Sie haben sogar einen Routenplaner im Internet, mit dem wir rausfinden können, in welche Richtung wir gehen müssen, damit wir zum H&M kommen. Wir gehen also den Weg entlang, den uns das Navi anzeigt. Ich gehe gerne mit Shawn shoppen, aber mittlerweile weiss ich, dass es nicht ganz so entspannt ist, wie wenn ich alleine einkaufen gehe. Nein, nicht weil er ein Mann ist, sondern weil er Shawn Mendes ist, aber man gewöhnt sich dran, wirklich. Wir brauchen halt einfach etwa eine Stunde länger, im Ganzen, weil er immer wieder um Fotos gebeten wird. Wir gesagt, ich habe mich dran gewöhnt. Als wir endlich beim H&M ankommen, suche ich erstmal nach den Basics; Leggins. Die brauche ich dringend. Es ist zum Glück überall angeschrieben, wo wir was finden können. Und wir finden die richtige Ecke! Sie haben Leggins in allen Farben und Längen. Nachdem ich mir verschiedene Exemplare geschnappt habe, gehen wir in Richtung Umstandsmode. Sie haben super viele verschiedene Sachen und ich belade Shawns Arme mit allem, was mir gefällt.

«Willst du das alles anprobieren?»

«Klar!»

«Okay», meint Shawn nur, was auch immer er denken mag, ist mir egal. Da muss er jetzt durch.

«Ah, Shawn! Ich brauche auch noch einen Badeanzug», sage ich.

«Auch noch?»

«Jep.»

Als ich Shawns Arme nicht mehr weiter beladen kann, machen wir uns auf zu den Kabinen. Bis ich alles durchhabe, vergeht sicher eine halbe Stunde. Die Sachen die sowieso nicht in Frage kamen, habe ich Shawn gleich wieder rausgegeben. Jetzt geht's ans aussortieren.

«Du kannst ja alles nehmen.»

«Shawn, das Ding wächst jetzt immer weiter und ich muss eh bald eine grössere Grösse kaufen. Da kann ich nicht so viel kaufen.» Er gibt mir Recht und wir sortieren noch mehr Sachen aus. Am Schluss entscheide ich mir für drei Blusen, ein Blusenkleid, ein Jeansrock und ein luftiges, gemustertes Sommerkleid. Ausserdem kaufen wir einen schwarzen Badeanzug, einen hautfarbenen BH und vier Paar Leggins. Als wir anstehen um zu bezahlen, meint Shawn: «Vielleicht hat GAP auch noch etwas.»

«Ich habe eigentlich jetzt genug.»

«Vielleicht haben sie sonst noch schöne Sachen und vielleicht finde ich ja auch etwas für mich.»

«Okay, lass uns hingehen.» Nachdem Shawn bezahlt hat, besuchen wir also noch den GAP. Shawn kauft sich tatsächlich zwei T-Shirts, ich finde nichts mehr. Danach gehen wir Hand in Hand wieder zum Parkhaus.

«Ich freue mich schon, wenn wir wissen, ob es ein Junge oder ein Mädchen wird», sagt Shawn, «dann können wir endlich mit der Planung anfangen.» Ich grinse und drücke seine Hand etwas fester.

«Ja, ich freue mich auch. Ich will endlich Babykleider kaufen!»

«Und das Zimmer gestalten», ergänzt Shawn.

«Ja. Was wünschst du dir eigentlich?», frage ich Shawn. Wir haben bis jetzt noch nicht über das Geschlecht des Babys geredet. Bis jetzt haben wir uns einfach auf das *Baby* gefreut.

«Ich wünsche mir nichts von beidem. Das ist mir ziemlich egal.»

«Klar, aber etwas hättest du doch sicher lieber. Ein kleines bisschen.»

«Nein, ich weiss nicht. Mit einem Jungen könnte ich Fussball spielen und so, aber mit einem Mädchen kann ich das ja auch.»

«Hättest du also lieber ein Junge?», frage ich.

«Nein.»

«Ein Mädchen?»

«Nein, keine Ahnung. Ich weiss nicht, was ich lieber hätte. Das ist doch auch egal. Was hättest du denn lieber.»

«Ich weiss nicht», sage ich und lache, als ich realisiere, dass er mir genau gleich geht wie Shawn.
«Siehst du», sagt er ebenfalls lachend.

Amy

Ich parkiere mein Auto beim Stall und schaue noch kurz aufs Handy. Hier im gekühlten Auto ist es viel angenehmer als draussen in der schwülen Hitze. Auf der Story von The Vamps wird ein neues Lied angekündigt. Es klingt gut. Es gefällt mir, vor allem, weil ich die Melodie wiedererkenne. Es ist die, bei der ich den Jungs den Tipp gegeben habe im Studio. Der Gesang ist noch ausgeblendet, aber ich bin sicher, er wird schön. Meine Gedanken wandern augenblicklich zu Bradley. Mittlerweile ist mir sonnenklar, dass ich auf ihn stehe. Dass ich ihn will. Aber mir ist nicht klar, was er will. Hat er Interesse an mir? Oder bin ich für ihn bloss eine gute Kollegin? Spürt er die aufgeladene Luft zwischen uns auch? Wie heiss ich bekomme, wenn er mich zufällig berührt? Merkt er, wie ich mich frage, ob er mich anders ansieht als andere Mädchen, wenn seine braunen Augen auf mir liegen? Ist es komisch, dass ich mich immer frage, ob ich gut aussehe? Gut genug für jemanden, der seine Freundin aussuchen kann aus tausenden von hübschen, klugen und witzigen Mädchen?
Bevor ich komplett in all den Fragen versinke werfe ich mein Handy zurück in die Tasche und steige aus dem Auto. Eine halbe Stunde später winke ich Sam

zu, die im Roundpen mit dem Fohlen Cornflakes am Halfter gehen übt, und lenke Nayeli auf den Kiesweg Richtung Wald. Gemütlich traben wir auf dem weichen Waldweg entlang. Wieder einmal denke ich, was für ein Glück es ist, dass ich Nayeli gefunden habe. Jetzt ist sie schon fast neun Monate bei mir und wir haben einander wirklich gefunden. Klar, wir üben noch sehr viel, aber sie ist sehr zuverlässig und wir vertrauen einander. Nächstens will ich anfangen, Kunststücke mit ihr zu trainieren, wenn dann die Springsaison vorbei ist. Und an der Dressur kann Sam mir auch noch viel helfen, denn Dressurreiten ist auch allgemein für die Haltung des Pferdes. Die Galoppstrecke erscheint hinter der nächsten Kurve und Nayeli wird augenblicklich schneller. "Jaja, du darfst ja gleich rennen!", beruhige ich sie lachend und bremse sie noch einmal. Konsequenz muss ja sein, schliesslich bin ich der Chef. Dann lasse ich die Zügel etwas nach und merke, wie sie sich kraftvoll vom Boden abstösst und losschnellt. Vor lauter Freude baut meine Stute auch gleich noch einen Bocksprung mit ein, auf den ich zum Glück vorbereitet war und rechtzeitig den Po aus dem Sattel gehoben habe. Im leichten Sitz lasse ich Nayeli sich auspowern und schaffe es sogar, im vollen Galopp die Hand zu heben, um eine Spaziergängerin mit ihrem Hund zu grüssen. Der Hund freut sich und rennt sofort bellend neben uns her, bis die Frau ihn wieder zu sich ruft. Zum Glück ist Nayeli so ruhig und hat sich nicht erschreckt. Wieder zurück auf dem Hof,

bringe ich Nayeli nach der obligatorischen Abkühlung mit dem Gartenschlauch auf die Weide, nicht ohne ihr ein selbstgebackenes Pferdeleckerli zuzustecken. Ohne grossen Stau komme ich nachhause.
"Bin wieder da!", rufe ich durch das Haus, bekomme aber keine Antwort. Sind alle weg? Ich schaue in der Kalender-App auf dem Handy nach und sehe dort eingetragen "Frauenarzt". In grün und rot markiert für Shawn und Cleo. Da sehe ich morgen, dass etwas Türkises eingetragen ist. Was habe ich denn morgen los? "FaceTime-Meeting mit Maren", steht da. Ach ja stimmt! Sie will mir die Aufträge präsentieren, die Aileen für mich an Land gezogen hat, damit ich mein Einverständnis geben kann. Ich stelle mich unter die kühle Dusche und ziehe mir dann ein luftiges Sommerkleid an. In der Küche schneide ich einen Apfel, eine Banane und eine Ananas in Stücke und will mich gerade damit vor den Fernseher, in dem bereits meine Lieblingsserie läuft, setzen, da klingelt es. Sind Cleo und Shawn etwa schon fertig beim Frauenarzt? Ihr Termin war doch um halb vier eingetragen und jetzt ist es viertel vor drei. Kaum öffne ich die Tür wird mir klar, dass es nicht Cleo und Shawn sind. Ein mir wohl bekannter, brauner Lockenkopf steht vor der Tür, den dunkelgrauen Mohino im Arm. Bradley. Augenblicklich schlägt mein Herz ein bisschen schneller. Was macht er denn hier? Vor lauter Überraschung vergesse ich ganz etwas zu sagen. Bradley nimmt es mir ab und begrüsst mich, wobei der arme Mohino zwischen uns eingequetscht wird. Schnell

bringe ich wieder etwas Abstand zwischen uns, um mich zu beruhigen und frage dann erstaunt: "Was machst du denn hier?" Er lächelt: "Dich besuchen." Das bringt mich zum Lächeln.

Ich lasse ihn herein und schliesse die Tür wieder ab. Er zieht sich seine Schuhe aus und ich gehe voraus ins Wohnzimmer. Auf halben Weg holt er mich ein und greift nach meinem Arm. Sofort spüre ich heiss seinen Handabdruck und überspiele das, indem ich mich umdrehe und ihn fragend anschaue. Er sagt nichts, schweigt einfach und guckt mich an. Er nimmt meine zweite Hand in seine und macht einen Schritt auf mich zu. Jetzt werde ich wirklich nervös, denn das hier sieht genauso aus wie im Film. Ich suche in seinen schönen Augen nach einem Zeichen, was das hier werden soll. Er will mich doch nicht küssen, oder? Seine Augen suchen meine. Mein Hirn setzt komplett aus und ich sehe nur noch diese unglaublich schönen Augen und spüre die Wärme seines Körpers obwohl er mich nur an den Händen hält und sonst zwischen uns noch etwa dreissig Zentimeter Platz sind. Sein Daumen streicht sanft über meine Haut. Verdammt nochmal! Wie sehr kann man jemanden wollen? Ich will nichts mehr, als diesen Jungen hier an mich ziehen und ihn küssen! Aber ich darf nicht. Nicht wenn ich nicht weiss, was er will. Es tut schon fast körperlich weh, mich zurückzuhalten. Angestrengt kontrolliere ich mich und halte mich zurück, bewege mich nicht, während er immer noch ein meine Augen schaut. Dann wandert sein Blick nach unten zu meinem Mund. Also doch ein Kuss? Halt still! Mit aller Konzentration die ich habe, schaffe ich es, stillzuhalten als sein Gesicht näherkommt. Meine Hände zittern und mein Herzschlag löst wahrscheinlich nächstens ein Erdbeben aus. Dann passiert es einfach. Es ist wie eine Erlösung. Endlich. Seine Lippen landen weich auf meinen, ganz zart. Schon lösen sie sich wieder, aber ich will nicht, dass er aufhört. Kaum haben sich unsere Münder getrennt, hebe ich meinen Kopf ein Stückchen an und bringe meine Lippen wieder auf seine. Nun lasse ich alle Hemmungen fallen und ziehe ihn zu mir heran. Bradley schiebt seine Hände auf meinen Rücken und drückt mich an sich, ich umfasse sein Gesicht mit beiden Händen. Mit sanftem Druck schiebt er mich an die Wand hinter mir und ich lehne mich mit dem Rücken daran. Der Kuss ist perfekt. Unsere Körper passen perfekt zusammen, er ist perfekt. Wie lange wollte ich ihn berühren und küssen? Wie lange habe ich gefühlt, dass da etwas ist, ohne es mir eingestehen zu wollen? Wie oft musste ich mich zusammenreissen, damit ich ihn nicht überfalle? Endlich kann ich es tun. Völlig unerwartet, mitten im Wohnzimmer und direkt aus der Dusche gekommen küsse ich endlich den Jungen, für den ich schon so lange Gefühle habe. Der Kuss wird intensiver. Mit geschlossenen Augen schmecke ich den schwachen Geschmack nach Pfefferminze aus seinem Mund und höre den leisen Geräuschen zu, die wir beim Küssen machen. Langsam löst Bradley sich von mir und ich öffne die Augen.

Sein Gesicht ist immer noch ganz nah an meinem und ich beobachte völlig durcheinander, wie er lächelt. Sein Daumen streicht sachte an meinem Rücken hin und her, schon küsst er mich wieder. Diesmal fester und irgendwie fordernd. Seine Zunge schiebt sich zwischen meine Lippen und aus dem Kuss wird ein Zungenkuss. Meine ohnehin schon weichen Knie knicken und ich verfluche mich selbst dafür, aber Bradley hält mich und nuschelt: "Was ist?" Nur ganz kurz unterbreche ich den Kuss zum Antworten: "Du! Ich meine, nichts!" Das bringt ihn zum Grinsen und er drückt mich fester an die Wand, während wir weiterküssen. Kann das bitte nie aufhören?

Danksagung

Wir sind dankbar, dieses Buch nach längerer Bearbeitung veröffentlichen zu können. Vom ersten bis zu diesem Band sind die Charaktere mit uns gewachsen und unsere Entwicklung ist in die Geschichte mit eingeflossen. Wir sind stolz, dass Amy und Cleo ein grosser Teil unseres Lebens geworden sind.

Vielen Dank an alle, die die Freude an unseren Promis mit uns teilen!

♥